고려인문학

제2권 강제이주와 정착 편

고려인문학_제2권 강제이주와 정착 편

2013년 12월 15일 1판 1쇄 인쇄 / 2013년 12월 25일 1판 1쇄 발행

지은이 우정권 이정선 임형모 / 펴낸이 임은주
펴낸곳 도서출판 청동거울 / 출판등록 1998년 5월 14일 제406-2011-000051호
주소 (413-756) 경기도 파주시 문발동 파주출판도시 534-4 301호
전화 031) 955-1816(관리부) 031) 955-1817(편집부) / 팩스 031) 955-1819
전자우편 cheong1998@hanmail.net / 네이버블로그 청동거울출판사

ISBN 978-89-5749-149-2 (94810)
ISBN 978-89-5749-147-8(세트)

이 도서의 국립중앙도서관 출판시도서목록(CIP)은 서지정보유통지원시스템 홈페이지
(http://seoji.nl.go.kr)와 국가자료공동목록시스템(http://www.nl.go.kr/kolisnet)에서
이용하실 수 있습니다. (CIP제어번호: CIP2013027085)

이 책은 '아시아와 한류' 사업을 주관한 한국학진흥사업단의 지원을 받았다.

고려인문학

제2권 강제이주와 정착 편

우정권 · 이정선 · 임형모 지음

청동거울

| 머리말 |

『고려인문학』 전 3권은 러시아 연해주에서 CIS지역에 이르는 고려인의 삶과 문학을 에세이 형식으로 기술한 책이다. 이 책은 한국학진흥사업단의 지원을 받아서 '아시아와 한류'라는 주제로 기획된 과제를 수행한 결과물이다. 주제에 맞게 독자들과의 소통을 염두에 둔 결과 전문 연구서의 형식을 취하지 않았다. 일반 독자들로 쉽게 접할 수 있게 하여 고려인의 삶과 문학에 관심을 갖도록 유도하기 위한 분명한 목적이 있었기 때문이다.

고려인들은 근대사의 질곡 속에서 유이민이 되었고 러시아 연해주에 정착하여 러시아의 소수민족으로 살았다. 이후 1937년에는 CIS지역에 강제적으로 집단이주되어 소비에트 당국의 감시 속에서 살아야했다. 조선인에서 소비에트 공민이 되기까지 파란만장한 삶을 견뎌냈던 것이다. 살아 남기 위해서 러시아혁명에 투신하여 붉은군대의 일원이 되기도 했고 독소전쟁에 참여하여 소비에트를 위해 헌신하기도 했다. 또한 집단농장을 통해 국가 계획경제에 이바지하는 삶을 살았다. 그 속에서 지키고자 했던 조선적 정체성은 거의 상실하고 말았다. 한 국가가 소수민족을 다루는 정책에 휩쓸리며 그 뿌리를 거의 잃고만 것이다.

이 책은 그러한 고려인의 삶을 기억하기 위해 기획되었다. 그리고 그 기억의 방식은 전문적인 연구만으로는 부족하다고 판단했다. 일반 대중과 소통하기 위해서, 그리고 그 대중은 한국의 일반 독자를 비롯해서 CIS 전역에 살고 있는 우리 동포들이기도 하기 때문이다. 근대사의 아픔에서 시작되었지만 그 아픔을 초월하여 세계적으로 흩어진 동포들과의 네트워크 형성을 위한 작은 몸부림으로써 감정이 들어가는 글이 필요했다. 한국근대사에서 만주를 비롯하여 러시아, 맥시코, 하와이 등 세계 각지로 떠나갔던 동포들의 목소리를 기억하는 방식은 이성으로만은 부족한 일 아닐까.

따라서 고려인들과의 인터뷰와 그들이 남긴 기록물인 『레닌기치』 및 『고려일보』 등의 자료가 백분 활용되었다. 1권은 연해주를 중심으로 기술되었으며 2권은 강제이주를 다루었고 3권은 중앙아시아에서의 삶을 다루었다. 많은 부분을 온전하게 담아내지 못한 아쉬움이 짙지만 이는 어쩔 수 없다. 후속 과제로 남겨 두겠다.

끝으로 한국학중앙연구원과 한국학진흥사업단의 지원이 있었기에 이 책은 세상에 나올 수 있었음을, 또한 기억하고 싶다.

2013년 12월

우정권·이정선·임형모

| 차례 |

제1장

죽음의 화물 열차

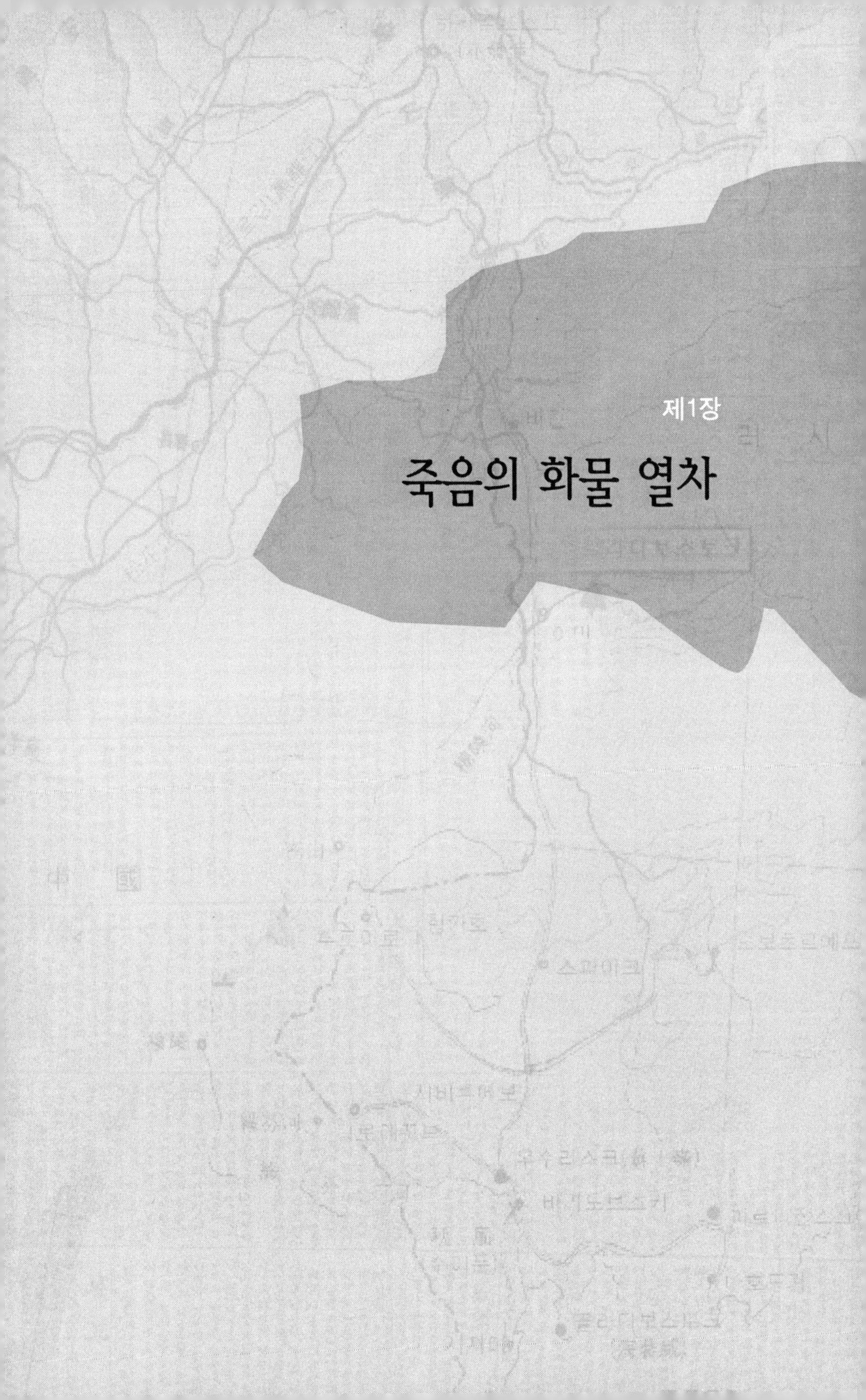

제 1 장
죽음의 화물 열차

1. 신음도 항의도 없이 사라진 사람들

오늘날 비행기를 타고 가도 7시간이 넘게 걸리는 곳. 흔히 중앙아시아라고 불리는 우즈베키스탄, 카자흐스탄, 키르기즈스탄 등의 나라들. 그 곳은 20여 년 전만 해도 한 덩어리로 뭉뚱그려져서 그저 '소련'이라고 불렸다. 또한 냉전의 논리로 막힌 금단의 지역으로, 그 이름조차 낯선 곳이었다. 그런데, 그 낯설고 먼 땅에 우리의 피붙이들이 살고 있다.

그들은 어떻게 그 먼 곳에서 살게 되었는가?

1937년은 한반도의 역사에서는 그다지 큰 의미가 있는 해가 아니다. 그러나 일제의 억압을 피해 한반도를 벗어나 연해주에서 살고 있던 한인들에게는 잊을 수 없는 해이다. 그들이 머나먼 중앙아시아로 강제 이주된 해이기 때문이다. 스탈린은 그 해 9월부터 연해주에 살고 있는 한인 18만 명에 대한 살인적인 강제이주를 시작했다. 그 당시 소련은 일본과의 긴장이 고조되기 시작하였다. 1936년 및 1937년에 아무르강과 우수리강 유역에서 일본과 소련이 국경충돌을 하였고, 이것은 전면전으로 확대될 위험이 있었다. 소비에트연방은 일본의 침략적인 정책으로 극동의 사태가 매우 불안정하다고 판단했다. 그리고는 이런 불안정한 상황에 대해 대처하는 방안으로, 일본과 가까운 연해주 지방에 일본사람과 비슷한 외모를 가진 한인들이 대거 모여 살면서 일본의 첩자노릇을 하여 소연방에 해를 끼친다고 누명을 씌웠다. 연해주의 한인들은 '일본의 개'라는 것이다. 스탈린은 연해주의 한인들에게 그 땅을 일본에게 팔아먹으려는 사람들이라는 낙인을 찍고, 살인적인 강제이주를 단행하였다. 일본이 싫어 피해 온 사람들에게, 일본의 간첩이라는 누명을 씌웠으니, 얼마나 황당한 일인가.

와쌰 무엇 때문에 그들을 이주시켰는가.

병사 그들은 일본간첩이라고 하데. 원동을 일본한테 팔아 먹으려 했다는 거야.

와쌰 누가 그런 엉터리 같은 말을 꾸며냈어? 그런데 어딜 실어갔는지?

병사 그걸 누가 안담. 북쪽 아니면 씨비리로 실어갔겠지!

(최영근, 시나리오 「벼랑길」 중에서, 『레닌기치』, 1993.10.8~1993.11.19)

그러나 그러한 황당한 이유조차도 당시에는 들을 수 없었다. 당시로서는 언제, 어디로, 왜 떠나야하는지 아무런 설명도 없었다. 48시간 안에 떠날 준비를 하라는 명령이 있었을 뿐이다. 그야말로 청천벽력이 따로 없었다. 이주 명령을 들은 사람들은 "얼굴빛이 간도토벌이 나서 왜놈들이 우리 동포들을 학살한다는 소식을 들었을 때와 같은 그런 얼굴빛"이 되었다. 공포와 치욕스러움이 뒤엉킨 표정이었다.

명령의 내용은 "곡물들은 꼴호스 것이나 개인 것을 막론하고 다 바치고 영수증을 받아가지고 가"라는 것이었다. 이주지에 도착하면 그 영수

증에 의거해서 보상한다고 했다. 그런 명령이 아니더라도, 가진 것을 모두 처분하거나 가져갈 수는 없었다. 시간이 촉박했다. "모레 아침 8시에 자동차들"이 온다고 했다. 모레라니, 그것은 당장 떠나라는 것과 다를 바가 없었다. "자동차에 앉아가는 것만큼 제일 중요한 것만 가지고" 오라는 명령이 아니더라도, 재산을 처분하거나 챙길 시간이 없었다.

당시 소비에트 공산당이 공포한 내용은 다음과 같다.

1) 모든 재산(동산, 부동산)은 그대로 두고 떠나야 한다.

2) 논밭에 있는 곡식은 수확을 했든 못했든 간에 불문하고 제자리에 남겨두고 떠나야 한다.

3) 이주민은 친척방문 학교방문 직장 등 어느 곳에 있든지 그 자리에서 승차하여 이주한다.

4) 식량의 준비는 2~3일 동안 할 수 있는 분량만 휴대한다. 또 식료품은 최소량의 분량만 휴대하기를 허락한다.

"친척방문 학교방문 직장 등 어느 곳에 있든지 그 자리에서 승차하여 이주"하라는 것은, 어떤 이유로건 집을 떠나 외지에 있는 사람들은, 집에 돌아올 수 없고 그 자리에서 이주에 임하라는 것이다. 이는 가족들 간에 함께 이동할 수조차 없다는 것이다. 떠나기 전부터 가족들이 뿔뿔이 흩어져 이산가족이 될 것이라는 두려움이 팽배했다.

황당한 명령을 듣고서 사람들은 분노했다. 이주해 가서 곡물이나 가루를 그만큼 국가에서 보상해 준다는 것을 믿을 수 없었기 때문에, 곡물과 바꾼 영수증을 찢어버리는 사람들도 있었다. 아예 곡물을 접수하고 영수증을 받는 일에서 슬그머니 빠져나가, 가능한 만큼이라도 짊어지고 가려고 짐을 챙기기도 했다. 분노만 하고 있을 수는 없었다. 주어진 시간이 너무도 짧아서 사람들은 뜬눈으로 밤을 지새우며 떠날 차비를 하였다. 영문도 알 수 없는 강제이주는 살림도 제대로 처리하지 못하고 추수를 앞둔 작물조차 내버려둔 채 급박한 피난대열처럼 단행되었다. 한 해의 결실을 품고 있는 누런 들판은 한 해의 수고를 보람으로 바꾸고 겨울을 날 수 있게 해주는 것인데, 그 곡식들을 놓고 떠나자니 마치 생명줄을 놓치는 듯 참담했다. 급하게 손으로 몇 가닥을 수확하여 밥을 짓는 사람들도 있었다.

그런데 이런 황당하기 그지없는 지시에 '죄 없는 죄수'가 된 그 많은 한인들은 양처럼 순응을 했다. 고려인 문학에서 강제이주 당시의 모습을 다룬 작품은 그렇게 많지는 않은데, 그 중 한 작품은 이 이주 명령에 임하는 사람들의 모습을 언급하고 있다. "살던 집과 가장집물을 그대로 두고 거진 알몸으로 쫓겨나면서도 누구 하나 안가겠다고 떼를 쓰는 사람이 없"었으며, "양무리처럼 온순히들 차에 올랐다."고 묘사하고 있다. (**한진**, **「공포」**, 『레닌기치』, 1989.5.23) 추수해야 하는 저 작물들은 어떻게 하고, 연해주 집의 살림 집기들은 또 어떻게 하며, 도대체 어디로 가는 줄도 모르고 가서는 어떻게 살 수 있겠는가 하는 질문들을 던지기는 하지만, 이는 기구한 자신들의 운명에 대한 한탄의 목소리일 뿐이다. 그것은 항의의 어조조차 띄지 못 했다. 소수의 사람들도 아닌 18만 명의 사람들이, 어쩌면 그리도 순순히 이런 말도 안 되는 이주정책에 순응했던 것일까? 게다가 이들은 뿔뿔이 흩어져 개인적인 삶을 살고 있었던 사람들이 아니라, 비록 고향은 떠나왔을지언정 그들만의 언론과 교육기관, 공연단체 등을 갖추고 긴밀한 공동체를 이루고 살던 사람들이었다. 그렇기 때문에 단체 행동을 하자면 못할 것도 없는 사람들이었다. 그런데 어찌하여 힘을 모아 항의해볼 엄두조차 못 내었단 말인가?

이주 후에 다 보상할 것이라는 소련 정부의 말을 순진하게 믿고도 싶었을 것이다. 그런 막연한 일말의 희망에 기대었을 것이다. 또는 이주지가 멀지 않은, 한나절이면 갈 수 있는 데라고 생각했기 때문에 순응했을 수도 있다. 한 소설에서 묘사하고 있듯이 "48시간 동안에 차비하고 길을 떠나야 해서 때때로 한집안 사람들도 다른 렬차를 타야" 했지만, "그렇게 떠나면서도 알 수 없는 곳에나마 도착만하면 모두 한 점심상이나 한 저녁상에 둘러앉을 수 있"으리라고 믿은 사람도 많았을 것이다. (**송라브렌찌의 「삼각형의 면적」**, 『레닌기치』, 1989.7.8~7.13) 부질없는 희망은 그것만이 아니었다. 1990년대 들어 공개된 당시의 여러 문서 중에는 한인들이 제출한 탄원서도 있는데, 한 탄원서에 보면 조선인자치구역 설립을 위해 이주하는 것으로 알고 있는 경우도 있었다.

다음은 몰로토프에게 보낸 16세 한인의 탄원서의 일부이다.

> 극동구에서 이주할 때 당기관과 내무 인민위원부에서는 우리에게 이렇게 말했습니다. "**한인 여러분은 중앙아시아의 자치주로 이주됩니다.**(강조는 인용자)" 우리는 이 통보에 매우 기뻐했지만, 사실은 다음과 같습니다. 1. 지정된 장소에 도착한 후, 초기에 우리는 집도 없이 우즈벡 사람 중 이 사람 저 사람 집에서 얹혀 살았고, 이제는 돈도 바닥나고 어떻게 해야할지 모르겠습니다. …… 우리가 일본 압제기에든 소연방 감독에서든 어디서 어떻게 죽든지 한인들에게 다 마찬가지입니다. 소비에트 사회주의 연방 공화국이 프롤레타리아의 조국이라는 것은 그저 부질없는 바램이었습니다. 만일 우리가 여기서 이렇게 힘들게 살 것이라는 것을 알았더라면, 우리는 거기 극동에서 죽었어야 했습니다. 왜 우리를 극동에서 죽이지 않았습니까? 수많은 한인들이 이주 후에 기후와 풍토에 적응하지 못해 병들고 죽어가고 있습니다.
>
> (블라지미르 김, 『러시아 한인 강제 이주사』, 김현택 옮김, 경당, 2000. 133쪽)

그러나 이렇듯 아무리 이주 정책의 내용을 잘 모르는 채로 막연한 희망을 품거나, 한나절의 거리로 이주하게 된다고 착각했더라도, 그것만으로 고향을 떠나와서 새롭게 일군 연해주땅과 마을을 온순히 내줄 수 있었을까?

이 의문을 풀기 위해서는 강제이주 직전의 상황을 살펴야만 한다. 한 민족에 대한 강제이주 정책이 4개월이라는 짧은 기간 안에 큰 저항에 부딪히는 일 없이 신속하게 진행된 것은, 그 이전부터 사전 작업이 이루어졌기 때문이다. 부당한 조치에 저항이 따르는 것은 당연한 일이다. 스탈린은 그것을 사전에 방지하고자, 저항의 구심점이 될 지도자급 지식인들에 대한 숙청작업을 먼저 시행했다. 김 아파나씨, 박창내, 강병제, 송희, 최호림, 리종수 등 2,500명에 달하는 교사, 공산당 간부, 그리고 군인 장교 등의 지식인을 연행했다. 어느 날 그들이 호출을 받았을 때, 처음에는 상부에서 회의나 교육을 위해 소집하는 것으로 알았지만, 시간이 지나도 떠나간 사람들은 돌아오지 않았다. 연해주에서 고려인 문학을 싹틔운 작가 조명희도 이 때 연행되었다. 고려인문학의 최고령 비평가인 정상진 옹의 아버지는 조국의 독립을 위해 나선 우국지사였는데, 그 분도 이때 체포되었다. 이들에게 덧씌운 혐의는 일제의 첩자라거나 반혁명분자라는 것이었다.

상황이 이렇다 보니, 남은 사람들은 불길한 분위기를 감지하고 극심한 두려움에 떨게 되었다. 사람들은 주로 밤에 붙들려 갔다. 그리하여 밤마다 사람들은 공포에 떨었다. 이주 명령이 떨어지기 전부터 이런 두려움 속에 놓여있었던 것이다. 이주 명령이 내려지기 전, 지식인들이 연행되어가던 시기에 대해 한 소설은 "밤중에 자동차 반동기 소리가 들리면 또 누구를 잡으러 왔는가 해서 바늘방석에 앉은 듯이 못 견디어 하던 때"(**연성룡**, **「피로 물든 강제이주」**, 『레닌기치』, 1995.2.4~3.4)였다고 기록하고 있다.

이렇듯 연해주 한인들의 구심점 역할을 하던 많은 사람들이 대거 잡혀가버려서, 사람들은 더욱 움츠러들어 숨죽이고 있었다. 이런 공포의 분위기 속에서 남아있던 한인들에게 대대적인 이주의 명령이 내려지자 별다른 항의조차 못하고 따르게 된 것이다.

1937년 4월 23일자 『프라우다』지에는 연해주의 한인들을 소련 정부가 어떻게 인식하고 있는지를 단적으로 보여주는 논설이 실렸다. 그 논설에서는 일본 비밀 기관이 소비에트 극동영역에 '이 지구 출신 사람의 가면을 뒤집어 쓰고 있는' 많은 중국인·조선인 앞잡이를 보내고 있다고 쓰여 있었다. 이렇듯 조선인 거주 지역은 공공연히 정부에 의해 '일본 첩보부의 활동전개에 적합한 환경'이라고 간주되었다. 그러나 숙청의 공포분위기 속에서 한인들은 이러한 논설에 제대로 항의조차 할 수가 없었다.

당시의 숙청과 강제이주는 극동지역의 한인에게만 자행된 것이 아니라 소연방 전역에 걸친 것이었다. 최소한 9개 이상의 민족, 즉 폴란드인, 독일인, 핀족, 에스토니아인, 라트비아인, 한인, 중국인, 깔믹족 및 이란족 등이 1935년에서 1938년 사이에 강제로 추방되었다. 이러한 대대적인 숙청, 체포, 구금, 처형 등의 공포분위기가 조성되면서 조선인들은 심리적으로 매우 위축될 수밖에 없었다(이창주,『유라시아의 고려사람들』, 명지대학교, 1998. 142쪽). 강제이주 명령에 대한 이해할 수 없는 순응적 태도는 이러한 당시 한인 사회의 공포 분위기를 반증하는 셈이다.

이 강제이주로 연해주에서 한인마을 606개가 사라졌다. 이것은 한인들이 떠난 후 러시아인들이 들어와서 러시아마을로 변한 경우, 즉 어떻든 마을 자체는 남은 경우를 제외한 숫자이다. 이 숫자까지 포함한다면, 당시 연해주에서 사라진 한인마을 수는 훨씬 많아질 것이다.

이주 이후에도 공포의 분위기는 한 동안 계속되었다. **한진의 단편소설 「공포」**(『레닌기치』, 1989.5.23~5.31)는 이주 직후에도, 어느 날 갑자기 사람들이 잡혀가는 것에 대한 공포를 여전히 느끼고 있음을 다음과 같이 보여준다.

> 몇시나 되었을가? 4시? 5시? 그럼 지금이 바로 하루 24시간 중에서 가장 위험하고 무서운 시간이다. 곤드라지게 사람들이 잠을 자는 바로 이때에 사람들을 붙들러 다닌다고들 했다. 한 달 전에 김선생이 붙들려갔는데 그때에도 사람들이 이 시각에 집에 왔더라고 그 부인이 말을 하였다.

이처럼 사람들을 불시에 연행해 가는 일이 이주 직전과 직후에 한 동안 지속되면서, 한인들은 밤에도 편히 쉴 수가 없이 공포 속에 놓여 있었다.

1941년부터 기록적인 농산물 생산으로 많은 노동영웅을 배출한 〈북극성〉 꼴호즈도, 이 당시에는 연행 횡포에서 예외일 수 없었다. 꼴호즈의 회장인 김병화는 '붉은군대'의 중위였지만 역시 체포되었다. 어느 날 중대의 부정치국원들이 직접 사람들을 연행하였다. 김병화는 군인 신분과 당원 신분을 박탈당한 채 수감되었다가, 군지도부가 당국에 선처를 요구하여 7개월 만에 출소하였다. 후에 당원 자격은 회복되었으나, 군인 신분은 회복하지 못했다.

김병화의 경우는 아주 운이 좋은 경우라고 하겠다. 대부분의 경우에는 다시 돌아오지 못했거나 아주 긴 시간동안 수감되어 있었기 때문이다. 이 때 잡혀간 사람들의 생사는 이주 후에도 알 수가 없었다. 1954년 스탈린이 사망한 이후에나 이들이 강제이주를 위한 전초 작업으로 잡혀가서 말도 안 되는 누명을 쓰고 제대로 된 재판도 없이 유형살이를 살거나 처형되었음이 밝혀졌다. 재판에서 사형 실행까지 채 1시간도 걸리지 않았다고 한다.

이 강제 이주의 원인을 스탈린에게서 찾는 시각도 있다. 스탈린은 1929년부터 집단농업제(꼴호즈)와 국영농업제(쏩호즈)를 시행하였고, 다른 한편으로는 공업화를 추진했다. 꼴호즈와 쏩호즈를 통해서 노동을 통제하여 농업생산을 높이고, 거기에서 산출된 잉여를 공업화에 투자하였다. 그러나 이러한 강력한 중앙통제 정책은 반발을 불러왔다. 스탈린은 대대적인 숙청으로 반대의견을 묵살했다. 1933년부터 1938년 사이에 숙청된 당원의 수는 최소한 160만 명에 이르렀다고 하니, 그 숙청의 광풍을 가히 짐작할 만하다. 1930년대 후반에는 '대러시아주의'를 천명하고, 공산당의 독재하에 소수민족을 억압하는 일국사회주의를 법문화한 스탈린 헌법을 제정하기에 이르렀다. 이에 따라 각 민족들의 권익운동은 이적행위로 취급되었으며, 강제이주라는 소수민족에 대한 극단적인 탄압이 자행되었던 것이다.

2. 40일 간의 무덤길 6,000km

연해주에서 떠나는 것에 대한 명령이 납득할 수 없도록 무지막지했는데, 이주 과정에는 살뜰한 배려가 있었을까. 과연 이주의 과정은 또 얼마나 참담했을 것인가.

블라디보스톡과 우수리스크를 잇는 라즈돌노예역. 원동의 이곳저곳에서 무리지어 살던 한인들은 이 역으로 실려 왔다. 집을 떠나 자동차로 라즈돌노예역에 도착했을 때, 점심은 식구들이 모여서 함께 먹을 수 있으리라 생각했던 한인들은 어쩌면 그곳을 이주 지역으로 생각했을지도

강제이주를 위한 시베리아 열차가 출발했던 블라디보스토크역(출처: 『경향신문』 2007. 2. 28)

모른다. 그러나 그곳은 도착지가 아니라 죽음의 열차가 출발할 역이었다.

알마티 카자흐 국립종합대학 철학과의 박일 교수가 회상하는 이주의 모습은 다양했다. 먼저 당 행정기관에서 일하는 사무원들이나 군대에서 복무하는 사람들은 직장에서 퇴직시켜 객차로 이주시켰다. 이들의 경우에는 월급도 제때 받고, 편하게 식구들과 함께 보초병도 없이 출장 가는 것처럼 이주했다고 한다. 그러나 이런 경우는 아주 극소수였을 것이다. 다음으로 해삼위 고려사범대학, 소왕령 고려사범전문학교, 해삼위 고려극장, 『선봉』 신문사 사람들 등 약 1,000명은 하급 객차로 이주되었다. 이들에게는 보초병이 동행하면서 자유롭게 행동할 수 없게 했다. 마지막으로 노동자, 농민, 교원, 학교 학생, 다른 기업소에서 일하는 보통 노동자 등의 절대 다수는 화물열차로 이주되었다. 이주를 위한 기차가 마소를 싣고 물건을 옮기는 화물차임을 알아본 사람들은 얼마나 황당했을 것인가. 차마 올라타지 못하고 서 있는 사람들을 소비에트 병사들이 떠밀어 기차에 타게 했다. 한인들은 그런 화물열차를 타고 40여 일을 이동하게 되었다.

우즈베키스탄의 타쉬켄트에서 사마르칸트로 가는 열차를 탄 적이 있다. 단 4시간의 운행일 뿐인데도, 좌석이 고정되어 있기 때문에 꼿꼿이 앉아서 버텨야 하는 일이 수월하지 않았다. 현대식 객차에 앉아서 이동하는 4시간도 그렇건만, 제대로 된 좌석조차 마련되어 있지 않은 화물열차에 실려 40여 일을 간다는 것은 어떤 것이겠는가. 그것은 상상조차 할 수 없는 끔찍한 일이다.

일정한 계획 속에 운행이 진행된 것도 아니었다. 역마다 멈추는 것도 아니었다. 주로 사람들이 많이 이용하는 역은 정차하지 않고 지나칠 때가 많았고, 역이 아닌 곳에서 두세 시간 머물기도 하고, 때로는 다른 열차를 보내기 위해 2~3일을 정차하기도 하였다. 그러다가는 쉬지도 않고 며칠을 계속 달리기도 하였다. 그 열차를 타고 있는 사람들을 배려한 운행이 아니었다. 마치 열악한 환경 속에서 사람들이 얼마나 견딜 수 있는가를 생체 실험하는 듯한 참담한 운행이 계속되었다.

화물열차는 자리만 불편했던 것이 아니었다. 나무를 잇대어 만든 차

강제이주 경로(출처: 『동아일보』, 1989. 9. 15)

량이라서, 살을 에는 찬바람이 널빤지 사이로 그대로 파고 들어왔다. 가을로 접어든 날씨는 아침, 저녁으로 매우 쌀쌀했다. 화장실도 따로 없어서 오물과 함께 지내야 했다. 조리대나 화덕을 갖추고 있지 않아서 제대로 된 음식을 해먹을 수도 없었다. 물을 충분히 싣고 있지 않아서, 세수를 하거나 빨래를 할 수도 없었다. 간혹 물가에 열차가 멈추어 서면, 급하게 빨래를 해야 했고, 그러다가 갑자기 또 떠난다고 하면 마르지도 않은 옷가지들을 걷어들고 차에 올라야했다. 병이 들어도 약을 쓰거나 의사에게 보인다는 것은 생각조차 할 수 없었다. 객차처럼 창문이 있다면 창밖의 모습을 보며 어디로 가고 있는지를 짐작이나마 할 수 있겠지만, 화물열차에는 어른의 키 높이 위로 구멍이 나있을 뿐이었기 때문에, 눈을 가리고 가는 셈이었다. 그야말로 감옥에 갇혀서 실려 가는 형상이었다. 한 소설은 이 이주열차의 모습에 대해서 "소변볼 데도 없고 대변볼 데도 없고 세수할 데조차 없는 그 더러운 차속에서 맨 장판에 뒹굴며 한 달 두 달 가는 동안 얼마나 많은 노인들과 어린애들이 죽었는지 헤아릴 수 없다."고 묘사하고 있다.

이주에 사용된 화물열차가 얼마나 열악한 상황이었는지를 말해주는 극비 문서들이 1990년대 후반에 공개되었다. 공문서번호 제1648-378호 〈조선인 수송 열차의 편성을 위한 군용 예비 주방, 스토브의 차용에 대해서〉에는 "조선인은 1937년 10월에 극동에서 중앙아시아로 60대의 수송 열차로 보내졌으며, 그를 위해 군용 주방과 **3만 1천개의 스토브가 필요**했다."(강조는 인용자)고 기록되어 있다. 그러나 제1698-378호 문서에 의하면, "1937년 10월 원동에서 중앙아시아로 출발할 고려이주민들의 60대 화물열차를 위해 군비예비에서 취사설비 60개와 **난로 3,100개를 이용**할 허가를 준다."(강조는 인용자)고 기록되어 있다. 즉, 주어진 난방 기구는 필요한 수효의 1/10에 불과하다. 이렇듯 필요한 물자와 실제로 지급된 물자간의 현격한 격차는 이주 상황의 참담함을 짐작할 수 있게 한다.

이런 환경 속에서 40여 일을 계속 달리다 보니, 사람들이 죽어갔다. 특히나 허약한 노인들과 어린애들이 많이 희생되었다. 한 시인은 이 죽음의 행렬에 대해 "한밤을 자고나면/백령감이 돌아갔고/또 한밤 지나고 나면/나어린 꼴랴가 죽었다."(**연성용**, **「오, 수남촌」**, 『레닌기치』, 1989.11. 25)고 넋이 빠진 듯 읊조리고 있다. 또한 한 소설은 이주 열차에서 태어나자 마자 죽어간 어린 생명에 대해서 다음과 같이 서술하고 있다. "수만리, 수십만리 - 차칸에서 태여나는 애도 있었다. 그것들은 나서 인차 귀신들이 물어갔다. 출생신고도 사망신고도 할 필요가 없었다. 그들은 정말 이 세상에 왔다가 아무 흔적도 남기지 않고 사라져갔다. 오직 어머니 가슴속에 피멍울만을 남기고… 많은 로인들과 어린것들이 철로연변에 묻혔다."(**한진**, **「공포」**, 『레닌기치』, 1989.5.23) 석탄이나 물을 보충하기 위해 열차가 정차하면 그 어딘지 알 수 없는 철로변에라도 묻을 수 있었지만, 그렇지 못한 최악의 경우에는 달리는 열차에서 시신을 던질 수밖에 없었다. 시신을 매장하고자 열차가 멈추기를 기다리며 며칠을 버티는 동안, 시신은 처참하게 부패하여 시취가 진동했다. 비좁은 공간에 많은 사람들이 뒤엉켜 제대로 편하게 다리를 뻗을 수도 없는 상황에서 부패한 시신을 언제까지 방치할 수는 없었다. 열차 밖으로 시신을 던지는 것은 너무도 처참하고 참혹한 장례였다. 이렇게 죽음의 열차가 달린 한 달 여의 기간 동안 약 4만 명이 희생되었다. 1938년의 아주 제한적인 인구 조사에 따르더라도 어른은 천 명당 42명이, 어린이는 천 명당 200명 즉, 5명당 1명이 사망했다. 추위와 배고픔 속에 굶어죽고, 얼어 죽고, 병들어 죽어간 것이다. 그야말로 "로인들과 아동들을 막 쓸어내서 매장"(**박성훈**, **「회상기」**, 『레닌기치』, 1989. 8. 19)할 수밖에 없었던, 비현실적으로 느껴지는 시간들이었다.

이러한 죽음의 시간을 지나온 할머니의 모습을 어린 손녀의 눈으로 그리고 있는 소설이 있다. 소설 속에서 손녀는 할머니를 안쓰럽게 생각하며, 유난히 하얗게 세어버린 할머니의 머리를 염색하길 바란다. 그러나 할머니의 머리는 "마음의 쓰라린 고통을 겪으면서" 센 것으로, "이런 생활을 겪은 사람은 지어 동화에서의 신선의 물을 먹어도 젊어질 수는 없다"는 것을 깨닫게 된다. (**황유리의 「나의 할머니」**, 『레닌기치』, 1987. 8.29~9.2)

옛 이야기 속의 신선의 물은 죽은 이도 살리고 어떤 문제라도 해결할 수 있기에, 대부분의 옛이야기는 이런 신선의 도움을 받아 행복한 결말로 마무리되곤 한다. 그러나 강제이주 기간 동안 한인들이 겪은 참상은, 죽은 이도 살리는 그 신선의 물로도, 어떠한 상상의 방법으로도 치유할 수 없는 깊은 상처를 남긴 것이다.

"이렇게 사람들은/시달리고 병나/서리맞은 파리들인양/나날이 쓰러" (**연성용, 「오 수남촌」**)졌지만, 열차는 쉬이 멈출 줄을 몰랐다. 죽음의 열차는 살아남은 사람들에게 그렇게 깊은 상처를 새기면서 계속 나아갔다.

3. 종착지는 황무지

〈월로차예와〉,〈삐오네르가〉라고 쓴 역이 눈앞에 스쳐 지난다.

삐뜨릅까-자바이칼쓰키역전.

차량옆에서 빨래를 하는 여인들. 모닥불을 피우며 음식을 끓이는 사람들. 그 옆에 총을 든 병사들이 서 있다.

월로차옙까 부근에서 고려인 이주민 세 명이 도망쳤다구.

기차는 바이깔호수 주변을 따라 달리고 있다.

목적지 : 카자흐쓰탄 크즐오르다역"

(김기철, 「이주초해 : 두만강-씨르다리야강」, 『레닌기치』, 1990.4.11~1990.6.6)

죽음의 열차는 마침내 운행을 멈추었다. 이 열차를 견뎌낸 한인들은 36,422가구 171,781명으로, 이들은 반사막 지대인 중앙아시아의 우즈베키스탄과 카자흐스탄 등에 정착하게 되었다. 카자흐 공화국에서는 알마아타 지역과 인근의 우슈토베 지역에 주로 하차하였고, 우즈베크 공화국에서는 타쉬켄트 남부의 벌판에 주로 하차하였다.

연해주에서 조성된 꼴호즈의 단위로 이주된 경우에는 그대로 한인 마을을 이루게 되었다. 우즈벡 소비에트의 타시켄트 및 호레즘 지방, 카자흐 소비에트의 페르가나 계곡, 칼라칼파키야, 크질오르다, 그리고 알마

카자흐스탄 우슈토베에 있는 고려인 최초 정착지 표지

아타 오블라츠스 지방, 키르기즈 소비에트의 프룬제 지방과 투르크멘 소비에트 내의 아사하바드 지역내, 그리고 아조프해에 있는 타간록 등이 한인 마을이 생긴 지역이다.

꼴호즈 단위가 아닌 경우에는 여러 곳에 분산되어 하차되었는데, 사막에 내린 사람, 강가 갈대밭에 내린 사람 등 대부분은 황무지에 내리게 되었다.

그러나 열차는 멈추었지만 한인들의 사망은 계속되었다. 왜냐하면 이주지는 이슬을 피할 곳조차 없는 황무지였기 때문이다. 더군다나 가을에 길을 떠났지만 이주지에 도착하니 겨울이 시작되었기 때문에, 죽음을 막기에는 역부족이었다. 집과 식량이 없이 벌판에서 겨울을 난다는 것은 불가능한 일이었다. 고려인들은 관할 관청에 찾아가서 집과 식량을 달라고 요구했으나 돌아오는 답변은 기다리라는 말뿐이었다.

카자흐스탄 우슈토베의 고려인 무덤

이곳 중앙아시아의 반사막지대는 제정러시아 시대부터 원주민 이외에 유럽인의 유배지로 유명한 곳이었다. 모스크바 중앙정부는 우즈베키스탄 공화국에 이주해 온 한인들이 머물 수 있는 거처를 마련해 줄 것을 명령했지만, 우즈베키스탄 관리들에게 이 명령은 중요하게 여겨지지 않았다. 화물열차에 실려 짐승 같은 대우를 받으며 유배지로 이주되어 오는 사람들은 대역죄인의 형상이었을 것이다. 그래서 우즈베키스탄 관리들은 이주해 온 이들을 방치했다. 그들은 추운 겨울의 찬바람을 피할 곳도 없는 황무지에 짐짝처럼 버려졌다.

이주지의 첫인상에 대해 고려인 시인들은 "기차가 멎은 곳은/나무 한대 볼 수 없고/갈대만이 무성한/중아시야의 허허벌판"(**박현, 「수심한 세월이 남긴」**, 『레닌기치』, 1989.12.26)이었다고 진술한다. 또한 **연성용의 「오, 수남촌」**(『레닌기치』, 1989.11.25)이라는 시는 다음과 같이 죽음의 열차가 도착한 종착역이 말그대로 '생지옥'이었음을 증언하고 있다. "이렇게 사람들은/카사흐쓰딴, 중아시야초원으로 강제로 실려왔다./무인지경 벌판에로 실려왔다./무인지경 -/바람에 울부짖는 갈밭,/그 갈밭속엔/메돼지가 판을 쳤고/뱀이 욱실거렸다/밤이 되면/승냥이도 울었다."

마치 멧돼지와 승냥이에게 먹잇감으로 던져주듯이, 아무런 거처도 없는 벌판에 하차시킨 것이다.

이 땅에서는 병만 나면 치료도 받지 못하고 죽는 판이었다. **연성룡의 회상기인 「피로 물든 강제이주」**(『레닌기치』, 1995.2.4~3.4)에는, 이주 초기의 모습을 다음과 같이 증언하고 있다. 12살 먹은 손자가 학질로 오랫동안 앓다가 죽자, "어린애의 할아버지 백발노인은 눈물 한 방울 흘리지 않고 손자를 파 묻더니 한참동안 묵묵히 먼 하늘을 바라보며 서 있다가 피를 토하고 그 묘앞에 쓰러졌다. 그러니 노파는 또 영감의 시체에 엎어져 통곡하는 것이였다. 이렇게 꼴호즈의 하늘은 기막힌 통곡으로 가득했으며 이렇게 고려사람들은 값없는 죽음을 죽었다." 이렇게 어린 아이들과 노인들은 이주하는 동안에도 많이 희생되었을 뿐만 아니라, 이주가 완료된 이후에도 열악한 이주지의 환경 속에서 계속 희생되어 갔다.

이런 말도 안 되는 곳에 자신들을 내려놓자, "흰옷우에 부연 솜저고리를 입은 그 사람들은 자존심을 잃고 부끄러운 줄도 모르고 운전수들과 민경원들의 장화발을 움켜잡으며 사람들이 사는 곳으로 도로 실어가 달라고 애원"(**송 라브렌찌, 「삼각형의 면적」**, 『레닌기치』, 1989.7.11)하기도 했다. 그러나 돌아오는 것은 자신들은 명령에 따를 뿐이라는 매정한 답변뿐이었다.

연해주의 한인들은 평생을 농민으로서 농사지을 땅을 찾아 고향을 떠났던 사람들이다. 어디든 부쳐 먹을 땅만 있다면 살아 갈 수 있다고 여기던 사람들은, 농사가 불가능해 보이는 땅을 마주하고는 깊은 절망에 빠지게 되었다.

"제갑동 사람들이 천신만고를 무릅쓰고 10월 중순 어느 날 아침에 내린 곳은 씨르다리야 하류지방 한 작은 정거장이었다. 〔…중략…〕 시야에 안겨드는 것은 사방이 다 까마득히 펼쳐진 지평선과 무연한 벌판, 산도 수림도 없고 가시나무 관목숲과 반모래불. 보면 볼수록 스산하기 그지없다"(**김기철, 「이주초해 : 두만강-씨르다리야강」**, 『레닌기치』, 1990. 4.11~1990. 6. 6) 죽음의 열차를 이겨내고 도착한 곳이 이런 황무지란 말인가.

한기를 피해 누울 자리조차 없는 벌판에서 그들은 무리지어 앉아 서로의 체온을 의지하며 밤을 지새워야 했다. 운좋게 원주민 마을 부근에 내린 이들도 있었다. 이런 경우에는 원주민의 호의가 큰 도움이 되었다. **송라브렌찌의 소설 「삼각형의 면적」**에는 이주 이튿날 한인들을 만난 카사흐 노인의 이야기가 실려 있다.

카자흐스탄 우슈토베의 벌판

차반인 그는 안해와 함께 호기심과 겁에 물려 밤에 그 무서운 일이 있었던 곳에 다가갔습니다. 그들은 사람들의 등이 이룬 허연 언덕을 보게 되었습니다. 그 언덕은 자루들로 덮여있었고 그 곁에는 아마도 그 자루들에서 쏟아놓았을 흰 쌀이 무덕무덕 쌓여있었습니다. 안해가 무슨 말인지 하였으나 그는 대꾸하지 않았습니다. 그는 무서운 사실을 알아맞혔습니다. 젊은이들이 늙은이들과 아이를 데린 여자들을 둘러싸고 자기들의 등으로 찬바람을 막아주었던 것입니다. 사람들의 말소리를 듣고 그 등들은 움직이기 시작하였습니다. 언덕이 무너졌습니다. 훤한 새벽빛 속에서 모를 사람들의 얼굴을 가려볼 수 있었습니다. 젊은 남자 둘이 언 몸으로 그에게 기여와서 사람들은 어데 있는가고 물었습니다. 늙은이는 그때 안해가 큰 어깨 수건을 벗어 자기에게 준 일도 기억하고 있었습니다. 그는 그 수건을 한 남자의 등에 덮어주고 사람들은 먼곳에 있는데 그와 안해는 새로 실려온 사람들과 관계를 가져서는 안된다는 엄금의 말을 들었다고 설명해주었습니다.

이렇듯 원주민들에게 이주민들과 접촉하지 말라는 명령이 내렸다지만, 인간적인 원주민들은 도움의 손길을 뻗어주었고, 이것은 이주지에서 다시 살아갈 힘이 되어 주었다.

그러나 사막 등지에 떨어져서 원주민의 도움을 기대할 수 없는 경우도 많았다. 한반도나 연해주와는 전혀 다른 풍토 속에서, 거주할 곳도 제대로 마련되어 있지 않은 상황 속에, 더러운 물을 마시며 병에 걸리곤 했다. 갈대 속의 모기 때문에 학질에 걸리기도 했다. 강제 이주 당한 한인들은 그 첫해에 각종 질환으로 신음을 했다. 특히 노인과 아이들이 많이 사망했다. 1929년도에 20만 명이었던 한인수가 1939년도에는 9만 4천 명이었다. 즉 이주의 과정과 이주 초기에 10만 명이 넘는 사람이 죽어간 것이다. (김 블라지미르, 『재소한인의 항일투쟁과 수난사』, 조영환 옮

이주 초기 고려인의 집

김, 국학자료원, 1997.)

이주지에 도착하면 반환해 준다던 재산은 제대로 반환되지 않아서 삶의 기반을 잡기가 더욱 어려웠다. 심지어 이주해올 때 호송열차에 탑승하기 직전에 열차 감독관은 그들에게서 주민증을 압수했는데, 그것의 반환도 이루어지지 않아서 한인들은 행정적인 차원에서도 많은 어려움을 겪어야 했다. 업종을 고려한 이송정책 때문에 가족간에도 이산 가족이 되어 서로 멀리 떨어진 곳으로 이주되기도 했다. 하지만 그마저도 제대로 시행되지 않아서 업종과 상관없는 곳으로 이주된 경우도 많았다. 농업과 상관없는 업종의 사람들을 농촌으로, 어업과 상관없는 사람들을 어촌으로 이송했다. 우즈베키스탄의 이주민 조사 자료에 따르면 1,600가구가 이주 후 제대로 취업을 하지 못하고 있었다. (블라지미르 김, 『러시아 한인 강제 이주사』, 김현택 옮김, 경당, 2000.)

우슈토베의 고려인들

이렇듯 죽음의 열차를 견뎌낸 사람들에게 종착지는 여전히 죽음을 강요하는 듯이 보였다. 끝없이 이어지는 잔인한 상황에 한인들이 느꼈을 절망감은 이루 헤아릴 수가 없다. 카자흐스탄의 우슈토베에는 최초 정착지를 알리는 표지석이 놓여 있고, 그 주변은 고려인들의 공동 묘지가 조성되어 있다. 그 묘지 아래는 한인들이 땅을 파고 들어가 살던 터라고 한다. 그 황량한 정경에서 당시의 참담함이 겹쳐 떠오른다.

이런 참담함 속에서 고려인들은 누구의 도움도 기대할 수 없이 스스로 이 난관을 헤쳐 나갈 수밖에 없음을 깨달았다. 그리하여 고려인들은 절망을 거부하게 된다.

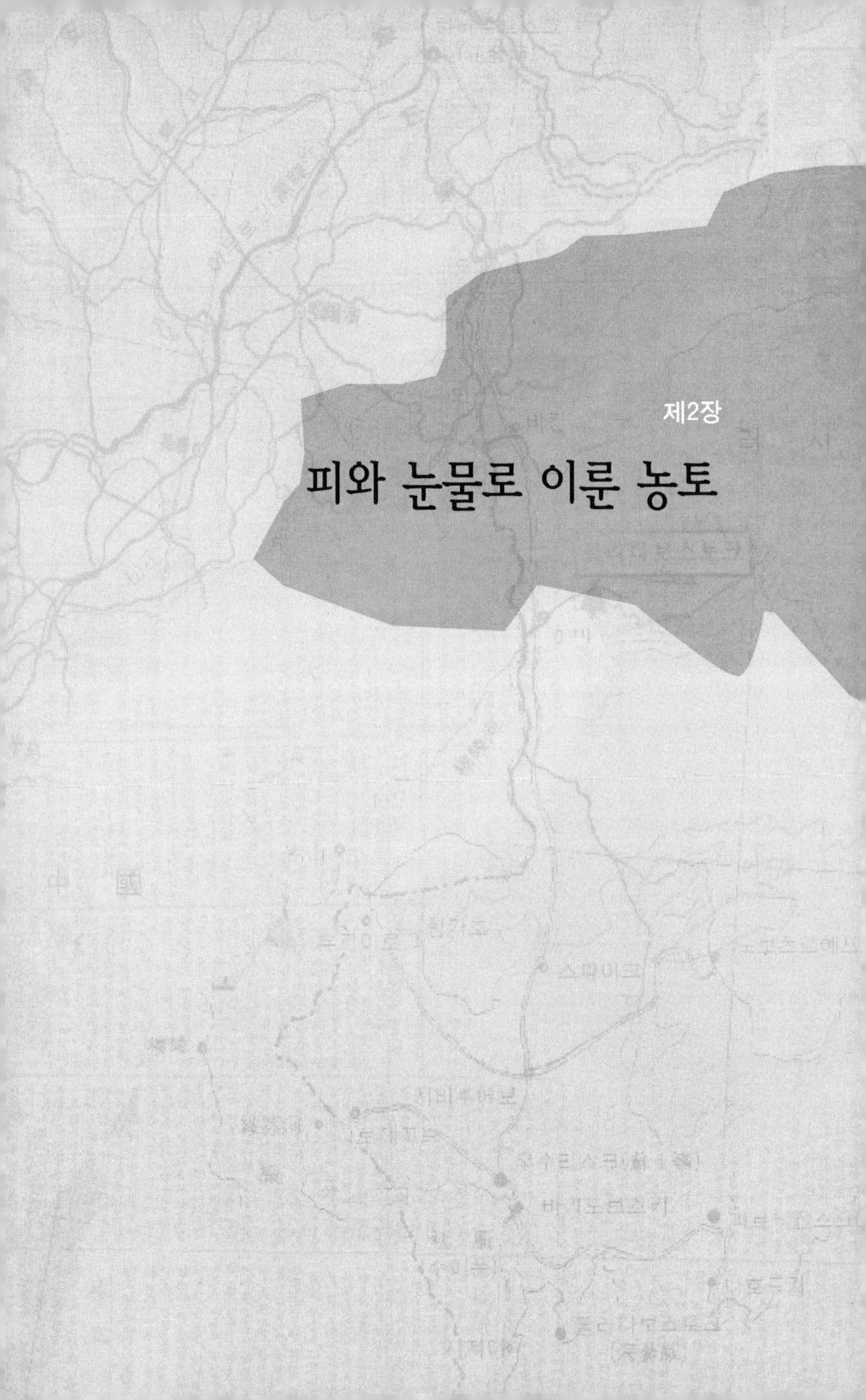

제2장

피와 눈물로 이룬 농토

제2장
피와 눈물로 이룬 농토

1. 맨손으로 땅을 파는 사람들

김기철의 소설 「이주초해」는 황당한 이주명령을 받기는 했지만, 이주지에 도착한 후에는 갈밭일지라도 강을 끼고 있는 넓은 땅을 배당받고 새롭게 삶의 터전을 일구는 마을 사람들의 모습을 그리고 있다. 작품 속의 마을 사람들은 한 기차에 함께 타고 옮겨왔는데, 우연히 의사 한 사람과 함께 이주할 수 있었고 덕분에 200명 마을 사람들 중 한 명만을 잃고는 나머지는 모두 무사히 도착한 것으로 그리고 있다. 이 마을 사람들이 배당받은 땅은 비록 가시나무밭과 감초나무밭이었지만, 3천 헥타르라는 넓이의 땅은 농지로 개간된다면 마을 사람들이 먹을 식량을 수확할 만했다. 게다가 두만강과 같은 장강 씨르다리야가 어머니의 젖줄이 되어주기에 충분해 보였으므로 마을 사람들은 희망을 품을 수 있었다. 그리하여 사람들은 힘을 내어 새로운 마을을 세우기 시작한다. "움을 파는 삽소리가 씽씽, 갈베는 낫질소리가 썩썩, 갈을 묶어메오는 발걸음소리, 떼를 떠서 나르는 숨소리, 소리와 소리들이 하나의 장엄한 교향

악을 이루어 이 벅찬 로력행진에 박차를 가하고 있다."라고 묘사된 장면은, 마치 우리의 새마을 운동 시기나 북쪽의 천리마 운동 시기의 활력적인 모습과 비슷하다. 게다가 그 땅의 원주민들인 카사흐인들이 이들을 돕고자 팔을 걷어 부치기까지 한다. 카사흐인들을 "집이 완공될 때까지 우리 아이들과 늙은이들이 림시 살수 있게 유르따를 빨리 지어주려"고 애써주는 것이다. 이렇게 한인과 현지인들이 힘을 합하여 집을 짓고 농지를 만들며 마을을 세우는 동안, 마을의 대표인 꼴호즈의 회장은 먼 곳 을 찾아가 도움을 요청한다. 그 과정에서 1925년에 먼저 중아 아시아에 들어온 "카스리쓰" 꼴호즈 같은 다른 꼴호즈로부터 종자를 나눠받는 등 많은 도움을 받는다. 또한 그 땅을 무단으로 차지하고 살던 현지 유랑민들을 꼴호즈에 받아들이면서, 그들에게서 참외와 수박 등의 과일과 채소도 얻고 그것들을 재배하는 기술을 배우기도 한다.

카자흐스탄 모쁘르 마을에 이주 초기 고려인의 집이 폐가로 남아 있다.

이렇듯 이 소설에서는 이주 직후의 상황이 매우 희망적이고 역동적으로 그려져 있다. 그러나 이 소설에서 그려지고 있는 모습이 일반적인 이주 직후의 모습이라고 할 수는 없다. 오히려 특별한 경우라 하겠다. 대부분은 이주초기에 맨손으로 땅을 일구며 모진 고생을 하였다. 농사도 한 이태 동안은 제대로 잘 안되고 힘겨웠던 곳이 많았다.

고려인들이 이주된 곳은 중앙아시아의 넓은 지역이었다. 한 곳에 이주해 온 한인 모두를 집단적으로 수용한 것이 아니라 현재의 카자흐스탄, 우즈베키스탄, 키르기즈스탄 등으로 분산되어 이주되었다. 그 어떤 곳이든 황무지이기는 마찬가지였다. 간혹 위에서 본 소설 속 사람들처럼, 옆으로 시르다리야강이 흐르는 곳에 이주되기도 했다. 그런 곳은 사람의 손길이 닿지 않아 당장은 황무지의 모습일지라도, 돌을 고르고 흙을 뒤집으면 좋은 농토가 될 수 있는 지역이다. 또 아랄해 근방으로 이주된 사람들은 어업으로 생계를 꾸리기에 적당했다. 그러나 이러한 조건의 장소는 극히 일부분일 뿐이었다. 많은 지역이 그런 좋은 조건을 갖고 있지는 못했다. 어떤 지역의 땅은 모래밭이거나 염분이 있는 등 농토로는 적합하지 않은 곳도 있었다. 그 중에 갈대밭은 갈대라는 식물이 자랄 수 있는 땅이니, 갈대를 뽑아내고 흙을 일군다면 농토가 될 수 있기에 그리 나쁜 편은 아니었다.

이런 척박한 환경을 사람 사는 곳으로 만들기 위해 고려인들은 땅을 팠다. 물길을 만들고, 땅의 염분을 씻어냈다. 손으로 땅을 판다는 것은 어떤 것일까. 한국 소설 중에서 어느 소설에선가 힘겨운 소작농으로 살다가 형편이 달라진 사람이 손톱이 길게 자라나서 일부러 깎아야 한다는 사실에 신기해하는 장면을 본 기억이 있다. 맨손으로 땅을 팔 때는 손톱이 닳아서 일부러 깎을 정도로 길게 자라날 새가 없었던 것이다. 고려인들의 상황도 이와 같았을 것이다. 손톱이 길게 자라나지 못할 뿐만

우즈베키스탄 타슈켄트에 있는 김병화박물관 앞의 물길.
이 물길도 처음에는 다 손으로 팠다고 한다.

아니라, 오히려 닳고 닳아 손가락을 파고 들어가 피가 났을지도 모를 일이다.

짐승처럼 실려 와서는 쓰레기처럼 버려진 처지를 한탄하며 넋을 놓고 있을 수는 없었다. 늦가을에 접어들어 해는 점점 짧아지고 바람도 매서워지고 있었다. 어떻게든 몸을 누일 수 있는 집을 마련해야 했다. 그런데 아무리 주위를 둘러봐도 황량한 벌판뿐이었다. 밝은 날 다시 주위를 살펴보아도 갈대 외에는 집을 지을 목재조차 없는 허허벌판이었다. 설령 목재가 있었다고 하더라도 급하게 쫓기듯 떠나오느라 연장을 제대로 챙기지 못했기에 집을 마련하는 일은 여전히 수월치 않았을 것이다. 사람들은 찬바람을 피해 맨손으로 땅을 파고 들어갔다. 그렇게 토굴을 만들고 추운 겨울을 그 속에서, 맨바닥에서 지내야 했다. **한진의 소설 「공포」**에는 이주 직후의 모습에 대한 꿈 장면이 나오는데, "이 길들이 가닿는 저 어데 까마득한 먼곳에 원동에서 실려들어온 조선농민들이 땅굴을 파고 갈대를 덮고 지금 이 겨울을 나고 있을 것이다."라고 서술되어 있다. 사람들은 '열려 있는 하늘'과 '마루바닥이 없는 땅'에서 짐승처럼 지내야 했다. 땅의 습기가 고스란히 몸을 파고들어 곤한 몸을 더욱 무겁게 했다. 그러나 이런 땅굴집도 언제 빼앗길지 모르는 상황이었다. 카자흐스탄 인민위원회 위원장 앞으로 보낸 탄원서 중에는 "이주 지구장이 우리가 살고 있는 토굴집을 내놓으라고 명령"하였는데, "주택을 살 돈이 없으며 또한 많은 아이들을 데리고 겨우 살아나가고 있"으니 "지금 살고 있는 토굴집에서 살 수 있도록 지시를 줄 것을 부탁"하는 경우도 있었다. (이창주, 『유라시아의 고려사람들』, 명지대학교, 1998. 166쪽)

남부 치르치크에서는 심지어 소 분뇨를 치우지도 않은 채 한인들을 외양간에 배치하기도 했다고 한다. 주거환경이 비위생적인 데다가 월동 준비가 전혀 안 된 상태인데, 의료 서비스망이 크게 부족했다. 그런 상황이고 보니, 중앙위원회 인민위원회 앞으로 열악한 주거환경과 구직난에 관해 한인 노동자, 사무원, 지식인들의 탄원이 쇄도했다. (블라지미르 김, 『러시아 한인 강제 이주사』, 김현택 옮김, 경당, 2000.)

이런 열악한 상황을 삶의 터전으로 만들기까지, 꼴호즈가 제 모습을 갖추기까지 두어 해 동안 고려인들은 두더지처럼 맨손으로 땅을 파야했다.

우즈베키스탄의 타슈켄트 외곽에 김병화박물관이 있다. 중앙아시아의 척박한 이주지에서 성공적인 꼴호즈를 일구어 두 번이나 노력영웅이 된 김병화 선생을 기념하는 박물관이다. 박물관 앞에는 물길이 흐르고 있었다. 그 곳 북극성 꼴호즈의 농업용수를 대는 물길이다. 김병화박물관을 관리하시고 설명해 주시던 장에밀리아 할머니는 그 물길을 가리키며 "이 물길도 처음엔 다 손으로 팠소." 하셨다. 우즈베키스탄은 대륙성

기후 지역으로 길고 무더운 여름엔 낮에 40도를 넘는 날이 흔하고, 겨울엔 영하 40도에 가까운 혹한이 빈번하다. 한여름의 뜨거운 햇살과 한겨울의 살을 에는 추위 속에 제대로 된 도구조차 없이 그 엄청난 물길을 맨손으로 파내는 모습이 환영처럼 떠올라 마음이 아팠다.

척박한 땅에 다시 뿌리 내리는 일은 모질고도 모진 일이었으나, 고려인들은 무에서 유를 창조하듯이, 제대로 된 도구도 없이 땅을 뒤져 토굴을 만들고 물길을 만들고 농토를 일구었다. 그들의 노력들로 하여 쌀 재배의 북방한계선이 북쪽으로 이동되었다. 쌀을 기를 수 없는 땅에는 목화를 심었다. 고려인들의 손이 닿은 곳은, 더 이상 버려진 땅 황무지가 아니었다. 고려인들의 손은 '마이더스의 손'으로 불리었다.

2. 다시 꼴호즈를 일으키며

연해주는 한반도와 비슷한 풍광에 기후도 비슷했지만, 중앙아시아의 넓은 땅은 한 번도 살아보지 못했던 낯선 풍경으로 펼쳐져 있었다. 농지가 부족해서 조그마한 자투리 땅이라도 놀리지 못하는 한반도나 연해주와는 달리 땅은 끝없이 넓었다. 그러나 좋게 볼 수 있는 건 땅이 넓다는 것 하나 뿐, 당장 초겨울에 접어들어 바람이 몹시 찼고, 물이 맞지 않았고, 어떤 갈밭에는 엄청난 모기가 들끓었다. 그래서 죽음의 열차길을 이겨내고 새 이주지에 도착했지만 고난은 끝나지 않았다. 물과 풍토가 맞지 않아서 학질과 풍토병이 돌았고, 결국 구사일생으로 이주지에 도착한 보람도 없이 또 수많은 사람들이 죽어 갔다.

그러나 고려인들은 쉽게 무너지지 않았다. 여태껏 살아온 땅과 너무도 다른 자연환경의 어려움에 더해, 납득하기 어려운 정치적인 억압을

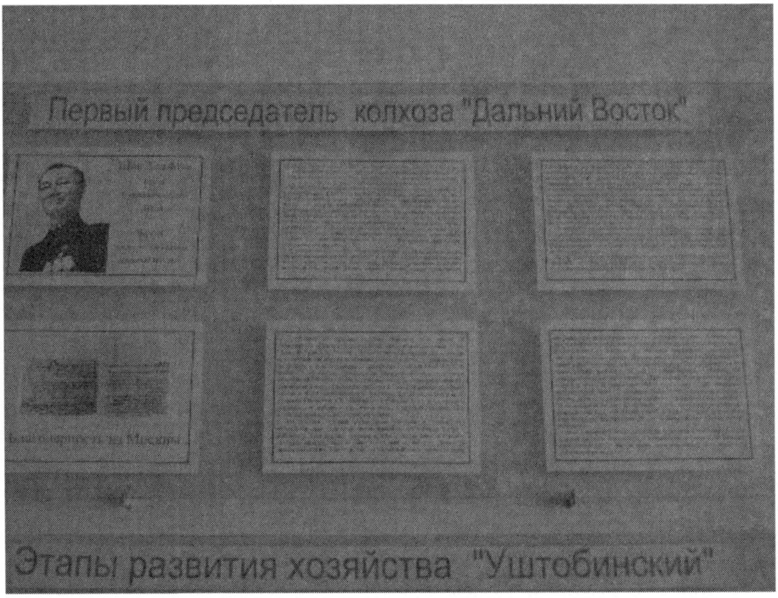

카자흐스탄의 달늬보스톡(원동) 꼴호즈와 위원장 신현문
—우슈토베의 제르진스키중등학교에 게시되어 있는 내용이다.

받았음에도 고려인들은 강인하게 이겨냈다. 고려인들은 이미 연해주에서 수비에트혁명을 경험하고 꼴호즈를 이루어 생활하였다. 1924년에 전소련조선족협회도 조직되었다. 1926년 러시아공산당 극동지역집행위원회 소수민족담당 전권대표 김기령의 조선족총화보고에 의하면 극동지역에만 조선족의 수가 160,000명이 넘어섰으며 유치원에서 전문사범학교까지 176개의 조선인학교와 300여개의 문맹퇴치학교가 설립되고 정치, 행정기구 진출, 협동조합, 집단농장 등 자체적 경제조직운영 등 조선족자치주설립문제까지 논의되는 단계에 이르렀다. (이창주,『유라시아의 고려사람들』, 명지대학교, 1998. 140쪽) 이러한 경험이 있는 고려인들이기 때문에 중앙아시아에서의 생활도 꼴호즈를 중심으로 이루어졌다.

1938년에 우즈베키스탄 공화국에는 48개의 고려인 집단농장이 있었다. 모스크바 정부는 이주 첫 해에 고려인 집단농장에 세금을 면제해 주었다. 그런데 세금을 면제해 주는 것이 무색할 만한 일이 벌어졌다. 고려인들은 이주 첫 해인 그 해에 풍년을 거둔 것이다. 이것은 비정상적인 일이다. 참담한 이주 과정을 거쳐 겨울에 맨손으로 황무지에 떨어진 사람들이 어떻게 1년도 안 되어서 그 땅을 옥토로 만든단 말인가. 이러한 성과를 거두기까지 얼마나 모진 고생을 하였을 것인가. 1937년 11월 까라깔바기 자치공화국, 호레즘구역에서 고려인이주민들은 너무나 생활이 어려워서 스탈린에게 편지를 썼는데, 이를 통해 이주초기의 어려움을 엿볼 수 있다.

"우리들은 37년 10월 22일에 호르세일리시에 도착하였습니다. 오늘날까지 우리에게 식료품 땔나무 운수기계 가축 곡물 채소를 공급하여 주지 않았습니다. 원동에서 우리가 떠날 때에 지방 곡물수매소, 고기수매소, 채소수매소에 우리가 소유하였던 모든 것을 반납하였습니다. 그때 현지에 도착하면 국가에서 모두 그의 대가를 공급하겠다고 관리들은 말하였습니다. 그래서 우리는 관리의 말들을 믿고 그대로 떠났습니다. 지금 우리들은 집도 없이 하늘 아래에서 살고 있습니다. 지금은 춥습니다. 우리에게는 가진 돈도 없습니다. 우리에게는 운송할 말도 없습니다. 또 우리들은 몇 번이고 자발적으로 열심히 일하여 목화를 수확한 것을 지방 콜호즈에 협조하였습니다. 어린아이에게는 교육의 기회가 주어지지 않았고 학교도 없습니다. 대학생에게는 대학으로 가는 허가도 주지 않았고, 또 대학생을 마치 죄인 취급하듯 하고 있습니다. 우리는 물론 당과 정부의 정책이 이렇게 되어 있지 않으리라는 것을 알고 있습니다."

—김 피오트르 게르노비치, 방상현 공저, 『재소 한인이민사—스탈린의 강제이주』, 탐구당, 1993.

고려인들은 여러 악조건에 굴하지 않고 꼴호즈를 다시 일으키기 시작했다. 그런데 우즈베키스탄의 기후는 한반도나 연해주와는 다르다. 초여름에 이미 30도를 훌쩍 넘는 뜨거운 날씨이다. 건조해서 그늘에서는 시원함을 느낄 수 있다지만, 농사를 짓는데 시원한 그늘을 찾아다니며 할 수는 없는 일이다. 그 뜨거운 햇볕을 고스란히 견뎌낼 수밖에 없었다. 건조한 날씨라는 것은 비도 거의 내리지 않는다는 것이다. 비가 적다는 것은 한반도나 연해주에서 겪었던 태풍의 피해를 더 이상 고민할 필요가 없다는 뜻이기도 했다. 반면에 농작물을 키우기 위해서 물을 인위적으로 늘 대주어야 했으므로, 수로를 만드는 일이 필수적이었다. 꼴호즈 조직원들이 힘을 합하여 이런 일련의 자연적 특성에 적응하게 된 꼴호즈의 경우에는 믿을 수 없는 수확을 이주 첫 해부터 거두게 된 것이다.

김병화꼴호즈의 농토

1938년 11월 우즈베키스탄 공화국 농업부장 '바꿀린'은 소련 공산당 중앙위원회에 다음과 같은 보고서를 제출하였다.

"타슈켄트의 고려인 거주지 집단농장은 대단히 높은 농업기술 수준을 보유하고 있다. 이들은 불모지임에도 불구하고 높은 수확량을 달성하였다."

고려인들의 성과를 국가 단위에서 인정한 것이다. 고려인들이 새로운 이주지에서 거둔 수확량이 얼마나 대단했는지는 통계자료가 명확하게 드러내고 있다. 1940~1963년 동안 중앙아시아 평균 수확량은 1ha당 14.9~22.4쩬뜨네르(1쩬뜨네르=100kg)이었지만, 고려인의 최고 수확량은 1ha당 무려 60~70쩬뜨네르였다.

이렇듯 중앙아시아에 뚝 떨어진 고려인들은 물이끼가 깔려있는 습한 땅에 "모기떼가 하늘 덮던 곳"을, "새집들이 줄줄이 일어"서고 "골목골목 백양나무 높이 솟은 정든 우리 마을"(**김종세, 「우리 꼴호스」**)로 일구었다. "밀림인 양 앞을 가로 막는" 갈대를 "깡그리깡그리 베어" 치우고, "진펄을 옥답으로 만들었다./이 땅을 아껴가며/이 땅에/두엄을 주고/물을 주어/황금의 낟알 태산을 이루었다."(**김광현, 「싹」**(장편서사시)) 이것은 눈으로 보면서도 믿기 어려운 대단한 성과였다.

물론 모든 고려인 집단농장이 성공한 것은 아니다. 연해주에서 조성된 집단농장이 그대로 중앙아시아에 옮겨져 활동을 재개하였기 때문에 큰 시행착오는 없었지만, 농장지도자의 자질과 정치적 탄압을 통해 일부의 집단농장은 초기 정착과정에서 실패하여 여전히 힘겨운 상황에서 벗어나지 못하고 있는 경우도 있었다.

고려인들이 이주 초기의 어려움을 이겨내는 데는 현지 토착민들, 즉 카사흐인들 우즈벡인들 타타르 민족들 등의 도움도 큰 힘이 되었다. 정상진은 현지 원주민들의 도움을 다음과 같이 회고하고 있다.

"먼 촌들에 사는 카자흐인들이 조선 이주민들이 이런 처지에 있다는 것을 알고는, 더운 빵이 식을까봐 이불에 싸서 당나귀에 실어다가, 먼저 우는 어린이들과 앓는 노인들에게 주고 나서 전체 이주민들에게 나누어 주곤 했다. 카자흐 여자들도 빵을 갖고 와서는 나누어 주면서 우리와 함께 울고 했다. 세상에 이처럼 인정이 두텁고, 동정심이 많고, 또 손님 대접을 진심으로 사심 없이 해주는 또 다른 민족이 세상에 있다고 하면 나는 믿을 것 같지 않다.

카자흐스탄에 살고 있는 조선족은 천추만대 살아서 카자흐 인민을 잊어서는 안 된다. 이들은 우리의 은인들이며 형제들이다."

—정상진, 『아무르만에서 부르는 백조의 노래』, 지식산업사, 2005. 156쪽.

한밤중에 유르따는 떠들썩
낯 모를 길손이라 거리낌 없이
친절하게 주인은 마중하였네
뜨거운 차 권하는 주인 아낙네
잠에서 깨여난 철없는 어린애들
얼굴마다 반가운 표정이였네
—이 집은 당신의 친척입니까?
얼마후에 오라스 아가에게
물어보았더니
—누구나 유르따에 들어온 사람은
가까운 친척이나 다름없답니다
이것은 카자흐들의 풍속이랍니다

—양원식, 「누구나 유르따에 들어온다면」 중에서

이렇듯 현지 원주민들의 도움을 받아 삶의 터전을 마련하기 시작한 고려인들은, 그들 나름의 전통적인 경영 방식과 농사법을 중앙아시아에 이식하게 되었다. 중앙아시아와 카자흐 지역에서 전혀 실시되지 않았던 쌀 농사가 이 시기에 도입되었다. 그리하여 오늘날에는 쌀 농사가 이 지역의 농업단지의 주요 품목 중 하나로 대두되기에 이르렀다. 황무지를 개간하여 결국 주식인 쌀을 재배할 수 있는 논을 만들어 낸 것은 기적 같은 일이었다. 한반도에서도 쌀이 주식이지만 모든 땅을 쌀을 경작할 수 있는 논으로 만들 수는 없었다. 그만큼 논을 만든다는 것은 쉬운 일이 아니었기 때문이다.

이러한 고려인들의 생활력은 경이 그 자체였으며, 이러한 고려인들의 생활력을 지켜본 카자흐스탄 사람들은 "고려인은 부지런하다"는 것을 모두들 인정했다. 1990년대 중반 카자흐스탄의 경제가 구소련 붕괴의 여파로 큰 어려움을 겪고 있을 때 나자르바예프 카자흐스탄 대통령은 대국민 메시지에서 "우리는 불굴의 정신으로 노력하면 이 난국을 타개할 수 있으니 **예전에 고려사람들이 빈손으로 강제이주 당해 황무지에 버려졌으나 그걸 옥토로 일구며 생존해왔던 것을 본받아야 한다**"(강조는 인용자)라는 요지의 연설을 할 정도였다. (김병학, 『카자흐스탄의 고려인들 사이에서』, 인터북스, 2009. pp.139~143)

"어제날의/모래땅,/소금땅"을 오늘날 오곡이 패는 기름땅으로 만든 것은 바로 '생명수'라고 불린 고려인들의 '근면한 일손'이었다. (**리진,「생명수」**) 바다를 보기 힘든 중앙아시아땅에서 곡식들이 싹을 틔우고 자라는 모습은 푸른 파도가 출렁이는 듯했다. 고려인들은 그 드넓은 황무지 땅에 곡식으로 푸른 물결이 출렁거리게 하였고 목화송이로 하얀 물결을 일렁이게 하였다. 그리하여 중앙아시아의 문학 속에 '곡파'와 '꽃바다'라는 표현이 창출되었다.

3. 소비에트연방의 자랑—북극성 꼴호즈와 목화밭

고려인 꼴호즈의 기적을 보여주는 대표적인 곳은 '북극성' 꼴호즈이다. 북극성 꼴호즈는 스탈린의 명령으로 집단농장이 조직된 첫 해인 1929년에 연해주 미하일 지구의 리풉카 마을에 조성되었다. 그리고 1937년에 우즈베키스탄 타슈켄트 지구 중치르치그로 이주되었다. 이주 초기에는 매우 힘겨운 상황이었다. 이주 초기에 회장을 맡은 김기눅이 누명을 쓰고 잡혀갔기 때문이다. 이주전부터 이주초기까지 이어진 지식인 검거 열풍에 걸린 것이다. 낯설고 황폐한 땅에서 구심점이 될 회장도 잡혀가자 꼴호즈가 제대로 운영되지 못했다. 그래서 북극성 꼴호즈는 이주하자마자 기적을 이룬 꼴호즈에는 해당하지 못했다. 그러나 1940년에 5대 회장에 김병화가 취임하면서 북극성 꼴호즈에도 놀라운 일이 일어나기 시작했다.

김병화가 부임한 지 1년 만에 1ha당 평균 40쩬뜨네르의 곡물을 생산해냈다. 별도의 작업반은 60~70쩬뜨네르를 거두기도 했다. 소비에트연방은 국가에 내야 하는 할당량 외에 잉여생산물은 자유롭게 사용할 수 있게 했기 때문에, 조합원들은 풍작의 기쁨을 누릴 수 있었다. 잉여생산물은 조합원 개개인이 공평하게 배분받았을 뿐만 아니라, 집단농장 발전 기금으로도 비축하여 공동 자본금으로 주택이 건설되었다. 이후에도 계속된 풍작으로 북극성 꼴호즈에는 공공시설이 하나둘 갖춰가기 시작했다. 꼴호즈 중앙에는 도서관, 병원, 학교, 상점, 마을회관, 사무실 등이 하나둘 생겨났다. 조국애호전의 전시 기간에도 북극성 꼴호즈는 계속해서 성장해 나갔고, 1943년에는 자체적인 발전소를 건설하게까지 되었다. 북극성 꼴호즈는 그 자체로 자족적인 하나의 작은 도시를 이룬 셈이다.

1947년 소비에트 최고연방의회는 소련에 존재하는 모든 집단농장을 대상으로 최고의 수확량을 달성한 사람에게 사회주의 노력영웅 칭호를 수여하며 훈장과 메달을 수여한다는 법을 통과시켰다. 1948년에 김병화는 사회주의 노동영웅으로 선정되어 훈장과 메달을 받았다. 1949년에는 북극성 조합원 니콜라이 이, 세르게이 허, 전만복, 전병운 등 15명이 이 칭호를 받았다. 이렇게 해서 1949년부터 1957년까지 북극성 집단농장에서 26명의 사회주의 노동영웅이 배출되었다. 그리고 1951년 김병화는 두 번째 사회주의노동영웅 칭호를 받아, 이중영웅이 되었다. 소연방 전체에서 이중노동영웅이 된 사람은 65명뿐이다. 그 중 고려인이 3명이고, 우즈베키스탄에서도 3명에 불과했다. 성과만으로 따지자면 김병화는 세 번째 노동영웅 칭호도 받을 수 있었지만 소연방은 소수민족인 그에게는 이중영웅으로 족하다고 거부했다고 한다. 어쨌든 이런 업적을 인정받아 그는 1940년에 지역인민 대표위원으로 선출되고, 1974년에 사망하기까지 35년동안 북극성을 이끌었다.

사회주의이중노동영웅은 청동으로 흉상을 제조하여 고향에 세울 수 있었다. 그런데 김병화의 흉상은 북극성 꼴호즈에 세워졌다. 왜냐하면 서류상의 고향인 연해주 수이푼 지구 차삐고우에 가봤지만, 마을이 모두 사라져버렸기 때문이다. 황폐화한 마을터를 둘러보며, 김병화는 우즈베키스탄을 새로운 고향으로 삼기로 마음을 굳혔다고 한다.

북극성 꼴호즈는 꾸준히 성장하여, 1952년에는 우즈벡인들이 운영하던 '아훈바바예바' 꼴호즈와 '쿠질릭' 꼴호즈를 합병하기에 이르렀다. 현지인들도 그들의 근면성실함과 그로 인한 높은 성과를 인정하게 된 것이다. 그리하여 김병화가 운명했을 때, 북극성 꼴호즈는 '김병화꼴호즈'로 불리게 되고, 꼴호즈 앞 거리도 한 때 '김병화거리'라고 불렸다. 비록 소련 해체 이후 우즈벡 민족주의가 대두된 오늘날에는 다시 그 이름이 묻히고, 영광스런 그 모습은 '김병화 박물관' 안의 흑백사진으로만 남았지만, 고려인들의 가슴속에는 여전히 자랑스런 모습으로 새겨져 있다.

중앙아시아에서 고려인 꼴호즈가 거둔 눈부신 성과는 비단 북극성 꼴호즈에만 한정되지는 않는다. 카자흐스탄 크즐오르다의 아방가르드 꼴호즈(회장 김만삼)는 1942년에 1ha 당 150쩬뜨네르를 수확하여 쌀 수확 세계신기록을 수립하기도 했다. 1948년에서 1960년 말까지 노동영웅의 칭호를 받은 고려인은 총 201명이다. 중앙아시아 44만 명의 고려인 중에서 201명이란 것은 민족별 인구대비로 보면 대단한 숫자이다. 고려인과 함께 많은 노동영웅을 배출한 따따르인들은 6백만 명 중에서 210명, 타직인들은 250만 명 중에서 250명이 노동영웅 칭호를 받았다.

고려인들이 이렇게 노동영웅이 되기까지 애써 가꾼 작물은 주로 쌀이었다. 우리의 주식인 쌀을 이 척박한 땅에 억척스럽게 이식시킨 것이다. 그리하여 고려인들은 쌀재배의 북방한계선을 변화시키기까지 했다. 그러나 중앙아시아의 풍토는 벼를 심기에 적당하지 않은 땅이 많아서 벼만을 고집할 수는 없었다. 주식인 쌀이나 그 외 곡물이나 채소를 심을 수 없을 정도로 척박한 땅에는 목화를 심었다. 목화는 물이 잘 빠지는 모래로 된 땅에서 잘 자라는 작물이며, 중앙아시아의 기후에 적당한 작물이기 때문이다.

한때 '김병화거리'로 불렸던, '김병화박물관' 앞 거리를 따라 나오다 보면 넓은 목화밭이 있다. 옛 소연방 곳곳에는 이런 넓은 목화밭이 있다. 특히 현재의 우즈베키스탄 지역이 면화 생산의 중심지여서, 한때 우즈베키스탄에서는 국민의 절반 정도가 면화 산업에 종사하기도 했다고 한다. 우즈베키스탄의 면화 생산고는 세계에서 3위를 차지한다. 소연방이 철의 장막에 막혀 감추어져 있을 때조차도, 스탈린은 목화밭만은 자

우즈베키스탄 타슈켄트 외곽에 있는 김병화박물관
예전에는 이 일대가 김병화꼴호즈였지만 지금은 이렇게 박물관만 남아 있다.

랑스럽게 공개했다고 한다.

우즈베키스탄은 이미 4000년 전부터 면화와 실크가 재배되기 시작된 곳이다. 그러나 현재 '섬유산업의 메카'로 자리잡은 것은 과거 소련의 지역별 특화산업 육성정책 때문이었다. 국경 북쪽의 시르다리야강(江), 남쪽의 아무다리야강이 흐르는 우즈베키스탄의 지형적 특성을 활용해 소련이 강물을 내륙으로 끌어들여 목화와 누에고치를 집중적으로 생산하게 했다. 그 결과 1991년 소련 붕괴 이후에도 우즈베키스탄은 세계 5위의 면화생산국(약 350만t), 세계 3위의 누에고치생산국(약 3만t)이 됐다.

타슈켄트 인근에서 목화농장을 운영했었다는 소슬란씨는 "45만 명의 어린이들이 목화수확기인 9월에서 11월까지 학교에 나오지 않고 강제 노동에 동원된다는 서방의 비판은 일부 사실이었다"며 "정부에서 헌법에 따라 어린이 노동을 금지하겠다고 약속했다"고 말했다. 목화밭에서 자행된 어린이 노동은 임금이 거의 지급되지 않거나 자주 체불되었을 뿐만 아니라, 노동조건이 열악해 목숨을 잃는 경우도 있었다고 한다.

현지를 답사했을 때, 작황기를 넘긴 목화밭은 목화송이가 드문드문 희끗하게 내보일 뿐, 작달막한 키의 목화나무들이 메마른 모습으로 서 있었다. 하지만 어린이 노동에 대한 비난 때문인지 모르겠지만, 안내원은 목화밭은 사진 촬영을 할 수 없다고 주의를 주었다. 사진을 찍는 순간 어딘가에서 경찰이 나타나 문제를 삼는다고 한다.

목화는 비옥하지 않은 땅에서도 잘 자라지만, 그렇다고 경작하기에 수월한 작물은 아니다. 파종과 더불어 수확할 때까지 뿌리를 제외한 나머지 부분인 가지, 잎, 꽃, 목화송이가 물에 젖으면 제대로 성장하지 못한다고 한다. 그래서 4월부터 10월까지 비가 오지 말아야하는데, 우즈베키스탄의 건조한 기후는 목화재배에 적당하다고 하겠다. 하지만 뿌리에는 계속해서 물을 공급해야 하기 때문에 물길을 잘 대야한다. 수확도 까다롭다. 바람이나 비에 의한 피해를 막기 위해서는 타래가 터지자마자 목화를 따야 하지만, 모든 타래가 동시에 성숙하는 것은 아니기 때문에 기계로 딸 때에는 모든 타래가 성숙한 뒤 수확한다. 손으로 딸 때에는 며칠씩 걸리지만 성숙하여 벌어진 타래만을 골라 딸 수 있어 오히려 수확량을 높일 수 있다. 또한 손으로 딸 경우에는 상당히 깨끗한 목화를 얻을 수 있지만, 기계로 빨아들여 딸 때에는 다래에 먼지·오물 등이 쌓이게 되며 좋은 목화와 변색된 목화를 구별할 수가 없다. 그래서 더 좋은 목화를 수확하기 위해서 기계를 이용하기보다는 그저 사람의 노동에 의존하여 재배하고 수확하는 경우가 많았는데, 그 노동이 너무도 힘들어서 중앙아시아의 많은 여성들이 건강을 해쳤다고 한다. 목화와 관련

이중노력영웅 김병화

한 이야기 중에는 목화를 따다가 허리와 등을 다 상하여서 제대로 걷지도 못한다는 이야기도 있고, 뼈가 녹는다는 표현도 등장할 정도이다. 미국의 경우 흑인 노예들을 이용한 가혹한 목화 재배는 악명이 높다.

북극성 꼴호즈는 목화재배에서도 탁월했다. 보통 1950년대 중앙아시아 목화 평균 수확량이 1ha당 20.4쩬뜨네르였는데, 북극성 꼴호즈에서 수확한 목화는 1ha당 평균 48.2쩬뜨네르였다.

조국애호전 시기에는 목화 생산량이 감소하니까, 곡물 경작지를 목화 경작지로 바꾸는 법이 생기기도 했다. 그러나 그것은 그렇게 간단한 일이 아니다. 곡물을 키우던 땅에 대신 목화 씨를 뿌리기만 하면 목화밭이 되는 것이 아니다. 목화가 자랄 수 있는 토양으로 토질을 개량해야 한다. 당시에 목화경작지를 조성하기 위해 사용한 방법은 이렇다. 먼저 토양의 염분 제거하기 위해 물을 대고 보리를 심는다. 보리를 수확한 뒤에는 잡초를 제거하기 위해 '수수'과의 작물을 심는다. 이러한 단계를 거쳐야 목화에 적당한 토질로 바뀌는 것이다.

목화는 소비에트의 자랑이었지만, 또한 여러 모로 힘겨운 노동을 안겨준 작물이었다.

그래도 이 목화를 소재로 한 작품이 많이 쓰였다. 전동혁의 「목화 따는 처녀들의 노래」(1941), 김광현의 「면화밭」(1947.11.30), 연성용의 「힌꽃 바다에 나는 맘」(1947.12.28) 등이 있다. 김동철의 「면화꽃」(1948.8.1), 김철수의 「면화 따는 처녀」(1951.12.30), 김광현의 「목화 따기」(1957.9.29), 안동빈의 「목화꽃이 피였다」(1960.8.28), 장만금의 「목화 농사의 노래」(1962.10.21), 김종세의 「목화 따는 선옥이」(1963.10.1) 등 제목에 목화가 들어가는 작품만 해도 그 수가 상당하다. 연성용은 「목화산 조국에 선물드리자」(1947)라는 작품도 썼는데, "목화송이 송이마다 건설의 벽돌되어/조국의 힘 나날이 더 커지게 하고/보드러운 솜덩

우슈토베의 꼴호즈

이 정성으로 받들어/전쟁의 상처를 알뜰히 싸주자"라고 하여 목화로 인하여 조국이 부강해지고 전쟁의 아픔도 이겨낼 수 있다는 희망을 피력하고 있다. 그리하여 "부강한 조국의 승리적 민중아/시월이 준 우리 행복 끝까지 지키자/원수들이 넘지 못할 천산보다 더 높은 산/목화산 조국에 선물드리자"고 독려한다.

아방가르드 꼴호즈(농장장 김만삼)도 놀라운 수확량을 거둠으로써, 수차례(6회)에 걸쳐 영상물이 제작되었다. 최초로 소개된 것은 1942년으로 아방가르드 집단농장의 벼 수확과 벼농사 전문가 김만삼을 영상으로 소개하고 있으며, 1948년에는 아방가르드 농장의 도정공장 및 문화회관 건물을 소개하고 있다.

꼴호즈의 생활에서 엄청난 작물 수확만 거둔 것은 아니다. 중앙아시아는 다민족 사회인지라, 꼴호즈도 다른 민족과 어울려 살아가는 터전인 경우가 많았다. 연해주의 꼴호즈 조직원들이 그대로 옮겨온 경우에는 이민족과의 교류가 적은 폐쇄적 구조였겠지만, 그런 경우보다는 연해주의 꼴호즈가 해체되고 중앙아시아에서 새롭게 꼴호즈를 이룬 경우가 많았다. 처음에는 고려인들만의 꼴호즈였던 곳도, 시간이 지남에 따라 꼴호즈의 경작지가 확대됨에 따라 이민족들도 받아들이게 되었다. 현지의 토착민들도 함께 살게 되어 꼴호즈의 구성원들이 여러 민족으로 이루어진 다민족 꼴호즈가 형성되면서, 모름지기 진정한 중앙아시아의 꼴호즈가 된 셈이다.

그러나 그때까지만 해도 우리 민족은 타민족과 함께 어울려 살아간 경험이 거의 없었기 때문에, 타민족과 함께 살아가는 데에는 서툴렀다. 하지만 그것은 우리 민족만의 문제는 아니었다. 스탈린은 초기에 집단농장의 구성원을 다양한 민족간의 혼합적인 형태를 권유하였다. 이에 대해 중앙아시아 지역의 민족들은 반발하며 단일 민족으로 꼴호즈를 꾸려가는 경우가 많았다. 그렇지만 1937년에 강제이주를 통해 중앙아시아에 한민족을 비롯한 이민족이 들어오면서 초기 형태에 변화가 일어났다. 원래 그 지역에 살고 있던 민족과 새롭게 이주당한 민족들이 섞여서 꼴호즈가 꾸려진 것이다. 말이 통하지 않은 상태에서 오해를 하기도 하고, 풍습이 달라 오해가 생기기도 했다. **김기철의 소설 「첫사귐」**(1938, 종합작품집, 『씨르다리야의 곡조』, 1975에 재수록)에는 타민족과 처음 맞닥뜨린 고려인 마을 사람들의 당혹스러움이 그려져 있다. 쓰러진 고려인 처녀를 도와준 카자흐인에게 고맙다고는 못 할망정, 카자흐인들이 처녀를 잡아간다고 오해하여 책임을 추궁하는 모습을 보인다. 하지만 곧 정황을 이해하게 되자 고려인들은 진심으로 사과를 하고, 카자흐인들은 흔쾌히 사과를 받아들인다. 타민족과 어울려 살아보지 못한 한민족이 낯선 땅에 와서도 원주민들에 대한 편견을 드러내는 것과는 달리, 유목민족으로서 타민족에게 너그러운 성품을 지닌 카자흐민족의 모습이 대조적이다. 곧 오해가 풀리고 두 민족간에 친선이 이루어진다. 한민족은 이를 계기로 타민족과의 공생에 첫걸음을 내딛게 되었다.

제3장

'대조국전쟁'의 최전선에 설 수 없는 사람들

제3장
'대조국전쟁'[1]의 최전선에 설 수 없는 사람들

1. 역사에 유래가 없는 잔인한 전쟁

죽음의 열차와 이주지의 전염병 그리고 기아를 힘겹게 이기고 살아남아서 다시 꼴호즈를 일군 고려인들. 그들은 황무지 같은 땅을 농지로 개간하기 위하여 피땀을 흘렸다. 지금까지 살아온 곳과는 자연환경이 너무도 다른 곳으로 끌러오다시피 이주되어 온 상황에서, 고려인들이 믿을 수 있는 것은 정직한 땅 뿐이었다. 뿌린 대로 소출을 내주는 땅은, 고려인들의 눈물과 노고를 배신하지 않았다. 그리하여 이주 이듬해부터 많은 수확을 거둘 수 있었다. 고려인들은 이러한 땅에 기대어 한 해 한 해 농지를 확장시키고 수확을 늘려가면서 새로운 삶의 터전을 일구어 가고 있었다. 아무 것도 없는 벌판이던 곳에, 농지가 개간되고 집들이

1 Velikaya Otechestvennaya Voyna. '조국전쟁'은 1812년 나폴레옹의 러시아 침공을 격퇴한 뒤 러시아 측에서 이 전쟁에 붙인 명칭이다. '대조국전쟁'이란 명칭은 1941년 6월 23일 프라브다의 사설에 처음 등장했고, 이후 소련 측에서는 독소전쟁을 이렇게 부르게 되었다. (데이비드 M. 글랜츠 · 조너선 M. 하우스 지음, 『독소전쟁사—붉은 군대는 어떻게 히틀러를 막았는가』, 권도승 · 남창우 · 윤시원 옮김, 열림책들, 2007. p.20. 인용)

들어서고 학교가 세워지면서 점점 마을의 모습이 갖추어지자, 고려인들은 그제서야 안도의 숨을 내쉬었다. 이주 당시 생지옥 같던 이곳도 또 하나의 고향, 제2의 조국이 될 수 있으리라 생각했다. 이제 더 이상의 고통은 없으리라고 서로를 격려했다.

그러나 운명은 왜 이다지도 고려인들에게 가혹했던 것일까. 이들에게 또다시 전쟁의 검은 구름이 닥쳐왔다. 1941년 6월 22일, 선전포고도 없이 독일이 소련을 침공했기 때문이다. 1939년에 발발하여 1945년에까지 이어진 20세기 최대 규모의 전쟁인 제2차 세계대전의 여파였다. 제2차 세계대전은 제1차 대전에 비해 무기가 발달하여 대량 살상이 가능해졌을 뿐만 아니라, 국제 적십자 협약이 거의 준수되지 않은 채 포로들을 야만적으로 학대하고 민간인들을 무차별적으로 학살한 잔인한 전쟁이었다. 제2차 세계대전은 5대양 6대륙에서 56개국 이상이 참가했으며 희생자만 5,500만 명에 달했는데, 이 전쟁에서 러시아인의 희생이 엄청났다. 한 연구는 이 전쟁에서 사망한 사람의 3/5이 러시아인이라고 밝히고 있을 정도이다. (Albert Axell, Russia' s Heroes, London : Constable, 2001. pp.249~250. ; 리처드 오버리, 『스탈린과 히틀러의 전쟁』, 류한수 옮김, 지식의풍경, 2003. p.522. 재인용) 이 전쟁 기간 중의 소련인 희생자 수에 대해서는 다양한 견해가 있는데, 1991년에 미하일 고르바쵸프가 공개 선언한 숫자는 2,500만 명이었다. (리처드 오버리, 위의 책, p.385.) 이는 대한민국 인구수의 절반에 해당하는 엄청난 숫자이다.

그런데 이런 엄청난 희생이 있었음에도 소련은 이 전쟁에서 승리를 거두었다. 소련의 승리는 역사학에서 하나의 수수께끼로 여겨진다. 왜냐하면 독일이 소련을 침공한 초기에 소련은 아무런 대응도 하지 않았고 속수무책으로 밀리는 듯이 보였기 때문이다. 전세가 바뀐 것은 스탈린그라드 전투에서부터이다. 독일의 침공 이후 속수무책으로 당하던 소

전사한 스믈여듧 영웅들

공청동맹—직업동맹 크로쓰

태평양에서의 전쟁

련이 이 전투에서부터 반격의 기반을 잡았다. 맹렬한 기세로 공격해 오던 독일군들은, 영하 40도를 밑도는 추위 속에서 물품 공급로를 차단당하자 더 이상 견디지 못하고 끝내 손을 들고 말았다. 하지만, 소련군이 독일을 이긴 것은 단순히 추위 덕분이 아니었다. 전선으로 나간 남자들을 대신하여 공장을 가동시키고 농장을 경작한 여성들이, 후방에서 지속적으로 물량을 공급해 준 것이 소련 승리의 견인차가 되었던 것이다.

소련에서는 이 전쟁을 '대조국전쟁'이라고 부르는데, 고려인 문학에서는 주로 '조국애호전'이라는 명칭으로 드러난다. 이 전쟁을 통해 스탈린은 러시아 민족 중심의 국가주의 정책을 더욱 강화하였다. 러시아 민족 중심주의라는 것은 여타의 소수민족에 대한 배제를 의미한다. 소수민족 중에서도 일본군의 첩자가 될 수 있다는 혐의로 연해주에서 강제

카자흐스탄 알마티에 있는 28인의 전사자 공원

이주된 고려인의 경우는 더욱 백안시되었다. 그렇기 때문에 고려인들은 소련을 조국이라고 부르면서도 그 조국을 지키는 전쟁에 나갈 권리를 갖지는 못했다. 스탈린 정권은 그들을 신뢰하지 않았고, 그렇기 때문에 소련군으로 징집하지 않았기 때문이다.

그러나 고려인들은 이러한 불평등 속에서도 자신들의 새로운 조국을 위하여 헌신했다. 후방의 노력 전선에서 주어진 작업량을 곱절로 달성하는 것으로써, 조국을 지키는 전쟁에 참여하지 못한 자괴감을 무마하였던 것이다.

그런데 그렇게 엄청난 희생이 있었던 전쟁에서 후방이라고 얼마나 안전했을 것인가. 참전하지 못 했다고 해도 이 시기 고려인들의 희생도 엄청났다. 후방 노력 전선도 전쟁의 포화를 비껴갈 수는 없기 때문이다. **김광현의 시 「옥난」**에 보면 노력 전선에 간 아버지의 부고장을 받는 가족의 모습이 그려지고 있다.

> 오늘 옥난이네 집에
> 부고편지 왔다
> 뚤라노동전선에 가신
> 옥난의 아버지
> 냄츠놈들의 폭탄에 맞아
> 세상 떠났다고…
> 어찌 아니 서러우랴?
> 어찌 아니 분하랴?!

이처럼 후방의 노동전선이라고 독일군의 폭탄이 피해가는 것은 아니었고, 그리하여 고려인들은 군인으로 참전한 사람들 못지 않게 희생이

사할린에서의 전승기념식(출처: 『새고려신문』 2010. 5. 14.)

되었다. 그리고 직접적인 폭격이나 학살이 아니었더라도, 충분치 못한 식량 사정과 작업현장에서의 사고로 인해 인명 손실이 많이 발생하였다.

그럼에도 고려인들은 이 전쟁을 주로 긍정적으로 회상한다. 그것은 자신들도 그 전쟁에서 조국을 위해 일조했음을 강조함으로써, 당당한 소련의 공민임을 인정받고 싶은 마음 때문이었을 것이다.

2. 후방 노력전선에의 복무

앞서 잠깐 언급했듯이 대조국전쟁시기에 고려인들은 소련군에 정식으로 징병되지 못했다. 그것은 또 하나의 차별이며 시련이었다. 고려인들은 믿을 수 없는 민족 취급을 받으며 '조국'의 전선을 지킬 권리조차 박탈당한 채 이 시기를 견뎌야 했다. 고려인들로서는 억울하게 들씌워진 불명예를 벗을 기회, 자신들의 애국심을 보일 기회를 차단당한 셈이다. 그러나 전쟁에 참여한 고려인이 전혀 없었던 것은 아니다. 고려인들은 새로운 조국, 새로운 삶의 터전을 지키기 위해 어떻게든 참전하고자 했다. 고려인들이 참전한 방법 중 하나는 참전이 허가된 민족으로 서류를 위조하는 것이었다. 이러한 모습을 보건대 고려인들이 전쟁에 참전한 것은, 단순히 일제의 간첩이라는 누명을 벗고 싶은 마음에서만은 아니었다. 그것이 목적이었다면 고려인임을 더욱 드러내어야만 하기 때문이다. 그러나 민족을 속여서라도 참전하고 했다는 것은, 그야말로 자신들의 삶의 터전을 지키고자 하는 순수한 마음의 발로였음을 짐작하게 한다. 이렇게 그들은 민족을 속여 소련군에 입대하기도 했고, 혹은 비정규군인 빠르치산 부대를 통해 전선에 서기도 했다. 스탈린의 명령으로 고려인을 엄격하게 배제하던 군사당국도 전세가 위기에 직면하자 받아들이는 경우가 있었다.

사할린에서 발행되고 있는 『새고려신문』은 『레닌기치』와 마찬가지로 한글과 러시아어를 병기한 신문이다. 이 신문은 해마다 5월이면 전승기념일 행사에 대한 소식을 전한다. 2010년 5월에는 대조국전쟁에 참여한 고려인을 소개하는 기사를 싣고 있다. 우리 민족 중에서도 대조국전쟁의 최전선에 선 사람들이 있는데, 그동안 정보가 제한되어 있어서 잘 알려지지 않았음은 안타까운 일이다. 『새고려신문』에서 소개하고 있는 고려인 참전 용사들을 알아보자.

먼저 고려인임을 그대로 드러내고 대위라는 직책으로 참전한 민 알렉산드르 빠블로비츠 같은 이도 있었다. 그는 전쟁에서 사망했고, 소련 최고소베트상임위원회는 1945년 3월 24일에 그에게 소련영웅 칭호를 부여했다. 레닌그라

민 알렉산드르 파블로위츠 소련영웅(출처: 『새고려신문』 2010. 5. 7.)

드 방어전에서도 고려인 최 알렌찐 이와노비츠와 정 스쩨빤 니꼴라예비츠이 참가했다. (김 블라지미르, 『재소한인의 항일투쟁과 수난사』, 조영환 옮김, 국학자료원, 1997. p.148.)

그러나 구소련 때나 지금이나 고려인 소련영웅 민 알렉산드르의 공훈을 아는 사람은 많지 않다. 심지어 구소련의 고려인들까지도 그에 대해 잘 모르고 있다. 그것은 스탈린의 전체주의제도, 소수민족 차별정책, 박해와 탄압정책의 쓰라린 결과였다. 스탈린체제는 고려인 민 알렉산드르의 공훈을 감추어 없애버리려고 온갖 수단을 다하였다고 한다. 페레스트로이카와 글라스노스트 이후에 소련 사회가 민주화되기 시작하면서 그제서야 민 알렉산드르의 이름을 기념할 수 있는 기회를 얻게 되었다. 악꾸르간구역 집행위원회는 〈아동공원에 소련영웅 민 알렉산드르 이름을 부여해 달라는 악꾸르간구역 고려인사회계의 요청을 충족시키는데 대한〉 제359호 결정을 1989년 11월 15일에 채택하였다. 이러한 사업의 연장선상에서, 타슈켄트시의 한 거리를 민 알렉산드르거리로 개칭해 줄 것을 요청하는 문서를 타슈켄트시 집행위원회에 제출하기도 하였다. 그 결과 타슈켄트시 소비에트는 1990년 6월 28일부 제285/9호 결정으로 벡쩨미르시구의 뻬르보마이스카야거리를 민 알렉산드르거리로 개칭하기에 이른다. 이와 같이 고려인들이 조국애호전에서 훌륭한 성과를 거둔 것에 대해 인정받기까지에는 오랜 세월이 걸렸다. 고려인들은 오랫동안 조국애호전에서 세운 공로를 제대로 인정받지 못했던 것이다. 민 알렉산드르의 어머니는 뒤늦게 소련영웅이 된 아들에 대한 혜택을 받지 못하고 고생스럽게 살았다고 한다. (김 블라지미르, 『재소한인의 항일투쟁과 수난사』, 조영환 옮김, 국학자료원, 1997. p.250.)

다음으로 강 윅코르 세르게예위츠를 소개하고 있다. 그는 1925년 1월 16일 아무르주 스보드넨스크구역 수라쉐브카촌에서 출생했고, 연해주에 거주하던 동포들이 강제연행 당하기 얼마 전에 할아버지가 그를 모스크바에 있는 아버지에게 보냈다고 한다. 그는 그렇게 해서 화를 면했지만, 그의 아버지는 탄압을 당했다. 그래서 강 윅토르 세르게예위츠는 모스크바고아원에서 양육될 수밖에 없었다. 1941년에 고아원생들과 함께 모스크바에서 고리키시로 철수 이주했다. 그리고 1943년까지 그는 고리키 자동차공장에서 일을 했기 때문에 전선에 동원되지 않았다. 그래서 그는 전선으로 가기 위해 공장에서 자발적으로 나왔다. 그는 군사위원부에 가서 모스크바에서 온 공청원-지원병이라고 했다. 이에 군사위원부는 그에게 로이카역(고리키시 근처)제2예비박격포병대 무전수학교에 파견나갈 것을 명령했다. 이 학교에서는 〈카튜샤〉를 다루는 전문가들을 양성했다.

강 윅토르 세르게예위츠(출처: 『새고려신문』 2010. 5. 7.)

1943년 11월에 모스크바에서 전문가들을 전선으로 배정했다. 그런데 그는 군사위원부에서 고려인이라는 민족 성분으로 인하여 불합격으로 인정될 뻔했다. 바로 그 때 그가 모스크바 고아원생이란 증명서가 그를 구원했다. 출생성분을 중요시하는 공산사회의 분위기가 그의 소원을 들어준 것이다. 1943년 12월에 그는 자포로쥐예구역 전선에 나갔다. 그는 제 61박격포연대 무전수로 복무했고, 그 공로를 인정받아서 제3 우크라이나전선 보그단 호멜니츠키, 알렉산드르 넵스키 근위사단 훈장을 받았다.

김 니콜라이 니콜라예위츠(김학섭)
출처: 『새고려신문』 2010. 5. 7.

마지막으로 김 니콜라이 니콜라예위츠를 소개하고 있다. 한국이름은 김학섭이라고 하는데, 그는 1941년에 카렐리야전선 도로건설부대에 붉은군인으로 복무했다. 1944년에는 전선지휘관 카.카.로코솝스키로부터 직접 감사장을 받았다. 전쟁이 끝날 무렵 제2벨로루시아전선 제19군 사령부 참모장 보좌관으로 활동하기도 했다. 그 역시 그 공적을 인정받아서 "붉은별" 훈장과 "조국전쟁 제2급" 훈장을 두 번이나 받았다.

이들의 공은 이렇게 혁혁하지만, 일반 고려인들 사이에서 그들의 존재는 잘 알려지지 않았다. 고려인들은 고려인 전쟁영웅의 존재에 대해서 대부분 잘 알지 못했다. 그래서 이 조국애호전을 그려낸 소설 속의 주인공들은 주로 러시아인이고, 고려인 주인공은 허구의 인물을 내세우거나 빠르치산 부대원으로 활약하는 모습으로 주로 그리고 있다. 홍범도처럼 잘 알려진 영웅의 경우에는 시와 소설에서 많이 형상화되지만, 민 알렉산드르의 경우에는 작품 속에서 찾아보기 힘들다.

소련은 고려인들을 군인으로 징집하지는 않았지만, 전쟁에서 완전히 배제하지도 않았다. 고려인들은 전선에서 떨어진 후방의 탄광, 벌목장, 목재소, 도로건설, 개간사업, 군수물자 공장 등 전시의 생산현장에 노동인력으로 투입되었다. 후방노력전선으로는 징집되기도 했지만, 전쟁에 참여하지 못한 고려인들이 자발적으로 앞을 다투어 나아가기도 했다. 어떻게 '조국'에 도움이 될 수 있을까를 궁리하다가 일손이 가장 요구되리라 여겨지는 탄광으로 많은 고려인 남성들이 몰려갔다. 고려인들의 조국애호전 이야기에서는 주로 광산이 많이 등장한다. 오늘날에도 '막장'이라는 말은 힘겨운 일의 대명사로 쓰일 정도로 탄광일은 만만하지 않다. 그러나 그 곳에서도 고려인들은 자신들의 고됨을 돌보기보다는 조국에 공헌하는 일에만 관심을 쏟았다. 그리하여 "누구하나 힘들다는 말을 내지도 않았으며 심지어는 앓는 사람들까지도 그렇다는 것을 속여가며 일하였다"(**리 와씰리, 「광부의 길」**, 『레닌기치』 1968.9.14)고 한다.

배후에서 억센 로력

—사설—

후방에서의 노력을 독려하는 기사(『레닌기치』 1941.7.13.)

그런데 장정이 집을 떠나 국무에 복무한다는 것은 가족의 생계를 책임지는 노동력의 누출과 직결되기 때문에 그렇게 간단한 일이 아니다. 더구나 이제 막 새 땅에서의 터전을 일구어낸 이주 초기라는 고려인들의 상황에서 남자들의 일손이 빠져 나간다는 것은 큰 타격이었을 것이다. 그러나 회피할 수도 없는 일이었다. 그리하여 꼴호즈마다 19세에서 50세에 해당되는 남자들이 노력전선으로 징집되어, 꼴호즈에는 노동력이 부족하게 되었다. 그런데 엎친데 덮친 격으로, 전시이기 때문에 국가가 요구하는 생산량은 오히려 상향 조정되었다.

이러한 힘겨운 상황 속에서도, 고려인 꼴호즈들은 그야말로 영웅적인 생산을 달성했다. 이 시기에 고려인 꼴호즈들은 평균적으로 1ha당 50~60쩬뜨네르가 증가한 수확을 거두었고, 심지어 경작면적을 늘리기도 했다. 북극성 꼴호즈는 전쟁기간 동안 1080헥타르의 토지를 새로 개척했다. 이를 통해서 전시체제에서도 그 전해보다 많은 생산량을 달성한 것이다. 대부분의 남자들이 노력전선으로 나간 뒤에도, 오히려 더 많

노력영웅 기사

은 생산량을 거둔 그 속사정은 어땠을 것인가. 기적적인 생산량의 달성 뒤에는 얼마나 많은 피눈물이 숨겨져 있을 것인가. 그러나 고려인 이야기들은 이 시기를 고통스럽게 회상하고 있지 않다. 오히려 그러한 성과를 거둘 수 있었음을 다행으로 여기며 자랑스럽게 기억하고 있다.

꼴호즈에 남아 전선에 보낼 물자를 만드는 여인들은, 자신에게 닥친 힘겨운 상황을 푸념하는 것이 아니라, "남편은 로력전선에서 석탄을, 나는 배후에서 의복을 전선에 주며" 대조국전쟁시기에 한 몫을 하고 있음에 오히려 안심한다. 게다가 꼴호즈의 고려인들은 야근을 조직하여 새벽 2시가 넘도록 일을 하여 주어진 과제를 200%가 넘게 실행하였고, "조국애호전 시일에 헌신적으로 사업하였음"을 인정받아 표창장을 받기도 하였다. (**주가이 알렉쎄이, 「순회 붉은긔」**, 『레닌기치』, 1943.8.22) '볼셰위크' 콜호즈에서는 남자들이 대부분 석탄광 등의 노력전선으로 나가 일꾼이 부족했지만, 젊은 여자들만을 데리고도 많은 수확을 거두어 주영게시판에 이름이 오르기까지 했다. 그들은 전쟁 중에도 이러한 성과를 낸 자신들을 자축하며 조촐한 잔치를 벌렸다. (**주가이 알렉쎄이, 「우수한 분조장」**, 『레닌기치』, 1943.11.14) 이렇듯 대조국전쟁시기에 고려인들은 후방에서도 잠자는 시간을 줄여 가면서 주어진 과제에 매진하여 전선에 못지않은 '전투적 하루' 하루의 나날을 보내었다. (**주가이 알렉쎄이, 「전투적 하로」**, 『레닌기치』, 1944.1.5)

노력전선에 임한 사람들이 이렇듯 전쟁터에 나선 것에 못지않은 애국심을 발휘하여 큰 성과를 냄으로써 고려인들은 전쟁승리에 이바지했음을 자랑스럽게 생각한다.

고려인들은 이것으로 만족하지 않았다. 이러한 높은 생산과 더불어 고려인 꼴호즈들은 많은 성금과 구호물자를 전선으로 보내기도 하였다. 예나 지금이나, 한반도 땅에서나 머나먼 중앙아시아에서나, 나라가 위기에 처했을 때 우리 민족이 보이는 태도는 흡사하다. 자신들의 소유를 팔아서라도 나라를 위기에서 건지고자 애쓰는 모습은 그대로이다. 책정된 생산량을 넘는 잉여생산물은 꼴호즈에서 소유할 수 있었지만, 전쟁 중에 잉여생산물을 개인이 소유하는 것은 파렴치한 일로 여겨졌다. 또한 부족한 전시물자로 붉은 군대가 고전한다는 소문이 나자 잉여생산물과 개인 재산을 국가에 헌납하는 것이 유행하게 된 것이다. 그리하여 카자흐스탄 고려인 꼴호즈인 볼세비크, 기간트, 깐똔스카야꼬뮨, 아방가르드에서는 현금 35만 루블, 10만 5천 루블에 해당하는 채권, 96톤의 쌀, 1만8천 가지의 생필품을 모아서 헌납하였다. '극동' 꼴호즈의 회장 신현문은 12만 루블을 기부하기도 했다. 우즈베키스탄의 고려인 꼴호즈인 북극성, 레닌, 쁘라브다, 스베르들롭, 북극 등대 등 5군데에서는

<<최쎄르게이>> 비행기

남해룡, 「최쎄르게이 비행기」(『레닌기치』, 1944.2.13)

600만 루블의 현금과 695개의 소포를 기증하였다. 중치르치크구역 '제3인터나쇼날' 꼴호즈의 농부 임 빠웰은 탱크제작비용으로 30만 3,000루블을 기부하기도 했다. (김 블라지미르, 『재소한인의 항일투쟁과 수난사』, 조영환 옮김, 국학자료원, 1997. p.148) '세웨르늬 마야크' 콜호즈 회장 최쎄르게이도 "다년간 로력에서 저축한 금액 한밀리온 루불리를 비행긔 전조금으로" 내놓았다. (**남해룡, 「최쎄르게이 비행기」**, 『레닌기치』, 1944. 2.13) 전선의 보도를 들으면서 최쎄르게이는 "조국에 대한 열렬한 애호심, 원쑤에게 대한 무한한 증오심이 가득 찼"기 때문에, 어떻게 자신의 힘을 보탤까 궁리하다가 비행기를 헌납하기로 한 것이다. 카자흐스탄 까라딸 구역 달리보스톡 꼴호즈의 농장장 사회주의 노동영웅 신형문은, 전시에 군수물자 구입을 위해 국가에 상당한 기여를 한 대가로 스탈린으로부터 감사의 전보를 받기도 했다.

고려인들만을 언급한 것은 아니지만, 역사가들도 이러한 후방의 노력을 "후방의 소련 시민들이 다른 나라의 국민이라면 도저히 견뎌 내지 못했을 혹독한 조건을 묵묵히 참고 기계를 돌려 군수품을 만들어 냈다"고 기록하고 있다. 또한 "장정이 전선으로 떠나고 말을 징발 당한 상태에서 농촌 아낙네들이 사람 힘으로 쟁기를 끌어 곡식을 키웠"음도 기록

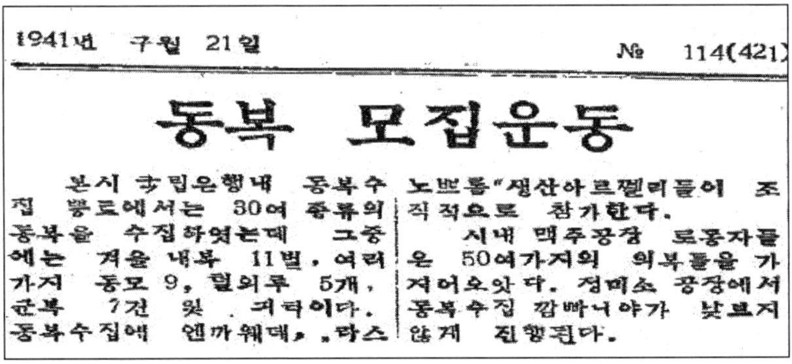
1941년 구월 21일 № 114(421)

동복 모집운동

본시 국립은행내 동복수집 뷰로에서는 30여 종류의 동복을 수집하였는데 그중에는 겨울 내복 11벌, 여러가지 동모 9, 털외투 5개, 군복 7건 및 기타이다. 동복수집에 엔까웨데, „다스노쁘롬"생산아르젤리들이 조직적으로 참가한다.

시내 맥주공장 로동자들은 50여가지의 의복들을 가져오았다. 정미소 공장에서 동복수집 깜빠니야가 늦르지 않게 진행된다.

겨울옷 모집 운동 기사(『레닌기치』, 1941. 9. 21)

노력전선의 노동을 독려하는 신문

하고 있다.

그런데, 소련 시민들이 고통스러운 전쟁을 이렇게 헌신적으로 이겨낸 것은 단순히 전쟁에서 이기고자 하는 것 이상의 소망이 있었기 때문이라고 파악하는 역사가도 있다. 소련 시민들은 전쟁을 통해 체제의 성격이 바뀔 수도 있다는 희망을 가지고 있었기 때문에 그렇게 헌신적으로 임했다는 것이다. "독소전쟁에서 소련인들은 더 자유롭고 나은 미래를 그리며 싸웠으며, 스탈린주의가 인민에게 부과한 숨막히는 통제에서 벗어나게 되기"를 바랐다고 한다(리처드 오버리, 『스탈린과 히틀러의 전쟁』, 류한수 옮김, 지식의풍경, 2003. 옮긴이의 말). 고려인들의 마음도 이와 다르지 않았을 것이다. 전쟁에서 보여준 자신들의 헌신을 통해 자신들에 대한 비뚤어진 시선이 교정되기를, 그리하여 진정한 다민족 친선의 조국에서 인정받으며, 연해주 시기에 레닌을 통해 약속받았던 평등한 세상 소련에서 살 수 있기를 간절히 바랐을 것이다.

3. 대조국전쟁에 대한 고려인의 다양한 시선들

전쟁은 모든 사람들에게 극심한 고통을 주는 일이다. 더구나 고려인들은 생활의 기반을 박탈당한 채 낯설고 험난한 땅에 강제로 이주된 지 얼마 안 되어 전쟁을 겪었으니, 그 고통이 얼마나 컸을 것인가.

전쟁 초기 일부 강제이주민들은 카자흐스탄과 우즈베키스탄의 친척들을 찾아 이사해 갔다. 강제이주 때 직업별로 묶어 이주시킨다는 정책으로 가족이 뿔뿔이 흩어진 경우가 많았는데, 전란 속에서 신음하게 되자 멀리 떨어져 있는 친척에게 도움을 요청할 마음이 생겼던 것이다. 초기에 기반을 빨리 잡고 정착한 고려인 꼴호즈에서는 모두가 빵과 쌀밥을 마음껏 먹고 있다고들 했다. 그래서 전쟁시기에 최초의 이주지를 떠나, 그렇게 소문이 난 〈세베르늬 마야크〉(북등대), 〈뽈랴르나야 스웨스다〉(북극성) 꼴호즈로 이주한 경우도 있다고 한다. (김 블라지미르, 『재소한인의 항일투쟁과 수난사』, 조영환 옮김, 국학자료원, 1997.p.236)

전쟁의 참화는 힘없는 이들에게 더욱 크게 덮쳐온다. 아이들과 여성들이 그들이다. 남편은 노력전선으로 떠나고, 아내는 혼자서 생계를 담당하며 아이를 키워야 했다. 그뿐이 아니다. 공장이나 농장에 나가 후방에 주어진 과제도 수행해야 했다. 그러다보니 어쩔 수 없이 어린 아이들만 집에 두고 늦게까지 일을 하는 경우도 생겼다.

고려인의 소설 중에는 아이들만 집에 둔 채 늦게까지 일하다가 집으

소설 「백양나무」 삽화

로 돌아가는데, 귀가 버스마저 고장이 나서 발을 동동 구르는 어머니의 모습을 그리고 있는 작품이 있다(**주동일, 「백양나무」**, 『레닌기치』, 1970.12.5). 엄마는 아이들 걱정에 걸어서라도 집으로 가고자 하지만, 빛도 없는 황야의 밤에 더구나 거친 눈보라를 뚫고 가는 길은 험난하기만 했다. 결국 길을 잃고 헤매며 더욱 애간장이 타는 엄마의 형상. 이것은 비단 소설 속에서만 존재한 것은 아닐 것이다. 대조국전쟁시기에 이러한 애타는 엄마의 형상은 곳곳에서 찾아볼 수 있었다. '위대한 조국전쟁' 발발 직전에 병약한 일곱 살짜리 아들을 국제아동휴양소로 보내었다가, 전쟁으로 인해 아이의 행방을 알 수 없어 전쟁터 여기저기를 찾아다니는 가련한 어머니도 있었다(**김기철, 「붉은별들이 보이던 때」**, 『레닌기치』, 1963.11.17~12.1). 전쟁 중에 해산하여 제대로 몸조리도 못하고 고생하는 산모와 젖도 얻어먹지 못한 아이도 있었다. 소설 속 인물 '인순'과 그의 아기 '영실'이 바로 그들이다. 1943년 겨울, 남편 '춘삼'은 '까라간다탄광' 로력전선에 나가있고, '인순'은 가장 없는 집에서 어린애를 낳고 제대로 산후조리도 못한 채 학질에 걸리고 만다. 땔감은 이미 떨어졌는데, 해산한 지 얼마 안 되는 몸으로 땔감을 해 올 수가 없어 방은 냉골이다. 몸조리를 못한 엄마에게서 젖이 돌지 않아 어린 '영실'은 굶어 쓰러지고 만다(**김광현, 「이웃에 살던 사람들」**, 『레닌기치』, 1970.12.19~12.22). 할 수 있는 일이라고는 눈물을 짓는 일뿐이니, 그 모습의 참담함을 이루 말할 수가 없다. 물론 이러한 여성들의 고난은 고려인에게만 해당되는 것은 아니었다. 러시아 여인 알렉싼드라 쑤워로와도 이 전쟁의 피해자였다. 그녀는 스탈린그라드 근방에서 어린 두 남매를 데리고 먼 친척을 찾아 피난을 가던 중 기진하여 쓰러지고 말았다 (**장윤기, 「두 할머니」**,[2] 『레닌기치』, 1972.12.30~1973.1.3).

그래도 이웃의 아픔을 내 아픔으로 여기고 돕는 사람들이 있어 이 위기를 넘길 수 있었다. 그들은 같은 고려인이기도 하고, 카사흐인, 러시아인이기도 하다. 이웃의 아픔을 돌보는 데는 민족의 구분이 없었다. 이들은 눈보라 속에서 아이들 걱정에 발을 동동 구르는 애엄마를 말을 태워 아이들에게 보내기도 하고, 얼마 남지 않은 자신들의 먹거리와 땔감을 나눠주기도 하고, 밤새워 방 한 칸을 만들어 그 곳에서 살 수 있게도 한다. 그리하여 이후 그들의 자식들이 연인 사이가 되기도 하고, 은혜를 잊지 않고 한 집안처럼 지내면서 회갑잔치를 함께 준비하기도 한다. 고려인들은 이러한 경험을 통해서, 고통스러운 전쟁 속에서도 "육친의 정을 초월하는 다민족적 쏘베트나라 인민들의 위대한 친선과 숭고한 감정"이 흘러넘쳤다고 기억한다.

그러나 아무리 이웃의 도움이 있었다고 해도 전쟁은 필연적으로 깊은 상처를 남기는 일이다. 전쟁 당시와 전쟁 직후에는 이 상처를 돌볼 겨를이 없이, 소련의 정책에 부응하여 전쟁영웅을 칭송하며 후방의 노력전선에서의 성과를 드러내는 것에 치중할 뿐이다. 그러나 스탈린이 죽은 후에는 이 전쟁에 대한 다른 기억들이 이야기되기 시작했다. 스탈린의 개인 숭배를 비판하는 흐루시쵸프의 연설에 뒤이어, "진실의 해"가 제정되어 전쟁의 고통과 고뇌에 관한 쓰라린 기억들이 표면으로 떠오를 수 있었다. 그러나 이러한 '해빙기'는 브레즈네프의 집권과 함께 채 10년도 안되어 막을 내리게 된다. 그리하여 조국애호전에 대한 새로운 시각도 다시 예전의 정형화된 형태로 돌아가게 된다. 칭송의 대상이 스탈린에서 공산주의 영웅들로 바뀌었을 뿐이다. 당은 스탈린을 대신하여

2 이 작품은 나중에 종합작품집 『해바라기』(〈사수싀〉출판사, 알마아따, 1982.)에 「자매」라는 제목으로 다시 실렸다. 이야기의 구성에는 조금 변화가 있지만, 주제와 큰 줄거리가 상응한다. 처음 발표 때는 두 여인 외에도 그들의 자식들이 형제처럼 지내는 이야기가 중요하게 다뤄지는데 비해, 「자매」는 두 여인에 초점을 맞추고 있다는 차이점이 있다.

전쟁을 독차지했으며, 공식 역사가들과 검열관들이 여러 모로 스탈린식 진실과 그다지 구별되지 않는 새로운 진실을 세웠다. 새로운 독소전쟁 이야기는 주인공이 스탈린에서 파시스트의 배신에 맞서는 공산주의자들로 바뀌었을 뿐, 영웅적 행위의 단순한 이야기였다. 군은 스탈린 개인의 실패는 기꺼이 인정했지만, 군사적 불운에 대한 책임을 나누고 싶어하지는 않았다. (리처드 오버리, 류한수 옮김, 『스탈린과 히틀러의 전쟁』, 지식의풍경, 2003. pp.430~432.)

고려인들은 이러한 보편적인 소련의 대조국애호전 기억 방식과 좀 다른 방식으로 이 전쟁을 계속 기억했다. 그들은 "조국땅을 찾고자 전선으로 가서 용감하게 싸운 아버지의 모습"만이 아니라, 그러한 아버지의 부재 속에 유복자로 태어난 아들의 슬픔도 이야기한다(**리정희, 「아버지의 사진 앞에서」**, 『레닌기치』 1977.9.30). 전쟁 중에 태어나 "태어나던 첫날부터 피난의 길을 걸었"던 아이는, "사진을 아버지라 불"렀다. 전쟁이 끝나 "병사들이 돌아올 때에도 남먼저 정거장으로 달려" 갔지만, 모든 상처를 씻어주는 세월 속에도 아물지 못하는 심장에 새겨진 상처를 안게 되었다. 또 다른 이야기에서는, 석탄 캐는 노력전선으로 갔던 남편이 오랫동안 소식이 끊겼다가 갑자기 돌아왔지만, 그 곳에서 새부인을 얻고 새부인이 아이를 못 낳는다면서 두 아이 중 한 명을 데리고 가 버린 일도 있었다. 그렇게 '삼녀'는 아들을 남편에게 보내고 딸 '경옥'을 키우며 사는데, 그만 '경옥'이 병에 걸려 죽고 만다(**한상욱, 「두 아들」**, 『레닌기치』, 1977.11.16~11.30). 이 이야기는 완결되지 못했기 때문에 결말을 알 수 없지만, 남편과 자식을 모두 잃은 삼녀의 모습은 애처롭기 그지없다. 장년기에는 벼재배 브리가지르가 되어 공경을 받지만, 그의 청년기에는 노력전선에 나간 남편이 죽고 사랑하던 성수와도 헤지고 그 후 만난 새로운 남편과도 해로하지 못한, 굴곡 많은 삶을 산 '까짜'도 있다(**명철,**

「성수의 감회」, 『레닌기치』, 1987.2.28~3.4). 이런 까쨔를 지켜보는 성수는 "사회적 위신은 있었으나 여자로서의 개체행복이 있었을가?"라고 묻는다. 이 물음은 까쨔의 삶이 불행했음을 이해하고 이에 대해 연민의 마음을 보이는 것이다.

한편, "조국전쟁 시기에 진정한 조국의 아들 딸들은 전선에 나아가 피흘리었고 노력전선에서 땀흘리고 있었는데 안전한 후방에서 조국전쟁의 승리를 위하여 일하여야 될 대신에 그 기회를 이용하여 음란, 방탕한 행사를 하였고 그 수다한 애인들에게 물질적 공급을 하노라고 공금 횡령과 협잡을 여사로 이행"한 남자도 있었다고 한다. 이 남자에게 목을 매고 사는 여자들 간에 싸움도 일어났다(**양암, 「창피한 싸홈」**, 『레닌기치』, 1946.5.24). 이 남자와 여자들을 비판하는 목소리가 높지만, 이 이야기는 남자들이 대부분 전선이나 노력전선으로 떠나서, 여자들과 아이들만 남아 생활을 꾸려나가는 데에서 비롯되는 어려움을 드러내는 것은 아닐까. 이 이야기는 가정이 있는 남자에게라도 의지할 수밖에 없도록 전쟁 당시 여성들의 삶이 곤고했음을 반증하는 것일 수 있다.

이와 관련된 유사한 이야기가 또 있다. **조정봉의 「생활의 곬」**[3]이란 소설이다. 이 작품은 1945년 5월을 배경으로 하고 있다. 독소전쟁으로 남편이 노동전선에 동원되어 떠나고 난 뒤 힘겨운 살림에 지쳐서 아내는 아이를 두고 집을 나가 다른 남자를 따라가 버렸다. 자식을 내버리고 가출을 해 버렸다는 점에서 그 아내는 매우 반인륜적인 사람으로 지탄을 받을만한 대상이지만, 이 소설은 이를 전쟁의 탓으로 돌리고 있다. 전쟁 후 돌아온 남편은, "난시엔 별별일이 다 있으니까… 애젊은 여자로서 외로움을 못이겨서 그랬을 수도 있구… 하여튼 따져보면 죄다 그놈의

3 합동작품집 『씨르다리야의 곡조』(자수싀출판사, 1975.)에 실려 있다.

전쟁 때문이외다."라며, 아내의 곤고한 처지를 이해하고자 한다. 그리고는 뒤늦게 되돌아온 아내를 포용하는 것으로 마무리되고 있다.

이렇듯 고려인들은 조국애호전을 짐승 같은 원수 독일 파시스트들을 대상으로 영웅적인 전투를 벌여 승리를 거둔 전쟁으로만 기억하고 있지 않다. 전쟁은 그 어떤 전쟁이라도 각각의 가정에는 또다른 불행의 씨앗이 되기도 했고, 개개인의 삶에 그늘을 드리우기도 했음을 오랜 시간을 통해 곱씹고 있는 것이다. 그리하여 고려인들은 조국애호전을 통해, '제2의 조국'에 대한 충성심을 드러낼 뿐만 아니라, 파괴적이고 상처만 남기는 전쟁에 대해 반대하는 모습도 보여준다. 소설 속에 등장하는 조국애호전에서 유복자로 태어난 아들은 다음과 같은 반전 사상을 내보인다.

> 세월은 흘렀다. 세월은 모든 상처를 씻어주고 아물어주지만 심장 속에 생긴 마음의 상처만은 아물지 못하였다. [···중략···] 지구상에 다만 건설과 창조만이 지배하도록, 아이들이 다시 아버지를 잃지 말도록, 어머니들이 과부로 되지 말며 자식들을 빼앗기지 않도록 나는 새 생활을 창조한다. [···중략···] 아버지, 나는 기어코 이 땅에 사람이 일으키는 무쇠 번개와 뇌성을 막으리오.
>
> —리정희,「아버지의 사진 앞에서」(『레닌기치』, 1977.9.30) 중에서

이렇듯 반전(反戰) 사상을 보이는 작품으로는 이 외에도 앞장에 살핀 김원봉의 「빠르찌산 김안똔과 그의 일가」(1975)와 명철의 「전사의 편지」(수필, 1985) 등이 있다.

이처럼 고려인들은 조국애호전에 대해 일반적인 소련인들보다 훨씬 다양한 시선을 보여준다. 그것은 소련의 공민으로서 인정받고자 하는 욕구와 더불어 그 속에 온전히 속할 수 없다는 자각에서 오는 비판의식

이 공존하기 때문일 것이다. 즉, 고려인들은 소련 사회에 적극적으로 편입하고자 하면서도, 또한 여러 어려움과 제약 속에서도 한글 신문을 발행하고 한글 문학을 창작하려는 것에서 알 수 있듯이 민족 정체성을 놓치지 않으려는 경계인의 모습을 지니고 있는 것이다.

세계문학에서 전쟁소설은 전쟁에 대한 반항과 처절한 고발의식(독일), 지극히 감상적이고 내면지향적으로 자신들의 피해상 표출(일본), 교조적 성격과 인간성 탐구(중국) 등의 양상을 보였다.[4] 이에 덧붙여 고려인의 전쟁 문학은 그 사회에 온전히 속하지 못한 경계인으로서의 자신들이 처지를 되비쳐보는 거울의 역할을 드러내고 있다고 하겠다.

4 윤정헌, 「한국현대전쟁소설연구—한국전과 월남전의 소설화양상 대비를 통해」, 『국어국문학』 118호, 국어국문학회, 1997.3 pp.235~236. 참조.

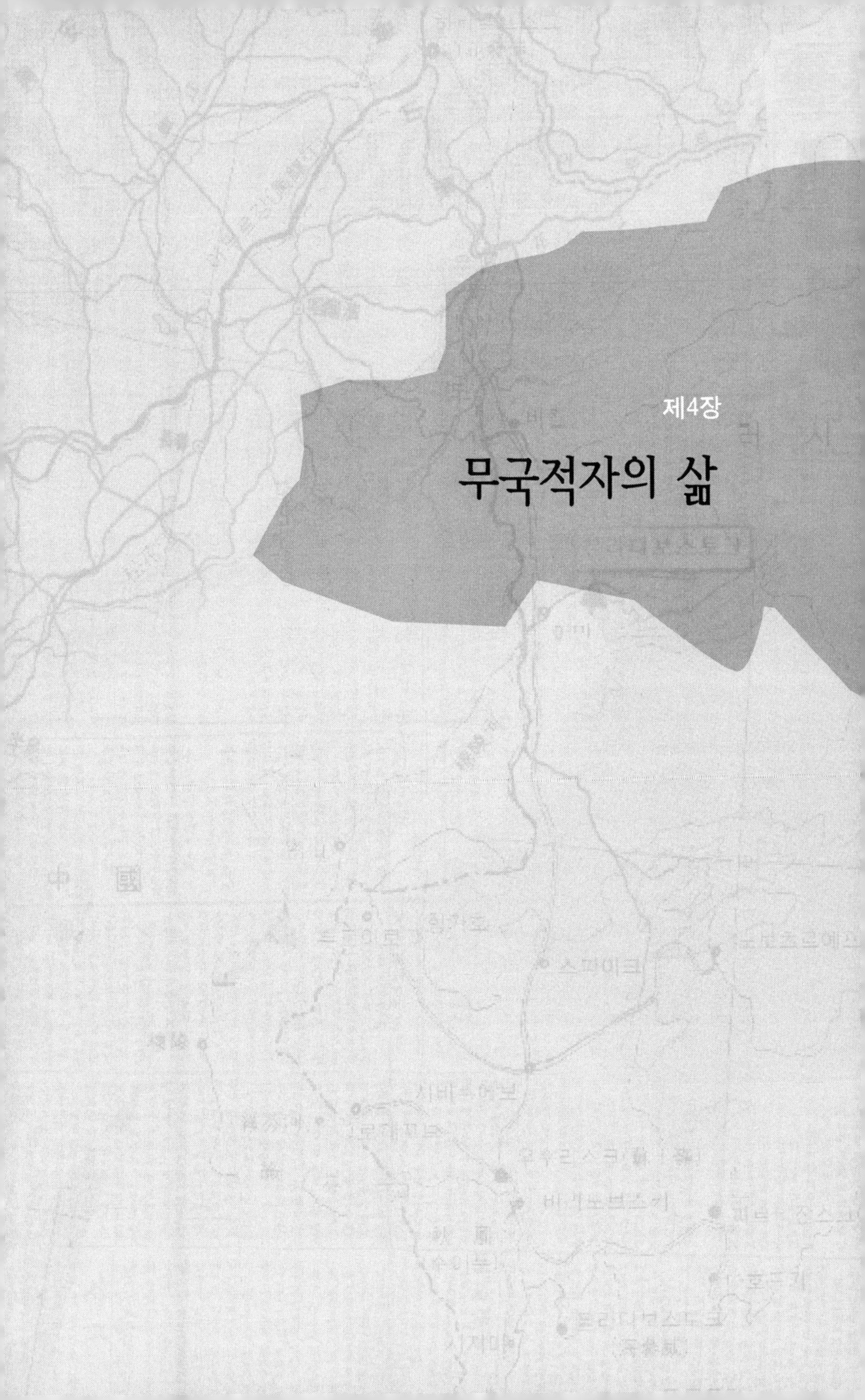

제4장

무국적자의 삶

제4장
무국적자의 삶

1. 공민 아닌 공민의 삶

부모님으로부터 물려 받은 피는, 한민족이라는 유전자는 벗어던질 수 없는 낙인이 되어 고려인들을 옥죄었다. 단지 고려인이라는 민족 성분이 죄목이 되었으니, 그것은 어떠한 노력으로도 벗어날 수 없는 굴레를 쓴 것이나 마찬가지였다. 기독교에서 말하는 원죄가 인간으로 태어난 이상 누구도 피할 수 없는 것인 것처럼, 고려인들은 자신들의 존재 자체가 죄로 취급당하는 이런 굴레를 쓴 채, 어느 날 갑자기 끌려갈 수 있다는 공포 속에 놓여있었다. 그렇기 때문에, 말도 안 되는 이주 명령에 저항도 하지 못하고 순응할 수밖에 없었다. 그런데 일본과 멀리 떨어진 곳으로 이주된 후에도 이 굴레는 벗겨지지는 않았다. 여전히 죄목도 알 수 없이 고려인들이 갑자기 끌려가는 일이 계속되었다. 1938년에도 고려인들이 체포되어 갔다. 이주 직후를 배경으로 하고 있는 소설 작품을 보면, 등장인물들이 이주 이후에 새로운 삶을 시작하고 있는 것이 아니라, 이주 직전에 느꼈던 그 공포를 여전히 느끼고 있음을 알 수 있다.

몇 시나 되었을까? 4시? 5시? 그럼 지금이 바로 하루 24시간 중에서 가장 위험하고 무서운 시간이다. 곤드라지게 사람들이 잠을 자는 바로 이때에 사람들을 붙들러 다닌다고들 했다. 한 달 전에 김 선생이 붙들려갔는데 그때에도 사람들이 이 시각에 집에 왔더라고 그 부인이 말을 하였다.

(한진, 「공포」, 『레닌기치』, 1989.5.23~5.31)

위의 인용문은 이주 후를 배경으로 하고 있지만, 깊은 밤이면 사람들이 잡혀가곤 하는 상황이 변하지 않고 계속되고 있는 속에서 깊은 두려움을 느끼는 고려인의 모습을 잘 보여준다. 이주 이후에도 고려인들은 개가 짖기만 해도 놀라서 깨며 제대로 편하게 잠을 잘 수 없었다.

이러한 공포 분위기를 보여주는 또 다른 예화가 있다. 시인 강태수의 체포 사건이다. 카자흐스탄의 크즐오르다는 한인들이 강제 이주된 대표적인 지역 중 한 곳이다. 연해주의 원동고려 사범대학은 이곳으로 이주한 후 크즐오르다 사범대학이라는 이름으로 다시 강의를 시작했다. 1938년에 이 대학 어문학부 2학년 학생이던 강태수가 벽보신문에 「밭 갈던 아씨에게」라는 시를 발표하였는데, 그 내용이 엉뚱하게 보고되어 반동으로 몰리고 체포되어 간 사건이 발생했다.

한밤의 벌판에 외로운 기적소리,
지금 나는 너를 찾아가느냐
너를 두고 가느냐?
우리 마을 뒷산은 보이지 않는다.
밝는 날은 어제일까 그제일까?
북두는 말없이 지평선에 떨어지며
마음은 너를 찾아 달음박질,

아, 아직도 동녘은 껌껌나라,

어서 동이 트고 날이 밝아야 우리는…

—「밭 갈던 아씨에게」 중에서

이 시에서 민족적인 색채는 두드러지지 않는다. 그럼에도 이 시에 등장하는 '아씨'가 시인이 그리워하는 단순한 여인이 아니라, 연해주를 의미하는 이미지로 해석되어 보고된 것이다. 강태수의 증언에 따르면, 검사국은 취조과정에서 조명희와의 친분관계를 추궁하면서 이 작품이 조명희의 요청으로 창작된 시라고 거짓 증언하도록 고문하였다고 한다. 강태수가 조명희에게 가르침을 받은 학생이었다는 사실을 빌미로, '민족의 적'이라는 죄목으로 처형된 조명희와 같은 올가미를 들씌우려 했던 것이다. 결국 강태수는 당과 인민의 원수로 몰려 소련 북극에 있는 아르한겔스크 수용소에 감금되었다. 그로부터 5년간의 수용소 생활을 거쳐서, 거주지 연금 생활을 하면서 1959년에 복권되기까지 16년 동안 매달 국가안전위원회에 출두하여 신상조사를 받았다고 한다.

이러한 일은 비일비재하여 소설 속에서도 비슷한 이야기가 반복되어 등장한다. 하나의 이야기를 더 살펴보자. 1939년 중앙아시아의 한 곳, 어느날 갑자기 이런 황량한 곳으로 이주해 온 고려인들은, 기적처럼 갈밭을 옥토로 바꾸고 마을을 새롭게 만들었다. 사람이 살 수 없을 것만 같던 황무지였지만, 두어 해만에 이제는 가로수와 꽃들로 마을을 꾸밀 생각까지 할 정도로 안정이 되었다. '팔용'은 이 마을에서 '옥금'과 결혼하여 행복하게 살 것을 꿈꾸었다. 그러나 '팔용'이가 어느 날 갑자기 끌려가면서 그 꿈은 산산조각이 나고 말았다. 그에게 씌워진 죄목은 '정탐'이고 '변절자'라는 것이었다(**김광현, 「호두나무」**, 『레닌기치』, 1963.5.12~5.17).

이렇게 강제 이주 이후에도 고려인들에 대한 부정적인 인식은 변하지 않았고, 그로 인해 고려인들은 여전히 죄목도 모르는 채 체포되어 가거나, 그렇지 않고 남은 경우에도 적성민족으로 취급받으며 여러 가지 권리를 제한 당하였다. 연해주에서 이주될 때부터, 고려인들을 이런 척박한 황무지에 이주시킨 이유의 하나가 탈출을 방지한다는 명목에서였다. 우즈베키스탄의 경우에는, 교통이 발달한 타슈켄트 중심부에서 멀리 떨어진 곳이 이주지로 결정되었다. 즉, 타슈켄트주 베까바드, 치나스, 상부치르치크, 중치르치크, 페르가나, 사마르칸트, 호레즘, 부하라, 까라깔바기야 차지공화국 등에 분산되어 배치되었던 것이다. 그 중 한 곳인 부하라를 살펴보면, 오늘날 우즈베키스탄의 주요 관광지 중 한 곳으로 불리며 교통이 발달한 편이라지만, 여전히 부하라는 사막에 있는 오지로 인식되고 있을 정도이다.

고려인들은 이렇게 교통이 나쁜 곳으로 이주되었을 뿐만 아니라, 혹여 자동차 등의 수단이 있었다고 해도, 고려인들은 지정된 지역 외의 다른 지역으로 함부로 이동할 수도 없었다. 거주지 제한 규정이 적용된 것이다. 한 곳에 묶여 다른 곳으로의 이동을 제한 받는 것은, 유배지 생활과 다를 것이 없었다.

양원식이 쓴 「녹색거주증」(『레닌기치』, 1990.2.28~3.3)이라는 소설에 보면 소연방의 국책 사업을 맡아 진행하는데 있어서도 고려인이기에 받는 이동의 제약 때문에 많은 애로를 겪는 주인공의 모습이 안타깝게 그려져 있다. 그는 거주지 이동 제약에 묶여 있는 자신을 객관적 조건에 있어서 보통 일군들의 축에도 들지 못한다고 느낀다. 소비에트 연방시기에 다른 가맹공화국은 물론이거니와 자기 공화국내에서도 다른 주나, 도시, 지어 일부 다른 구역에라도 가려면 적어도 열흘 이상의 기한을 앞두고 내무부에 신청서를 내야하며, 내무부의 허락이 있어야 비행기표도

살 수 있는 무권리한 처지이다. 특히 직장일 때문에 어디로 출장을 가야 할 때는 직장 책임자의 이름으로 신청서를 내야 한다. 그러니 보통 여름철에는 비행기 표를 사려면 적어도 20일 전에는 손을 써야 하는데, 내무부의 허락이 나올 때까지 기다리느라면 결국 한 달이상의 기한을 앞두고 출장수속을 해야 한다. 직장사업이나 자기 자체의 볼 일이 있어 어디로 가야 할 때 마음대로 다닐 수 없는 처지이고 보니, 이런 수속이 번거로워서 어디로 휴양을 가는 것은 생각도 못할 뿐만 아니라, 직장에서도 시급하거나 중요한 일은 맡지 못하는 처지가 된다. 결국 그는 남이 하기를 꺼리는 불리하고 어려운 일이나 남을 도와주는 부차적인 일만 맡을 수 있었다. 사정이 이렇고 보니 직장에서 업적을 세우는 것도 쉬운 일이 아니었다. 심지어는 내막을 모르는 사람들은 금지된 장소가 많은 그를 보며 "정말 믿을 수 없는 사람이 아닐까?"하는 의심을 품게 되니, 그야말로 죄인 취급이 따로 없다. 이주 초기 고려인들이 농사에 메달릴 수밖에 없었던 것은, 그것 말고는 해볼 만한 것이 없었기 때문이기도 하지만, 이러한 거주지 제한 규정이 다른 것은 시도해 볼 엄두도 못 내게 한 이유도 컸을 것이다. 황무지에 버려져서도 아이들을 가르칠 학교를 먼저 지으려고 했던 고려인들이 아닌가. 그러니 청년들이 도시로 나가 공부하고자한 열망이 얼마나 간절했을 것인가.

고려인들에 대한 차별대우는 거주지에 한정되지 않았다. 조국전쟁 시기에는 전방에 군인으로 참전하는 것도 거의 불가능했을 정도로 군복무에서도 배제되었음도 앞 장에서 살펴보았다. 또한 국가기관에 취업하거나 고등 교육 기관에 입학할 기회도 제한되었다. 이렇듯 고려인들에 대한 차별대우는 전방위적이었다. 과연 이런 처지에 놓여 있으면서도 소비에트의 공민이라고 할 수 있을까.

1989년 7월 30일자 『꼼소몰스까야 쁘라우다』 신문에는 올자스 술래이메느브의 기사가 「뿌리」라는 제목으로 실려 있는데, 거기에 민족교육 억압의 상황이 다음과 같이 증언되어 있다.

> 제 견지에서 보건대, 우리 나라에 조선사람들은 극동에서 이민해 온 것으로 기억됩니다. 그후 어떤 비극이 벌여졌는지 아십니까? 그동안 조선학교 380개, 대학이 1개, 사범전문학교가 1개가 문을 닫게 됐습니다. 다수 조선사람들이 모국어를 잊었고 러시아어도 제대로 배우지 못했습니다. 카자흐스탄에 작가동맹 조선과가 설립되었으나 조선어로 책을 펴낼 형편이 못됩니다. 조선어 인쇄기 한 대로는 조선문학의 생명을 구원하지 못합니다.
>
> —김 블라지미르, 조영환 옮김, 『재소한인의 항일투쟁과 수난사』, 국학자료원, 1997. p.149에서 재인용

인용문에서처럼 고려인들은 서서히 할아버지의 언어를 잊어가고 있었다. 그것은 고려인들의 자발적인 선택에 의한 것이기도 했지만, 소련의 정책 때문이기도 했다. 고려인들이 중앙아시아로 이주해 온 이듬해에 소연방은 한국어를 소련 내 소수민족 언어에서 제외[1]시켰다. 따라서 더 이상 한국어를 비롯한 민족교육을 시행하는 것이 어렵게 되었다. 『레닌기치』 신문이 한글로 발행된 것만 보면 한글 사용이 전면적으로 억압된 것은 아니었던 것으로 추측할 수 있지만, 중앙집권적인 사회주의 체제 안에서 살아남기 위해서는, 지배 계층의 언어인 러시아어를 취득하는 것이 생존의 조건으로 여겨졌을 것이다.

---

1 김필영에 의하면 한글 교육이 강제로 억압된 것이 아니라, 변화된 상황 속에서 고려인들 스스로가 실질적인 러시아어 배우기를 택함으로써 한글 교육이 없어졌다고 한다. (김필영, 『중앙아시아 고려인문학사』, 강남대출판부, 2005. p.198. 참조)

고려인 민족 문화에 대한 억압은 조선의 고전 문헌들을 불태워버리는 만행으로도 표출되기도 했다. **한진의 소설 「공포」**에는 이 사건이 잘 묘사되어 있다. 원동 국립대학은 대대로 고려인들이 학장이었는데, 중앙아시아로 이주된 후에 새로 임명된 학장은 러시아인이었다. 그는 대학도서관의 조선 고전 문헌들을 모두 불태워버리라고 지시하고, 학교 수위가 이를 난로 속으로 집어넣는다. 이 소설은 역사적 사실에 기반한 실화소설인데, 조선의 고전 문헌들이 불태워지는 상황을 우연히 보게 된 고려인 교원이 기지를 발휘하여 목숨을 걸고 그 책들을 구해내 다른 도서관으로 이송시키는 장면이 매우 긴장감 있게 묘사되어 있다. 그 책은 현재 카자흐스탄 국립도서관에 보관중이라고 한다.

이렇듯 고려인들은 중앙아시아로 이주된 이후 스탈린이 사망하기까지 많은 권리와 의무를 박탈당한 반쪽자리 공민으로 차별 받으면서 살았다. 그러나 그런 상황 속에서도 한민족임을 잊지 않고 살고자 노력하였다.

2. 민족문화의 재건

고려인과 그 문화에 대한 부당한 처우는 중국 진시황제의 '분서갱유'를 연상시킨다. 불로장생약을 구해오겠다고 시황을 속인 두 선비에 대한 보복으로 많은 유학자를 생매장해 죽인 '갱유(坑儒)'는, 고려인들을 검거하고 일본 간첩이 될 소지가 있다면서 강제이주 시킨 것과 비견될 수 있다. 또한 원동국립대학에 있던 조선고전문헌을 태워버리라는 지시는, 시황제가 통치에 방해가 되는 책을 불살라 버린 '분서(焚書)' 사건의 소비에트 버전이다. 또한 나치가 1933년에 독일정신에 위배된다면서

책을 불살라 버린 것과도 상통하는 일이다. 이 부분에 있어서 사회주의 조국 소련은 나치와 다를 바가 없어 보인다.

이러한 일련의 시련 속에서 고려인들이 연해주에서 이룩한 민족 문화는 단절을 겪을 위기에 놓이게 되었다. 적성 민족이라는 백안시 속에서 민족적인 것을 드러내는 것은 반국가적인 것으로 억압되었기 때문이다. 지도자, 지식인들이 붙들려가서 문화를 담당하는 주축이 사라진 것도 민족 문화가 황폐하게 된 주요한 원인이 되었다.

그 사정을 구체적으로 살펴보면 다음과 같다. 고려인 문단의 초석이 된 포석 조명희와 그의 제자 강태수 시인이 1937년을 전후하여 체포되었다. 고려인 문단에서 조명희가 차지하는 위상을 생각하면, 이는 가히 부모를 잃어버린 것에 비유될 수 있다. 또한 조선사범대학 등의 한인 학교들이 노어화되었다. 어떤 사람들은 고려인들이 이주 후 한글과 고려말을 러시아어로 대체하게 된 것은, 강압에 의한 것이 아니라 현실적인 필요에 의한 것이라고 한다. 그러나 현실적인 필요에 따른 자발적인 선택이었다고 해도, 그런 선택을 할 수밖에 없었던 암울한 현실이 부정되지는 않는다. 하루아침에 할아버지와 아버지가 쓰던 조상의 언어를 더 이상 쓰지 않겠다고 결정하는 것은 매우 고통스러운 선택이었을 것이다.

그러나 고려인들은 이렇듯 지도자를 잃어버리고 민족 언어와 문화가 억압받는 상황에 그저 무기력하게 있지만은 않았다. 오랜 세월을 거쳐 이룩되어 후대로 계승되어 온 민족 문화는 고려인의 혈액 속에 그대로 남아 다시 그 싹을 틔우고자 숨죽이고 있었다.

고려인이 이주된 지역 중에 카자흐스탄의 크슬오르다라는 곳이 있다. 이 곳은 중앙아시아 고려인들의 문화의 서울이라고 할 만하다. 『선봉』 신문사를 비롯하여, 원동고려사범대학, 〈고려극장〉, 조선 라디오 방송국, 하바롭쓰크출판사 조선부 등 연해주에서 활약하던 고려인문화 기관들이 다 이곳으로 옮겨 왔기 때문이다. 이 때 크즐오르다는 고려인들에게 거주권이 허여된 유일한 도시였다고 한다. (김기철, 「홍범도 장군의 전투경로와 쏘련에서의 만년생활」, 『레닌기치』, 1989.4.11.) 이주와 함께 옮겨온 교육기관에는 노동자 예비학교, 12개의 중학교, 23개의 초등학교도 있었다. 1938년에 카자흐스탄에 거주하는 20개 민족의 377개 민족학교 중에서 고려사람 학교는 초등학교 71개, 중학교 47개로 총 118개였다. (유인진, 『코리안디아스포라』, 고려대출판부, 2004. 99~100쪽) 이러한 기반을 바탕으로 고려인들은 크즐오르다에서 민족문화를 다시 일으키기 시작했다.

고려인들이 연해주에서 발간했던 신문 『선봉』의 주필 2명도 강제 이주 전에 지식인들을 숙청할 때 체포되어 갔으며, 나중에는 기자들도 많이 잡혀갔다. 그런 상황에서도 고려인들은 중앙아시아에 도착하자마자 신문 복간을 준비하였다. 카자흐스탄 크질오르다에서 황동욱 주필의 주

도로 재발간 작업이 진행됐으나 황주필 역시 복간호를 보지 못하고 현지에서 체포돼 처형됐다. 결국 소련 공산당의 노선을 따르겠다는 뜻의 『레닌기치』라는 이름으로 다시 신문이 나올 수 있었다. 1938년 5월 15일에 창간된 『레닌기치』는 스탈린 체제의 감시와 박해의 위험을 무릅쓰고 우여곡절을 겪으면서 창간되었다. (김병학, 『카자흐스탄의 고려인들 사이에서』, 인터북스, 2009. p.101) 이 일은 몇몇 선각자들의 헌신적인 노력에 힘입은 바 크다. 그 중 한 아나톨리가 매우 애를 썼다고 한다. 그는 자신의 건강도 돌보지 않고 이 일에 매진하다가 1940년에 운명을 달리하였다. 이후 『레닌기치』는 고려인들의 지지 속에 주 5회 발간하는 일간지로 발돋움했고 직원도 60명으로 늘어났다.

『레닌기치』 신문은 이후 고려인 문인들을 끌어 모으면서, 고려인 문단의 텃밭이 되었다. 김준, 전동혁, 김중송, 주송원, 강태수, 김기철, 임하, 차원철, 이은영, 김종세, 이 와실리, 김남석, 김두칠, 김창욱, 박현 등이 바로 『레닌기치』 신문을 통해 고려인 문단을 일궈간 시인·작가들이다. 물론 그들이 창작한 시와 소설들이 민족의 현실을 드러내기 보다는, 소비에트 사회를 찬미하고 심지어 스탈린과 레닌에 대한 우상화를 내용으로 한 것이라고 해도 그것의 가치를 폄하하기는 어렵다. 왜냐하면 그 내용을 떠나, 그것을 민족의 언어로 표현한다는 것은 그렇게라도 민족의 언어를 지켜 내고자 하는 간절함을 드러내기 때문이다. 단순히 그 내용만을 드러내는 것이 목적이었다면, 체제의 요구에 훨씬 적극적으로 부합하는 방법으로 러시아어 창작을 고려했을 것이다. 그런데 러시아어가 아닌 한글로 창작했다는 것은 분명 다루고 있는 내용 이면에 숨겨져 있는 마음을 고려해야 할 충분한 이유가 된다.

고려인들은 한글 신문만을 통해서 민족 문화를 재건한 것이 아니었다. 강제 이주 후 제대로 된 생활터전을 정비하기도 전에 〈고려극장〉은 활동을 재개했다. 〈고려극장〉 단원들은 자신들의 가족도 제대로 돌보지 못하면서도 고려인 꼴호즈를 찾아다니며 순회 공연을 하며, 고려인 꼴호즈원들을 응원하였다. 그들의 자녀들은 어른도 없는 빈 집에서 제대로 먹지도 못하면서, 공연을 떠난 부모가 돌아오기를 기다렸다. “7살 먹은 어린 것을 빈집에 의지할 사람도 없이 홀로 버려두고 순회공연을 떠났으니 그 어린 것이 무엇을 혼자 끓여 먹으며 어떻게 제 손으로 빨래를 하며 석 달 동안이란 긴 세월을 살 수 있겠는가?”(연성룡, 「피로 물든 강제이주」, 『레닌기치』, 1995.2.4~3.4) 순회 공연 중에 아이를 낳고 제대로 몸조리도 못하고 무대에 다시 오르기도 했다. 심지어 아이를 유산한 채로 공연을 이어가기도 했다. “〈춘향전〉으로부터 시작하여 몇 가지 연극을 준비하여 우선 크즐오르다 시내에 와서 정착한 교포들에게 보여주었으며 다음으로는 크즐오르다를 중심으로 한 〈쩨렌우쟈크〉, 〈쥬쌀리〉, 〈까살린쓰크〉, 〈지일리〉, 〈야늬꾸르간〉 구역들에 분산되어 꼴호즈들을 조직하고 형언할 수 없는 고통을 겪고 있는 고려교포들—눈물로 물을 준 땅에 씨를 뿌리고 생의 새로움이 솟기를 기다리는 교포들에게 순회공연을 떠났다.”(연성룡, 「피로 물든 강제이주」, 『레닌기치』, 1995.2.4~ 3.4) 혹은 돌봐야 할 늙고 병든 부모를 남겨두고 떠나, 눈물 속에 공연을 이어가는 단원도 있었다.

〈고려극장〉은 소비에트 중앙아시아에 거주하던 고려인들을 위해 주요 지역 꼴호즈와 쏩호즈로 순회공연을 다녔다. 1938년에는 아랄스크, 까르막치, 까사린스크 등으로 공연을 다녔다. 1939년이 되어서는 카자흐스탄 전역에서 순회 공연을 하였다. 그리하여 이주 초기 4년 간 618번의 연극을 상연하였는데 이것을 21만 1천 명의 관중이 보았다. 거의 모든 고려인이 이들의 공연을 본 셈이다.

이렇게 〈고려극장〉 단원들이 피울음을 삼키면서 엄청난 횟수의 공연

극작가 연성용

을 한 이유는 무엇이겠는가. 그것은 상부의 명령 때문이기도 했지만, 그 명령을 넘어서는 동포애 때문이었다. "어려운 형편에서 죽음과 눈물로 싸우며 살려고 애쓰는 교포들에게 적으나마 안식과 위안이라도 주어야 한다는 것"이 〈고려극장〉의 공연 목적이었던 것이다. 이러한 마음이 서로 통하여 고려인 꼴호즈에서는 〈고려극장〉의 운영을 지원하였다. 어려운 상황 속에서도 십시일반으로 지원을 한 것이다.

이 곳에서 활동한 주요한 희곡작가로는 연성용, 채계도, 김해운, 김기철, 전동혁, 진 우, 태장춘, 김두칠, 한진, 이정희, 최영근, 송라브렌찌, 허웅배(허진) 등이 있다. 힘겨운 이주를 마치자마자 공연에 돌입했기 때문에, 새로운 작품을 창작할 여유는 없었다. 그래서 이주 초기에 공연된 대부분의 연극들은 강제 이주 전 연해주에서 이미 공연한 적이 있는 작품들이었다. 그러나 새롭지 않은 이 작품들이 오히려 연해주 시절을 잊지 않게 하는 연결고리가 되기도 하였다.

〈고려극장〉의 활약은 힘겨운 이주 초기의 재건기를 보내고 있는 고려인들에게 큰 힘이 되었다. 이 극장의 이함덕, 김진, 리길수 등은 1940년에 카자흐스탄 20주년 명의의 주 영예 게시판에 등록되기도 했다고 한다. 이주 초기에 발발한 조국애호전 때에도 〈고려극장〉은 전쟁의 새 소식을 알리고, 야수적인 파시스트에 대한 적개심을 표현하며, 노력전선에 나간 사람들과 꼴호즈에 남은 사람들을 고무시키는 데 큰 역할을 했다. (조기천, 「고려극단의 사 년 간 사업의 총화」, 『레닌기치』, 1942.2.4) 특기할 만한 공연으로는, 1942년에는 크즐오르다 시에서 태장춘이 쓴 희곡 〈홍범도〉를 공연한 것이다. 이 공연은 당시 크즐오르다에 거주하던 홍범도가 직접 관람했다고 한다. 홍범도가 일제에 대항한 의병장이었음을 고려한다면, 이는 홍범도에 대한 헌정의 의미 외에도, 자신들에게 일제의 간첩이라는 혐의를 씌운 정부에 대한 항변의 의미도 보이는 것이라 할 수 있다.

〈고려극장〉의 활발한 활동에 자극을 받아, 1939년에는 우즈베키스탄에서도 구르렌시, 타슈켄트시, 호레즘시에 고려인 극단이 설립되었다. '북극성'처럼 큰 꼴호즈에서는 꼴호즈 내에 소속된 극단을 갖고 있기도 했다.

조선사범대학도 크즐오르다시로 이주하여 이주 이듬해부터 바로 수업을 진행하였다. 『레닌기치』 1938년 6월 10일자 기사를 보면 '조선인 10년제 학교'에 대한 이야기가 실려 있다. 다른 학교보다 한 학기 늦게 또는 시설이 불완전한 채로 새 학년도를 시작하였지만, 학생들이 열심히 공부해서 시험 성과가 좋았음을 알리고 있다. 새로 건축 중인 학교 건물이 완공을 앞두고 있다는 소식도 담겨 있다. 또한 1939년 9월 10일자에는 "고려어 교수에 관하여"라는 기고문이 실렸는데, 고려말을 가르치기 위한 지침이나 교과서가 없어서 민족어 교육에 문제가 있음을 지적하고 있다. 1951년 9월 21자에도 "조선어 교수상 몇 가지 결점"이라는 글이 실렸다. 이처럼 민족 전체가 동일한 혐의를 받고 이주 당했지만, 그에 굴복하지 않고 민족어를 가르치려는 노력이 계속되었음을 알 수 있다.

극작가 송 라브렌찌

고려인들은 이러한 노력을 통해 카자흐스탄 130여 민족 중에서 위구르민족과 더불어 모국어 신문과 모국어로 공연하는 극장을 갖고 있는 특별한 소수민족(김병학, 『카자흐스탄의 고려인들 사이에서』, 인터북스, 2009. p.70)이 되었다.

3. 시월혁명과 스탈린 찬양

고려인들은 이렇게 민족 문화를 다시 재건하고 이어 나갔다. 그러나 당시 소련의 정책은 경직되어 있었기 때문에, 소련 당국은 민족적 색채를 드러내는 것에 민감하게 반응하며 꺼려 하였다. 그런 당시의 분위기를 보여주는 일화가 있다.

조기천은 일제시대 때 한반도에서 태어나 어린 시절에 시베리아로 이주했고, 소련에서 국비 장학생으로 고리키사범대학 러시아문학과를 졸업한 시인이다. 그는 중앙아시아에 있는 조선사범대학에서 교원으로 근무함으로써 고려인 문인들의 스승이 되기도 했다. 그가 1947년 2월에 서사시 『백두산』을 발표했는데, 이를 번역하여 소련 군정에 제출해야 했다. 그런데 이를 받아 본 소련 군정에서 날벼락이 내렸다고 한다. 일제시대 항일투쟁을 다룬 이 작품에서 조선을 조국으로 표현했기 때문이었다. 소련당국은 오직 소련만을 조국으로 여길 것을 강요하였다. 그리하여 조기천은 이 시에 등장하는 '나의 조국', '내 나라', '내 나라 땅'이란 구절을 '이 나라 땅', '이 땅', '이 나라' 등으로 바꾸어야만 했다고 한다.

한글을 쓰고 가르치는 것, 그리고 한글로 신문을 발행하는 것까지는 허가해 주었지만, 그 언어로 표현할 수 있는 내용에는 제약을 둔 셈이다. 이런 경직된 분위기의 사회 속에서 민족의 언어로 표현할 수 있는 내용은 제한적이었다. 그것은 주로 시월 혁명과 소련의 지도자의 업적을 칭송하는 것이었다. 『레닌기치』를 통해 발표된 한글로 쓰인 고려인 문학에서 사회주의 혁명과 레닌 칭송, 혹은 노동을 찬양하는 작품이 많이 발견되는 이유일 것이다.

고려인들은 소련의 지배 계층을 늘 염두에 두고 살아왔다. 중앙아시아 현지의 원주민들보다 고려인들의 삶에 영향을 미치는 것은 소련 지배 계층이기 때문이다. 그렇기 때문에 고려인들의 삶 주변에는 현지의 우즈벡 민족이나 카자흐 민족 등이 숫자적으로 다수를 차지하지만, 고려인들은 그들의 문화나 삶에는 별 관심을 가지지 않았다. 오히려 러시아인들이 이들 원주민들에게 갖고 있는 편견이나 태도를 수용하는 경향까지 있었다고 한다. 중앙아시아 원주민들의 문화가 고려인들에게 동경의 대상이 아니었다는 점은, 고려인들이 오히려 민족적 자긍심과 정체성을 유지할 수 있는 배경이 되기도 하였다(유인진, 『코리아디아스포라』, 139쪽 참조). 그래서 고려인 이야기 속에서 이들 원주민의 이야기는 그리 많이 등장하지는 않는다. 이야기 속에 등장하는 이민족은 주로 러시아인들이다. 우즈벡 민족이 배타적이기 때문에 동화가 어려웠다는 분석도 있다. 반면, 카자흐 민족은 훨씬 사교적이어서 이주 초기에 고려인들의 곤란한 처지를 보고 많이 도움을 주었다고 한다. 그렇더라도 고려인들의 관심 대상은 이들이 아니었다.

고려인들의 구체적인 동경의 대상이 바로 레닌과 스탈린이다. 연해주 시절부터 고려인들은 레닌의 사회주의 이념을 동경했다. 러시아 혁명으로 왕이 물러난 새로운 정치체제를 목격하였다. 고려인들에게 그것은 놀라운 경험이었다. 왕이 없는 세상이 가능하다는 것, 신분의 차별 없이 누구나 땅을 소유할 수 있다는 것은 상상해 보지 못한 세상이었다. 어디든 농사 지을 땅만 있다면 살아갈 수 있다고 여겼던 사람들에게, 땅을 분배하겠다는 레닌의 사회주의 계획은 새 세상에 대한 약속이었다. 레닌의 계획은 러시아 내전을 치르느라 현실화되지 못했지만, 고려인들은 레닌의 사망 이후에도 스탈린에 의해 그러한 계획이 실현되리라 믿었고, 그리하여 스탈린의 꼴호즈 사업에도 적극적으로 임하였다.

그렇기 때문에 고려인 시인들이 노래하고 있는 10월과 레닌은 체제 영합적이라기보다는 순수한 동경의 발로로 읽히기도 한다. 고려인들에게 레닌은 '나의 숨'(김준, 「레닌의 숨」)이고 "인류 역사에 영원한 청춘"(김창욱, 「시월은 영원한 청춘」)이며, "친선이라는 신성한 말을 단결의 가치라는 고귀한 재부의 노래를 부르게"(박보리쓰, 「레닌적 친선의 노래」) 하고 "내 심장에 새겨져 있어 죄지은 어린이처럼 부끄럽고 마음에 죄송하여 우리의 양심을 일깨"(강태수, 「내 심장에 새겨진 레닌」)운 인물이다. 그래서 레닌이 사망했을 때 고려인들은 깊은 애도를 표했다. "신문을 들고 보시던 할아버지는 하, 이 어른이 사망혔구나! 애달픈 마음을 던질 때 돋보기 밑으로 눈물"(계봉우, 「할아버지의 눈물」)을 흘렸다. 그는 죽었어도 여전히 "인류를 행복한 세상으로 인도하여 청사에 빛나고 영원히 살아 계시는 아버지"이고(우제국, 「레닌 아버지」), "달이 가고 해가 가 억만년 가도 후대들의 심장에 살아 있는 위대한 당신"(김남석, 「레닌의 기념비 앞에서」)이기에, "우리의 은인, 우리의 스승, 공산주의 종족의 시조인 일리츠여! 불멸의 영광이 있을지어다"(김세일, 「영생의 일리츠에게 불멸의 영광을」)라는 말로 추앙한다. 그가 이끈 10월 혁명은 "인류의 생로를 닦고 명멸하던 나라를 건져 모든 운명까지 받들어주는 위대한 10월"(조기천, 「10월」)로 칭송된다.

고려인들의 시에 나타나는 이 같은 레닌과 10월 혁명에 대한 각별한 추모와 특별하고 경건한 대상으로의 추앙은, 고려인들의 공동체가 처했던 파멸의 재앙에서 기적처럼 생명을 구제받는다는 믿음을 소망한 것이라 하겠다. 이 때 죽은 자의 혼령은 개인의 수호천사 내지 은인으로 나타난다. 따라서 레닌과 10월 혁명에 대한 고려인들의 추모에 나타나는 경건성은 고려인들 공동체의 기억에 상존하는 운명적 각인을 더 이상 위협하지 못하게 하는 기능을 수행하고 경건하게 안치하며 찬양하는 태도는 산 자들의 안녕과 다른 사람과의 원만한 관계를 유지하게 하는 수단이기 때문이다.

고려인 시가 지닌 '송덕의 기능'은 그들과 그들의 후손들을 위한 미래지향적 삶의 표출이라고 하겠다(장사선·우정권, 『고려인 디아스포라 문학연구』, 월인, 2005. p.75.).

제5장

문학작품 해설

제5장
문학작품 해설

1960

진우, 「밭갈이」, 『레닌기치』, 1960.1.24, 4쪽 / 1.26, 3~4쪽 / 1.27, 3~4쪽. (단막 희극)

주제 각자 다른 꼴호스에 대한 맹약(맹세, 약속).

인물 꼴랴-뜨락또르 운전수(28세), 기남-쁠루가또르(25세), 순금-식모(40세) 등.

사건 꼴랴가 모는 뜨락또르의 께나프 끝에 기남이 이마를 긁히게 됨.

배경 중앙아시아의 이른 봄.

줄거리 뜨락또르 운전수인 꼴랴와 쁠루가또르인 기남이가 식당 의자에 앉아 실랑이를 벌인다. 꼴랴의 말은 기남이를 생각해서 뜨락또르에 앉으라고 했는데 기남이가 자신의 말을 무시하고 가대기에서 내리지 않더니 큰 코를 다쳤다는 것이었고, 기남이의 말인즉슨 뜨락또르가 섰을 때 가대기에 씌어진 검불을 빼내느라 잠시 보고 있었는데, 꼴랴가 뒤도 돌아보지 않고선 뜨락또르를 모는 바람에 께나프에 기남이 자신의 이마를 긁히게 되었다는 것이다. 그러면서 서로 상대방이 잘못하기 때문에 수확의 양이 적다는 등, 밭갈이에 대해 질이 중요한지 양이 중요한지 모른다는 등 잘잘못까지 따지려 든다.

주제어 농막, 뻘루가또르, 꼴호스, 밭갈이, 농학 박사, 크루소크, 꼴호스 관리 위원회 등.

강태수, 「쓰거운 열매」, 『레닌기치』, 1960.3.20, 4쪽. (단편소설)

주제 자식 키우는 부모의 심정, 효의 중요성.

인물 아들, 나(아버지), 아내(어머니), 삐뜨로브(두 아들을 둔 아버지), 삐뜨로브의 맏아들(자립 후 부모를 본체만체 함), 삐뜨로브의 둘째 아들(부모님을 모시며 스스로 돈을 벌어 부모님을 돕는 아들)

배경 집 마당, 휴양소 등.

줄거리 '나'에겐 마음 아픈 일이 있었는데, 어제 집에 들어서기가 무섭게 방에서 들려오는 아내에게 소리치는 아들의 아우성 소리를 들은 일이다. 그러다 '나'의 인기척을 눈치 챘는지 '아버지만 안 오셨으면' 하며 주먹을 불끈 쥐었다 편다. 너무 화가나 혁대를 풀어 때리려고 하니 아내가 바지를 붙잡고 때리지 말라 매달린다. 털썩 주저앉아 지난 시간들을 돌이켜보니, 그저 아들을 위해서라면 어떤 부탁도 다 들어주며 무조건 승낙했었던 나와 아내의 모습이 떠올랐다. 아들이 소리친 이유를 들어보니 야유회에 입고 갈 새 적삼을 사달라고 떼를 써 아내가 승낙했는데 그날 너무 일이 많아 약속을 지키지 못했더니 아들이 달려든 거란다. 아들이 잘못된 게 과연 누구의 잘못인건지 모르겠다. 지난 시절 휴양소에 갔다 만난 두 아들을 둔 뻬뜨로브라는 사람이 떠올랐다. 배우지 못했던 게 한이 되어 큰 아들을 두 손으로 받들어 대학까지 보냈지만 자립 후 자신을 본체만체한다는 것이다. 하지만 둘째 아들은 야간 학교 다니며 스스로 돈을 벌어 힘들 텐데도 자신들이랑 함께 지내며 자기의 생활에 보탬을 준다는 것이다. '나'는 아들이 좋은 사람이 되도록 올바로 가르쳐 주지 못해놓곤 혁대를 풀어 때리기까지 한 것에 대해 스스로 반성한다.

주제어 자식, 행복, 소학교, 중학교, 대학, 기사, 직공 학교, 야간 대학, 불만, 부모 등.

한상욱, 「향촌의 불빛」, 『레닌기치』, 1960.5.22. 3쪽 / 5.25, 3쪽 / 5.27, 3쪽 / 5.28, 3~4쪽 / 5.29, 3~4쪽 / 5.31, 3~4쪽. (단편소설)

주제 젊은 남녀의 진정한 사랑.

인물 영희(분조장), 철호(영희의 친구), 김니꼴라이(대학생), 박진순 등.

사건 구락부에서 있을 음악대학 학생들의 연주회와 젊은이들의 사랑.

공간 구락부.

줄거리 분조원들은 이미 오늘 저녁 구락부에서 있을 연주회장으로 모두 향했지만, 아직 일을 다 마치지 못한 영희는 내일 해도 될 것이지만, 오늘 양은 오늘 끝내기 위해 노력 중에 있었다. 아직 출발하지 않은 철호가 영희에게 와 어서 가자고 하지만 먼저 가라는 영희의 말에 수판알이나 튀기라며 돌아서 가버린다. 툴툴거리는 철호가 내일이면 다시 웃으며 올 거라 믿는 영희는 서둘러 일을 마치고 연주회가 열리는 구락부로 향한다. 연주가 시작된 후 조금 늦게 도착한 영희는 미리 도착한 처녀 분조애들이 모인 곳으로 걸음걸이를 옮겨 앉았다. 청아한 바이올린 연주 소리에 힘껏 손뼉 쳐주고, 다음 학생을 기다리는데 본인이 작사 작곡한 노래를 부른다고 했다. 평소 비상히 재주가 있고 열정이 많은 사람이여야만 훌륭한 곡조를 지을 수 있다고 생각해 온 영희는 노래 부르는 학생을 눈여겨보지 않을 수가 없었다. 그런데 노래 부르는 김니꼴라이의 시선이 자꾸 자신에게만 머무르는 것 같았다. 얼굴이 붉어짐을 느낀 영희는 자신이 어리석다 느꼈지만, 그 후에도 그 남학생이 계속해서 자신을 유심히 바라보고 있음을 깨달았다.

주제어 분조원, 목화, 추수, 음악대학, 구락부, 꼴호스, 장래, 사랑, 바이올린, 애정 등.

전혁, 「대의원 – 분조장」, 『레닌기치』, 1960.7.10, 2쪽. (오체르크)

주제 사회주의 찬양.

인물 장올리가(보통 조선 농민 여성), 따샤(올리가의 딸) 등.

사건 보통 조선 농민 여성이 큰 성과를 올리며 동시에 대의원이 됨.

배경 알마아따 주 까라딱 구역, 레닌 길 꼴호스.

줄거리 분조장 장 올리가는 사탕무우 농사에는 많은 경험이 있는 유능한 전문가이다. 15년간 재배 경험도 있고, 줄곧 분조장으로 일하고 있었기 때문에 풍부함 경험과 지식을 지니고 있었다. 그러나 중병에 걸리는 바람에 알마아따 및 모스크바 병원들을 다니며 치료를 받았고, 간신히 건강을 되찾아 퇴원하게 된다. 그러나 절대 노동을 삼갈 것을 듣게 된다. 그녀가 꼴호스에 돌아 왔을때 역시 당단체와 관리 위원회에서는 그녀에게 탁아소 주임 직을 제의하였지만, 그녀는 자신의 분조로 돌아온다. 사탕무우 재배 명수로서 논다거나 헐한 일을 한다는 것은 양심에 가책되는 일이며, 그로 인해 정신적 고통을 받으면 몸이 더 쇠약해 진다는 것이다. 자신은 분조에 돌아와 맘에 드는 일을 하며 정신적 위로를 받아 병이 완치되었고, 더 큰 수확을 낼 것이라 맹세한다. 그리고 별 사람도 아닌 자신이 큰 나라 국회 의원이 된다는 것은 참 사회주의 국가가 아니고서는 상상조차 할 수 없는 일이라며 쏘베트 조국에 대한 커다란 긍지감을 표했다.

주제어 분조장, 당단체, 관리 위원회, 대의원, 분조원, 조선 농민, 국회의원, 사회주의 등.

리진, 「어기여차」, 『레닌기치』, 1960.8.14. 3~4쪽. (단편소설)

주제 일본과의 전쟁에서 승리한 붉은 군대를 환영하는 조선 사람들의 기쁨.

인물 일본 군인, 러시아 군인, 조선 사람 등.

사건 라진 웅기에서 일본군을 부시고 청진에 상륙한 붉은 군대를 환영함.

배경 러일전쟁. 역전(청진과 함흥을 잇는 큰 길과 철도가 교차하는 곳에 자리 잡은 역).

줄거리 일본과의 전쟁에서 승리하고 돌아온 붉은 군대를 환영하기 위해 모인 역전 앞. 많은 사람들이 아직 붉은 군대가 어떤 군대인지 알지 못했지만, 이 군대가 근 반 세기에 걸쳐 조국 강산을 조여 매고 있던 쇠사슬을 끊어 버렸다는 것은 알고 있었다. 바로 이날은 해방의 첫 소식을 들은 날처럼 기쁜 날이다. 군중의 힘을 보여줄 노래가 필요했는데 그때 마침 선창이 노래를 시작했다. 그러나 사람들의 귀에 익지 않은 노래였다. 하지만 후렴 부분을 조금씩 따라 부르기 시작했고, 그 선율과 율동 속에 일하는 사람들의 심정과 수천 수만리 떨어진 곳에서 신음하던 근로 인민의 가슴에 공명을 얻을 수 있었다. 고통을 초월하게 하는 그 무언가가 노래에 있었고, 그 노래는 조선 사람들의 마음에 들었다. 더 큰 목소리로 열창하였고, 러시아 병사들의 얼굴에 기쁨이 폈다. 그들도 함께 노래를 불렀다. 조선 사람들 중 누구도 가사는 알아듣지 못했지만, 모두 러시아의 노래를 열심히 불렀다.

주제어 붉은 기, 라진 웅기, 일본군, 붉은 군대, 해방군, 아이랑, 조선, 러시아 등.

1961

리진, 「우리 마당」, 『레닌기치』, 1961.1.31. 3~4쪽. (단편소설)

주제 나라를 빼앗긴 슬픔.

인물 조선 옷을 입은 사람(혁명가), 젊은 여자(혁명가), 양복을 입은 사람(일본 순경), 선대(이름 난 부자), 객주 집 주인나리(키 작고 빼빼 마른 중년 남자), 려인숙 주인, 밀차'군 할아버지 등.

사건 혁명가들의 난.

배경 번잡하던 장날 저녁의 여인숙 마당.

줄거리 번잡하던 장날 저녁의 여인숙 마당에는 쫓는 자와 쫓기는 자들의 격투로 소란스러워졌다. 조선 옷을 입은 사람과 그가 부축하는 젊은 여자와 그들을 쫓는 양복 입은 사람 때문에 온 마당 안 사람들이 몰려들었다. 권총을 겨눈 양복 입은 사람이 일본말로 고함치다, 도대체 무슨 죄를 지은 사람들이냐고 물어보는 마을 사람들의 물음에 단순한 물음이 아닐 것이란 생각에, 그는 억양이 다른 조선말로 신중하게 저 둘은 아편 장수라 했다. 그러자 갑자기 젊은 여자는 양복 입은 사내를 향해 소리친다. 우리가 아편 장수라면 어째서 우리를 잡으려 광분하고, 철창 속에 가두고, 온갖 비인간적이고 잔인한 고문을 가하고, 후한 약속으로 매수하고 전향시키려하며, 재판도 없이 고문실로 끌고 가 생명을 빼앗으며, 사람들 앞에서 죄명을 지어 내느냐 소리친다. 우리가 누군지 모른다면 직접 알려주겠다며 우리는 자기 조국이 자기 사람들의 것으로 되기를 원하는 사람들이며, 외적이 자기 나라를 짓밟는 것을 원치 않는 자기들이 가진 모든 것을 자기 조국을 위해 바치려고 애쓰는 사람들이라며 반드시 우리 조선 사람들의 것으로 될 날은 오고야 만다고 외친다. 그러자 양복 입은 사내는 광기를 품으며 그 둘을 묶은 포승을 잡아채 끌고 간다. 남녀 두 혁명가는 사람들을 향해 어진 미소를 보내었고, 그 마당에 있었던 사람들 중 부엌돌이가 갑자기 부엌으로 뛰어가서는 나무로 조각한 거북을 들고 와 그녀에게 전해주며 우리 모두는 거북선을 한 개씩 가지고 있다 일러주었다. 형사가 그 둘을 끌고 마당에서 사라지자 혁명가들의 난을 그저 보고만 있던 어른들은 모두 목 놓아 울었다. 마당은 컸지만, '우리' 마당은 얼마나 좁고 작은지를 깨닫게 된 날이었다.

주제어 장날, 려인숙, 권총, 조선 바지저고리, 고문실, 혁명가, 거북선 등.

우 블라지미르, 「집토끼와 메토끼」, 『레닌기치』, 1961.3.26, 3쪽. (펠레똔)

주제 성실한 삶을 살자. 과학의 우수성.

인물 집토끼(성실한 일꾼), 메토끼(건달처럼 놀음 좋아하는 불성실한 일꾼) 등.

배경 집토끼의 집.

줄거리 놀음을 놀다가 정처(집)도 없이 여기저기 떠돌아다니며 집토끼를 찾아 온 메토끼에게 집토끼가 그러다 사냥꾼에게 잡히기 십상이라 일러준다. 그러나 메토끼는 철을 따라 변하는 몸 색깔 때문에 괜찮다고 하지만, 요즘은 그런 토끼만 잘 보는 망원경과 현미경이 있어 피할 수 없다며 조심하라 일러준다.

주제어 메토끼, 놀음판, 집토끼, 기관 밭, 꼴호스 밭, 대처관, 기와집, 건달군, 현미경 등.

한상욱, 「보통 사람들」, 『레닌기치』, 1961.6.18, 3~4쪽 / 6.20, 3쪽. (단편소설)

주제 어머니의 사랑이 필요한 어린아이의 마음.

인물 복순이(유치원 선생님이며 간호사), 까짜(어머니의 사랑이 그리운 네살 어린아이), 창수(까짜 아버지, 복순이에 대해 관심이 있다), 유치원 주임 아주머니(복순에게 까짜의 가족사를 들려주는 인물) 등.

배경 유치원, 까짜의 집 등.

줄거리 평소 아이를 좋아하는 복순은 다른 아이들과 다르게 장난감 대신 그림책을 만지는 까짜를 보다, 까짜가 입은 쁠라찌에 허리춤이 따져 내려진 것을 보게 된다. 다가가 살펴보니 옷을 세탁 후 다림질 하지 않은 티가 나 까쨔에게 엄마 얘기를 물어보았는데, 까쨔는 엄마가 없다고 말한다. 유치원 주임 아주머니에게 까쨔의 엄마 얘기를 확인하니 병으로 일찍 세상을 떴고, 아버지는 혼자서 까쨔를 돌보고 있다며 슬픔에 술로 지내지만 좋은 사람을 만나야하지 않겠냐며 복순이를 지긋이 바라본다. 유치원 마칠 때쯤 아이들을 데리러 오는 엄마들을 바라보는 까쨔의 부러운 눈길에 가슴이 아파온 복순은 까쨔를 집에 데려다준다. 까쨔는 복순이의 따뜻한 마음을 느꼈는지 집으로 들어가자며 손을 이끄는데, 동네 분들과 함께 있던 창수는 복순의 등장에 당황하게 된다. 돌아가겠다는 복순을 동네 분들과 창수는 팔을 붙잡는다.

주제어 유치원, 방학, 륙촌, 놀음감, 부닥질, 그림책, 빨라찌예, 엄마, 사랑, 어린이 등.

김광현, 「길바닥에 엎드러졌던 사람」, 『레닌기치』, 1961.9.26, 3쪽 / 9.27, 3쪽 / 9.28, 3쪽 / 10.4, 3~4쪽. (단편소설)

주제 성실한 삶의 중요성.

인물 수남(분섭의 남편, 한탕주의자), 분섭(수남의 아내), 선옥 어머니(수남의 장모), 가시아비(수남의 장인), 양 영감(수남을 믿어야 한다고 가시어미를 설득하는 인물) 등.

사건 큰 재산을 모아보려 망상에 빠진 수남이 분섭에게 가시집에 가서 돈을 얻어 오라 함.

배경 수남·분섭의 집, 분섭 부친의 초상집.

줄거리 노름에 빠져 큰 돈을 잃었던 수남이 또 다시 큰 재산을 모으기 위해서는 밑천이 필요하다며 아내 분섭에게 처갓집에 가서 돈을 좀 구해오라고 한다. 그러나 이미 큰 돈을 한번 받아와 다 잃은 적이 있던 수남 때문에, 다시 가서 받아 올 수 없다 말한다. 분섭은 자신이 희생하고 남편을 지극정성으로 대하면 노름 버릇을 버릴 수 있다 여기고 노력하지만, 딸이 직접 오면 돈을 주겠다는 장모의 말에도 받아오지 않는 아내에게 화가나 술 마시고 와서는 폭행까지 일삼는다. 그리고 며칠 뒤 분섭의 부친이 돌아가시고 초상집을 찾은 분섭과 수남은 어머니와 아랫방에 모인 동네 어른들과 얘기를 나눈다. 그러던 중 양 영감은 선옥 어머니에게 수남이와 함께 뫼자리를 봐주고 왔는데 사람이 괜찮다 일러준다. 그러자 수남은 장모면 친어머니와 같다며 그녀가 우리를 생각해주는 것만큼 자신도 은혜를 잊지 않겠다며 교활한 웃음을 띄며 능청스럽게 말한다.

주제어 향수, 조선 사람, 돈, 노름판, 밀리치야, 시장, 초상집, 쏩호스, 국가 은급 등.

1962

허춘식, 「노래」, 『레닌기치』, 1962.2.25, 3~4쪽 / 2.27, 3쪽 / 2.28, 3~4쪽 / 3.2, 3쪽. (단편소설)

주제 노래에 대한 꿈과 자기 인식.

인물 옥이(용접공), 달선(같은 공장의 조립공) 등.

배경 초여름. 공장으로 향하는 길 위와 공장 안.

줄거리 옥이는 군에서 열린 써클 경연대회에 참가했다. 자신의 공장 써클이 호평을 받았고, 이에 스스로도 자신이 '재간'이 많다고 생각하며 공장으로 향하는 길 위에서 느끼는 감회는 뿌듯하기만 하다. 우연히 길에서 만난 조립공인 달선은 그녀를 칭찬하고 옥이는 이를 '응당'한 일로 여긴다. 즉, 옥이는 자신의 재능을 믿기에 자신을 칭찬하는 것은 당연하다는 태도를 보인다. 미술을 좋아하고 건축기사가 꿈인 달선은 조립공들 사이에서는 팔방미인이라 불리나 옥이는 그와의 대화를 통해서 오히려 '대단치 않은 청년'임을 느낀다. 그러나 그러한 자신감에도 불구하고 그녀는 평범한 용접공인 자신의 현실에는 만족하지 못한다. '지금의 직업은 내 노래와는 전혀 관계가 없'기에 '음악만을 전공해야 하지 않을까' 하고 생각한다. 미완인 이 작품의 내용은 여기까지이다.

주제어 써클 경연 대회, 용접공, 건설 기사, 「승리·58호」형 자동차 등.

한상욱, 「경호 아바이」, 『레닌기치』, 1962.5.20, 3~4쪽. (단편소설)

주제 사람에 대한 그리움과 인간으로서의 인간성 및 충실성 그리고 우정

인물 나, 경호 아바이, 꼴랴 등

배경 꼴호스 마을에서 멀지 않은 늪 가.

줄거리 낚시를 좋아하는 '나'는 꼴호스에서 멀지 않은 늪가에서 오막살이를 하는 경호 아바이라는 노인을 알고 지낸다. 경호 아바이는 이전에는 공격대원이었다. 혼자 살지만 결코 자신의 신세를 한탄하지도 않으며, 오히려 낙천적 성격의 소유자이다. 그는 '나'를 친자식처럼 대한다. 하루는 '나'가 방문했을 때 경호 아바이는 과실나무를 심고 있다. '나'가 보기에 그것은 무모한 일처럼 보이기도 한다. 그의 건강이 좋지

않았기에 자신이 심은 나무에서 난 과일조차 맛볼 수 없을 거란 생각에서이다. 그러나 '나'는 제비는 사람이 살지 않는 집에는 둥지를 틀지 않는다는 경호 아바이의 말을 들으며 과수를 함께 심는다. 경호 아바이가 과수를 심는 이유는 간단하다. 그는 사람이 세상에 났으면 흔적을 남겨야 하지만 자신은 한 일이 없기에 과수를 심는다는 것이다. 자신이 먹지 못한다고 하더라도 이후에 아이들이 먹을 수 있고, 이렇게 좋은 곳에 마을이 생길 것은 자명한 일이기에 그때를 위해 심는다는 것이다. 이후 나는 그해 여름 사범 학교를 마치고 대학에 입학할 꿈을 품고 그 고장을 떠난다. 이후 그 꼴호스 마을을 다시 찾은 것은 7년이 지난 다음이다. 그동안 나는 경호 아바이에게 "어떤 잘못을 범했다는 어슴푸레한 감촉이 마음 속 구석을 차지"하고 있었다. 마을에 도착하자 그곳은 경호 아바이의 말대로 아담한 마을이 자리하고 있었으며, 과수 나무의 물결로 가득했다. 그곳에서 만난 한 여인은 '경호 아바이 나무'를 소개하며 경호 아바이는 자신이 죽으면 그 사과나무 밑에 묻어달라는 부탁을 했다는 것이다. 그리고 그가 늘 편지를 기다렸다는 말을 전한다. 나는 비로소 죄책감의 실체를 느낀다. 그리고 자신이 오면 주라고 경호 아바이가 남긴 자신의 낚시대를 호기심 가득한 눈으로 바라보는, 여인의 아들인 꼴랴에게 주고 마을을 떠난다.

주제어 공격대원, 우등불, 낚시 등

김준, 「지홍련」(제2편), 『레닌기치』, 1962.7.22, 3쪽 / 7.24, 3쪽 / 7.25, 3쪽 / 7.27, 3쪽 / 7.28, 3쪽. (단편소설)

주제 남편이 못다한 빠르찌산의 길을 가는 아내.

인물 지홍련, 박종식, 김영파, 수라(로씨야 빠르찌산), 빠사(수라의 남편) 등.

배경 하마탕 얼두거우 로씨야 산간 촌락인 고르노예, 겨울.

줄거리 빠르찌산이었던 남편이 죽자 남편의 길을 걷겠다는 결심을 한 홍련은 로씨야인 수라의 강철같은 손에서 꺾이지 않는 삶을 보며, 한글을 배우고, 동지들이 권해준 「해당화」란 작품을 읽는다. 동지들은 '회상 끝에 한숨이 나올 것이 아니라 「앞으로!」 하는 모진 구령 소리가 나와야' 한다고 말한다. 과거의 회상이 울음에서 끝나는 것이 아니라 '산이라두 뒤집어 놓을 힘'을 지녀야 한다는 것이다. 빠르찌산 대장인 월린은 본래 철도 노동자였는데, 그는 조선 사람들을 부대에 모집하기를 희망한다. 그 이유는 첫째, 조선인은 반일 사상이 강하다는 것. 둘째, 하마탕에는 조선 부락이 많기 때문에 조선촌민들의 후원을 받을 수 있을 것이라는 기대 때문이다. 그는 자신이 모집한 지홍련의 남편을 우러러 보게 하기 위해 홍련의 남편을 '삐짜'라고 불렀는데, 그의 희생으로 상심이 컸던 월린은 그의 아내 홍련을 만나 그녀를 '삐짜-로사'라 칭한다.

주제어 빠르찌산, 소설 「해당화」 등.

심화자료 로씨야와 조선에게 모두 거부의 대상이 되고 있는 일본의 모습.

김광현, 「해명」, 『레닌기치』, 1962.8.10, 3쪽 / 8.11, 3쪽 / 8.12, 3쪽. (단편소설)

주제 이사를 위해 남편을 찾아가는 여정.

배경 따스껜트로 향하는 열차 안과 정류장.

인물 박보옥, 최영호(남편), 게라(아들), 시어머니 등.

줄거리 박보옥은 따스겐트 사범대학 어문학과 출신으로 동 시내 중학교에서 문학 교원으로 일할 때 따스겐트 의학 전문 학교 졸업반에서 공부하는 최영호를 알게 되어 결혼을 한다. 영호가 공부를 위해 유학을 떠나고 남편과 거의 반 해나 떨어져 있게 된다. 시어머니를 비롯한 보옥은 남편이 그립기도 하고 살림이 어렵기도 하여 크슬-오르다를 떠날 것을 결심한다. 이에 방학을 기회로 시어머니를 모시고 아들 게라와 함께 남편을 찾아가는 것이다(남편은 이사를 반대한다). 아들 게라는 아버지를 만날 기쁨에 들떠 있다. 따스켄트에 도착했으나 출발 전에 남편에게 전보를 쳤음에도 남편은 정거장에 나오지 않았다. 미완이기에 더 이상의 내용을 확인할 수 없다. 때문에 제목이 왜 '해명'인지 알 수 없다. 남편을 만나러 가는 과정에서 남편과의 지난 시절의 행복을 떠올리는 회상이 작품 중간에 삽입된 형식을 취하고 있다.

주제어 따스겐트 사범대학, 전보, 정거장 등

최 블라지미르,「출장」,『레닌기치』, 1962.8.19, 3쪽. (영화평론)

내용 이 글은 영화「출장」을 평한 비평문이다. 영화의 내용은 기계를 설계하는 주인공 미하일 쎄르바꼬브가 기계의 제작을 마치고 휴가를 떠나려는 중에 돌연히 꼴호스로의 출장 제의를 받고 출장지로 떠나게 된다. 그는 그 곳에서 자신의 기계가 부분적으로 뜯어서는 쓸 수 있으나 온전한 기계로는 사용할 수 없음을 보고, 꼴호스에서 기계 설비를 다시 한다. 연구실 안에서만 만들었기에 기계가 현실을 반영하지 못한 때문이다. 그는 이후 꼴호스에 남아 일하기로 마음먹는다. 이 글은 주인공 인물의 "랑만이 넘쳐 흐르고 있으며 그날그날을 이럭저럭 보내려고 하지 않고 보람찬 생활을 느끼려 보려고 하면서 이 세상이 자기의 열정적인 웃음과 선한 마음을 펼쳐 놓으려는" 성품에 맞추어져 있다.

주제어 기계 이름 수크킬(힐) 등

조정봉, 「재생」, 『레닌기치』, 1962.8.19, 3쪽 / 8.21, 4쪽 / 8.22, 3쪽 / 8.24, 3~4쪽. (단편소설)

주제 청춘 남녀의 한 밤의 동행을 다루고 있음.

배경 1928년 2월 어느 저녁 무렵.

인물 명길, 안경희(공청 동맹 야체이까 책임 서기) 등.

줄거리 어느 날 공청 동맹 야체이까 책임 서기인 안경희는 명길이 공청 동맹 꼰페렌치야 대표로 뽑혔기에 자신과 같이 가자며 명길의 집을 찾아온다. 명길은 자신이 그러한 자리에 선발되었다는 것이 무엇보다 불만이다. 자신은 회의를 통한 토론도 많이 하지 않았고 무엇보다 그런 곳에 입고 갈 옷이 남루하다. 반면에 경희네는 매우 잘 사는 것이다. 명길은 수줍은 성격인데, 그 이유는 구학 서당에서 받은 한학의 영향 때문이다. 또한 명길은 집이 가난하여 학업을 단념하고 '무군데'를 파지 않으면 안 되었다. 이에 경희와 같이 가면서도 자는 걱정 돈 걱정이 태산이다. 경희는 아무 걱정 말라며 독려하고, 한 방에서 옷을 덮고 같이 자자고 한다. 명길은 이런 저런 고민 속에서 그녀 곁에 눕는다.

주제어 공청 동맹 야체이까, 공청 동맹 꼰페렌치야, 식비는 다 라이꼼에서 등.

리상혁, 「흥미 있는 소설」, 『레닌기치』, 1962.8.29, 3쪽. (독자의 연단)

내용 이 글은 김준의 「지홍련」을 읽은 독자의 감상이다. 「지홍련」은 빠르찌산이었던 남편이 죽자 남편의 길을 걷겠다는 결심을 한 홍련이 박종식과 김영파라는 두 인물과의 만남의 통해 정신적 각성에 이르는 작품이다. 독자는 이 소설의 결점으로 영파가 지홍련을 연애 대상물로만 보는 것을 지적하고 있다. 또한 지홍련이 투쟁의 길을 나설 때, 시아버지에게 실속하지 않은 것도 못마땅하다는 투다. 남편의 원쑤를 갚겠다는 신성한 길에 모두 불필요한 장치라는 것이다. 그럼에도 불구하고 소련 조선이 문학계에서 성공적인 작품이라 평가하고 있다.

주제어 시월의 위대한 사상, 일본군국주의자들과 백파들 등.

한 예브게니, 「의부 어미」, 『레닌기치』, 1962.9.9, 3쪽 / 9.11, 3쪽. (단편소설)

주제 의부 어미의 아들 사랑.

배경 선희의 집.

인물 선희, 명길, 보리쓰(선희의 남편, 죽었음), 명철(명길의 동생, 어린 시절 사망) 등.

줄거리 선희의 낙은 의붓아들인 명길의 편지를 기다리는 일이다. 아들 명길은 집을 떠나 대학에서 공부하고 있다. 선희는 의붓아들을 친자식처럼 길렀다. 그녀의 아들 명길은 현재 27세로 농업대학을 졸업하면 농업기사가 될 것이다. 그는 학교에서 블라지미르 보리쓰위츠라고 불린다. 명길의 편지에는 결혼할 거라는 얘기가 담겨 있다. 이러한 소식에 선희는 자신의 사범 전문 학교 시절 남편인 보리쓰를 만나던 회상과 그가 상처했으며 아들까지 있는 사람인 것을 알고도 결혼에 이르게 된 과정, 이후 카사흐쓰탄 크술-오르다 시에 이주하여 보리쓰는 부기원으로 자신은 교원으로 생활하던 일 그리고 아들 명철의 출생과 이른 죽음 그리고 의사들의 잉태 불가 통보 등의 과거를 회상한다. 특히 전쟁이 시작된 이후 남편의 변모된 모습을 보게 되고, 살림살이가 돌연 충족해지는데, 남편 보리쓰는 자주 주머니에 식료품을 넣어 가지고 오고 밤이면 낯모를 사람들이 곡물도 실어온다. 하루는 돼지 다리를 가져오고 선희는 사실을 말하라고 다그치지만 보리쓰는 단지 빌려왔다고 말한다. 며칠 후 보리쓰는 체포된다. 아들 명길은 이를 보며 공포를 느낀다는 내용이다. 자신의 지나온 삶을 회상 형식을 통해 보여준다.

주제어 전쟁, 의부 어미 등.

정상진, 「처음 나오는 장편 소설」, 『레닌기치』, 1962.9.14, 3쪽. (작품소개)

주제 김준의 장편소설 「십오만원 사건」 소개.

내용 김준의 「십오만원 사건」은 "조선 민족 해방 운동이 로씨야에서의 시월 혁명의 영향 하에서 새로운 단계에 들어섰으며 조선 인민의 애국적 열의와 정열이 대중적 운동에로 전환하기 시작한 시기를 배경"으로 하는 작품으로서 조선, 중국, 쏘련의 "삼국 인민의 친선"을 다룬 작품이다. 이 작품은 만주 일대의 애국적 단체인 '철혈 광복회'가 제시하는 투쟁 방식이 예수의 교리를 설교하듯 방방곡곡으로 돌아다니면서 광복의 중요성을 역설하는 것인데, 이와 같은 투쟁 방식을 거부하는 소년 주인공들은 무장적 투쟁을 주장한다. 이에 주인공들이 찾아낸 해결책은 '돈'의 힘이다. 이에 일본 은행으로 오는 돈 15만원을 탈취하지만 밀정에 의하여 발각되어 대원들은 거의 죽고 만다. 이러한 사건 후에 깨닫는 바는 "민족 해방은 오직 력사 발전 법칙의 과학적 세계관을 가진 당의 지도하에서만 승리할 수 있으며 제 인민 간의 련대성, 전 민족의 단결, 대중적 무장 투쟁으로만이 승리할 수 있다는 결론에 도달"한다. 이에 로씨야 및 조선과 중국의 인민이 연계하는 새로운 인간형의 탄생을 보여주는 소설이다. 정상진의 이러한 평가 속에서 볼 수 있는 것은 '당'의 역할을 가장 전위에 둔 모습이다. 또한 정상진은 이 작품에서 '아부지들'보다 '아들들'의 역할의 중요성을 발견하고 있다.

주제어 김준, 「십오만원 사건」, 민족해방, 철혈 광복회 등.

리동수, 「아버지와 딸」, 『레닌기치』, 1962.9.23. 3쪽. (단편소설)

주제 공산주의 건설 시대에 필요한 일꾼.

공간 정숙의 집, 목화밭.

인물 김정숙(십년제 공부를 마치고 목화 거두는 기계 꿀스가 됨), 정숙의 어머니(정숙이 원하는 대로 해준다), 승화(정숙의 아버지. 딸이 해 의사가 되기를 바람) 등.길

사건 기계공이 되고 싶다는 딸과 여자가 할 일이 아니라며 반대하는 아버지.

줄거리 십년제 공부를 마친 정숙은 요즘 별다른 일 하는 것 없이 집에 있다. 아버지는 그런 딸을 바라보며 딸의 장래에 대해 걱정을 하게 되고, 아내에게 물어보니 딸이 꼴호스에서 일하고 싶어한다는 얘기를 듣게 되며 걱정에 빠진다. 여자가 기계 타는 것은 위험하고 남자들이 할 일이라 여기며, 딸이 의사가 되어 시집가기를 바라기 때문이다. 기계공

이 되면 매일 기름투성이에 공부도 못해 시집가기가 어려워질거라 여겼기 때문이다. 그러나 정숙은 여자가 기계공이 되어서도 훌륭하게 성장할 수 있다며 소련 최고 쏘베트 대의원이 된 여자 기계공이었던 똘순오이 아후노와의 예를 들며 공부와 시집은 걱정 말고 자신에게 맡겨달라고 부탁했고, 아버지는 훗날 잘못되더라도 절대 원망하지 말라며 나가버렸고, 정숙은 그 다음날 아버지의 반대에도 불구하고 꼴쓰로 떠났다. 정숙이 돌아 온 것은 목화 추수가 한창인 가을, 처음에는 기계에 서툴러 수확량이 많지 않아 주변 사람들이 손으로 따는 게 더 많을 거라며 비아냥 거렸지만, 김 웍또르의 도움과 똘순오이 아후노와가 일러준 대로 기계를 다루다보니, 선진 기계공들의 대렬에 나설 수 있게 되었다. 온 힘을 기울인 정숙은 드디어 목화 수집기 위에 순회 붉은 기를 휘날리는 날이 오게 되었고, 주 신문, 공화국 신문, 공화국 간 신문 『레닌기치』에는 그녀의 웃는 얼굴이 있었다. 그런 딸의 사진이 찍힌 신문을 남몰래 보며 웃고 또 웃는 아버지는, 한 해도 못되어 전 공화국에서 소문난 기계공이 된 어린 딸을 자랑스러워했다. 지난 날, 딸의 꿈을 반대해 주변 사람들이 공산주의 건설 시대의 사람이 아니라 50년이나 떨어진 사람

이라며, 기계공이 되겠다는 딸을 반대하는 저런 사람은 브리가다에서 내보내자고 하던 말들이 떠올랐다. 그러나 다 지난날이라며 반성하고 「워쓰또크」꼴호스의 이름난 목화 추수 기계공 김정숙이라는 제목의 신문을 바라보며, 요즘 자신보고 사돈이라 부르는 이웃집 아들을 둔 부모들에 대해 아내와 얘기를 나누며, 또다시 딸의 장래에 대해 두 부부는 이야기꽃을 피운다.

주제어 가마'전, 시집, 공부, 십년제, 꼴호스, 관리 위원장, 목화, 기계, 꼴쓰, 의사 등.

한진, 「찌르러기」, 『레닌기치』, 1962.10.7. 3면. (단편소설)

주제 생명 · 자연을 돌볼 줄 아는 소중한 마음.

배경 세채의 팔십 세대짜리 5층 벽돌집이 둘러싸고 있는 작은 공원처럼 아름다운 뜨락.

인물 한 웨드로, 두 웨드로, 안드레이까(찌르레기를 돌보는 아이), 마을 사람들 등.

줄거리 백양나무 한 그루 밖에 없어 허전했던 뜨락에 어느 날 짐자동차들이 쉴 새 없이 드나들며 흙을 나르고, 풀씨를 뿌렸다. 뿌리를 잘 내린 풀씨는 하루 이틀 새 모를 깔아놓은 듯 아름다운 경치의 뜨락을 만들었다. 마치 백양나무가 새끼 친 것 같이 온화한 가정의 인상을 주었다. 그래서인지 누가 시키지도 않았지만 사람들은 일 하러 가거나 돌아오는 길에 나무에 물을 주는 게 습관처럼 되었고, 그 일은 마을 사람들을 화목하게 만드는 계기가 되었다. 사실 대규모로 건설되는 새 주택 지대에 이렇게 큰 백양나무가 있는 것은 희귀한 일이었지만, 집을 헐어버리던 그때에 노동자들이 백양나무는 다치지 않게 했었다. 왜냐하면 이 나무에는 항상 붙어있는 의좋은 두 마리의 찌르러기(CKBOPELI)가 살고 있는 새집이 있기 때문이다. 그런데 요 며칠 계속해서 38도가 넘는 무더위가 계속되었고, 작은 나무의 잎들이 시들어갔다. 안드레이까는 집에서 계속 물을 길어 나무에게 주었고, 작은 통조림통에도 물을 길어 좀처럼 날아다니지 않는 찌르레기들에게도 먹을 수 있도록 해주었다. 그렇게 뜨락 안의 나무들과 찌르레기들이 걱정되던 어느 날, 하늘에 검은 구름이 몰려 들며 바람이 부는 불안한 기운이 느껴졌다. 다음 날 아침, 모든 나뭇잎들은 밤새 내린 비로 인해 싱싱한 잎을 자랑했다. 그러나 백양나무 아래 몰려있는 사람들을 보고 뛰어간 안드레이까는 떨어진 찌르레기들의 집과 죽어가는 한 마리와, 그 옆에서 울고 있는 다른 한 마리의 찌르레기를 보았다. 처음으로 새의 지저귐은 하나의 소리가 아니라는 걸 느낀 안드레이까는 죽어가는 찌르레기 한 마리를 두 손에 얹어 집으로 향했고, 마을 사람들도 무거운 발걸음을 떼며 헤어졌다.

주제어 공원, 벽돌집, 백양나무, 답사리, 새 주택, 찌르러기(CKBOPELI) 등.

김남석, 「어머니의 사랑」, 『레닌기치』, 1962.10.21. 3~4쪽. (단편소설)

주제 자식들을 위해 희생하는 어머니의 대단함.

공간 박순애의 집, 다우지미 강.

인물 박순애(25세의 청춘과부), 금동이(박순애의 아들), 복녀(박순애의 딸), 시아버지, 김철(남편), 최 유사, 김 선생(의사) 등.

사건 딸아이의 갑작스런 아픔.

줄거리 시아버지를 모시고 아들딸을 키우는 순애는 전선으로 떠난 남편의 편지를 기다리며 살아간다. 그러던 중 붉은 군대의 승리 소식에 기쁜 소식을 기다리지만, 산채거운 전쟁에서 전사했다는 남편 통지서를 받게 된다. 25세의 과부가 된 순애는 자식들을 위해 한 몸 희생해야 한다며 개가의 생각은 접고 스스로 마음을 다잡는다. 자신이 열심히 일하지 않으면 아이들은 의붓아비 밑에서 눈치 보며 생활하게 될 거고, 시아버지는 걸인이 될 거란 생각에 순애는 최 유사에게 부탁해 밤낮 가리지 않고 일에 매달린다. 그러던 어느 날 복녀가 사경을 헤매게 되고, 순애는 산을 넘어 한의의집에 가서 집에 함께 가 아이를 봐달라고 하지만 비가 너무 내려 거절당하고 화제만 받아서는 산을 넘어 약방으로 향하지만 약사가 없었다. 다시 집으로 달려와 복녀를 등에 업고 다우지미 병원으로 가니 걱정하지 말라고 시아버지를 안심시키고 순애는 집을 나섰다. 몸에 땀이 나는지도 모른 체 다다른 강가에서는, 사람들이 섣불리 강을 건너지 못한 체 서 있기만 했다. 그러나 순애는 병원을 앞에 두고 아이를 구하지 못한다는 것은 어머니로서 절대 용납할 수 없는 일이라며, 아이를 품에 잘 안고 강을 건너기 시작했다. 이때 건너편에서 화물자동차 운전수가 강을 건너기 위해 물을 살피다가 아이를 안고 물을 건너는 여인을 보고 놀래 손을 저으며 못 건넌다고 소리 질렀다. 그러나 순애는 세차게 흐르는 물 한가운데로 주저 없이 들어갔고, 운전수는 위험에 빠진 순애를 구하기 위해 물에 뛰어들었다. 간신히 데려나오자 순애는 아이를 병원에 데려가야 한다며 쓰러졌고, 사람들의 도움을 받아 모녀를 차에 태운 운전사는 병원으로 향했고, 치료 받은 모녀는 건강하게 퇴원할 수 있었다. 그로부터 32년 후, 공원에 앉아 휴식을 취하던 사내는 자신을 바라보며 다가오는 50이 될락말락한 여성이 누군지 고민하던 중, 박순애라며 자신을 소개하는 여성이 먼 옛날 자신이 치료해줬던 사람임을 기억했고, 아이들의 소식을 물어보니 둘 다 꼴호스의 기사와 중학교 교원으로서 잘 지내고 있다는 행복한 소식을 듣게 된다. 그러나 순애는 자신과 딸 아이를 구해준 은인을 잊지 못한다며 그분의 건강과 행복을 축원한다며 먼 하늘을 바라본다.

주제어 중동철도 사변, 붉은 군대, 농촌 쏘베트, 막씸 고끼리 명칭 공원 등.

본사기자, 「공산주의 건설자들을 주인공으로 한 작품 창작을 위하여」, 『레닌기치』, 1962.11.18. 3면.

주제 쏘베트 작가들의 책임감과 역할.

내용 쏘베트 문학은 공산주의 사상의 기치를 높이 들고 있다. 인민과 동일한 이해관계를 가진 작가들은, 공산주의 건설의 위업에 창작적 역량을 기울이고 있다. 또한 작가들의 창작은 전 인민적 위업의 일부분이고, 충직하고도 믿음성 있는 당의 보조자들이다. 인민이 새로운 위업이나 공산주의 건설 계획을 실천할 때마다 자신의 작가, 예술가들을 잊지 않고 불러서는 '문학 및 예술 활동가들이 조국 복리를 위해 헌신적으로 노력하는 우리 시대의 훌륭한 영웅들인 처녀지의 근로자들에 대해 좋은 책, 영화 필림, 희곡, 음악 작품을 더 많이 창작하여 꼽호스와 쏩호스들에서의 생활을 보다 원만하고 선명하게 반영해야 할 것이다'라고 하였다. 그리고 인민의 진실한 작가는 영웅들과 공산주의 미래를 가깝게 하고 있는 그들의 노동의 미를 노래한다는 것을 뜻하는 것임을 일러주었다. 또한 높은 공산주의적 사상성과 공산주의 건설의 실천 및 인민 생활과의 긴밀한 연계야 말로 작가와 예술가들이 사회에서 자기의 역할을 완전히 이루는 것이며, 선진 사상을 거부하며 자신의 주관적 개체의 이익에만 국한되면 그 작품은 무소용하고 무의미한 것이 된다고 했다. 소련 작가들은 공산주의 승리를 위해 창작하며, 레닌 상을 수여 받은 많은 소련 작가들의 명작들이 증명해주고 있다 했다. 최근 우리 『레닌기치』 신문 지상에서도 김 준의 중편 소설 「지홍련」과 장편 서사시 「마흔 아홉」, 한 상욱의 단편 소설 「보통 사람들」과 「경호 아바이」는 독자들의 공인을 받는 성과작이다. 그러나 적은 수의 작품들을 제외하고는 모두 내용상으로 빈약한 것들이다. 어떤 시인들은 '수정하여 게재하여 주시

요'라며 작가답지 않은 태도를 취하고 있다며, 작가는 재능도 중요하지만 노력을 많이 해야 결과가 아름다운 것임을 비판하고 있다. 쏘베트 작가에게 있어 영예로운 일은 작품이 현시의 가장 선진적인 사상 수준에 올라서야 하며 공산주의적 사상성의 전투적 정신으로 일관되어야 할 것이라며, 작가들은 공산주의 건설자들과 노력 투쟁에서의 영웅들을 주인공으로 한 작품들을 창작하기 위해 노력해야 할 것이라 말하고 있다.

주제어 쏘베트 문학, 공산주의, 레닌 기치, 명작, 김준, 한상욱, 「지홍련」 등.

김두칠, 「단편소설 '재생'을 읽고서」, 『레닌기치』, 1962.11.18. 3면. (소설평)

내용 조정봉 작 단편 소설인 「재생」은 『레닌기치』 신문에 발표돼서 많은 독자들의 주목을 끌고 있다. 이유는 쏘베트 원동의 재생, 건설, 농업 집단화 정책의 실천과 승리에는 조선 사람들이 목격자이자 직접 참가자로 되어 있어 더욱 흥미가 크기 때문이다. 더군다나 쏘베트 원동 조선인들의 농촌 묘사나 자연 묘사 등은 읽는 사람으로 하여금 아름답고 풍부한 고향 땅을 회상하게 한다는 점에서 성과의 의미가 있다. 특히 소설 속 경희를 통해 쏘베트 주권과 새 시대의 위대한 사상에 대한 충실성 등을 볼 수 있었다. 그러나 몇 가지 지적할 사항을 보자면 첫째, 중농 가정 출신인 경희가 공청 동맹 야체이까 책임 서기로서의 형상은 너무 빈약하다는 점이다. 둘째, 전형적 사실이 아닌 17세 되는 조선 처녀 경희가 상대방 명길이의 내심도 모르면서 먼저 자자며 사랑하는 게 마치도 뛰어난 전형인 듯 묘사되어지고 있다는 점이다. 어떻게 사랑하게 되었고, 명길은 어떻게 사랑에 보답하는지를 독자는 찾아보기 어렵다는 점이다. 셋째는 소설 안에서의 인물들 모두의 언어가 한 사람의 말과 같아 언어 개성화에 문제점이 있다는 점이다. 그래서 농민 춘삼이가 했던 말 중 '금침을 펴드려라'라는 말은 농민들이 전형적으로 하는 말이 아니라는 것이다. 오히려 자리를 펴 드려라라고 하는 것이 맞는 것이다. 넷째, 소설 속 언어 사용의 문제이다. '슈바'라는 단어를 그대로 썼다면 '짧은 외투'는 어디서 가져 온 단어인가. 그 당시 보통 유행했던 것은 '갓저고리', '도롱갓저고리', '뽀미돌'이라고 쓰고, '까뿌쓰따'를 '양배추'라고 할 필요는 없다. 그랬다면 '일년감'이라고 하는 게 더 나았을 것이다. 또 '집 문을 노크했다'는 말이 있는데 당시 '노크'라고 하는 사람은 소련에 별로 없었다는 점이다. 다섯째, 인물 묘사 부분에서는 그저 이쁜 것을 말하려는 것뿐 묘사되어지는 인물의 성격과는 합치되어 조화되어 보이지 않는다는 점이다.

주제어 조정봉, 「재생」, 레닌기치, 독자, 쏘베트 원동, 건설, 농업 집단화 등.

주송원, 「월로쟈」, 『레닌기치』, 1962.11.28, 3면 / 11.30, 3쪽 / 12.2, 3쪽 / 12.4, 3쪽. (단편소설)

주제 가족에 대한 그리움.

공간 블라지워쓰또크, 원동, 중앙 아시아, 카사흐쓰딴, 크슬오르다, 볼세위크 꼴호스.

인물 월로쟈, 아버지 성수, 김영철(성수의 친한 친구), 김순란(성수의 전처. 사망), 전 쏘피야 뻬뜨로브나(영어 교원) 등.

줄거리 성수의 네 살 난 아들 월로쟈가 하루는 아빠에게 나는 누구를 닮았냐는 질문을 한다. 당연히 아빠를 닮았지라고 대답하지만, 할머니는 제 어미를 먹고 게웠다며 월로자가 엄마와 꼭 닮았다고 말해준다. 그렇지 않아도 오늘 블라지워쓰또크에서 받은 편지에 기분이 상해 있는데, 뜻밖의 질문에 몇 해 전 쓰라린 추억이 떠올라 성수는 괴롭다. 아빠가 준 색연필과 도화지로 그림을 그리던 월로자는 거울을 꺼내 자신의 얼굴을 찬찬히 살피며 거울 안에서 엄마의 모습을 찾아내 그림을 그린다. 너무 보고싶은 엄마를 소리 내어 불러보던 월로자는 거울 안에서 자신을 불러주는 엄마의 목소리가 들렸고, 뜻하지 않은 대답에 놀라 애닯은 목소리로 크게 엄마를 외친 월로자에게 놀란 할머니는 손자를 안아주었다. 월로자가 한 살 때 엄마가 바닷물에 빠져 죽는 바람에 아빠도 엄마 사진이 한 장도 없었다. 그러나 월로자는 거울에서 엄마의 모습을 그릴 수 있었고, 이젠 눈 감고 떠올리면 엄마의 모습이 생각이 났다. 원동 각처에서 살던 조선 사람들이 중앙 아시아와 카사흐쓰딴 등지로 이주해 오던 때, 크슬오르다에 와서 사범대학 역사학부를 졸업한 안 성수(아빠)는 볼게위크 꼴호스 중학교에서 교편 생활을 하고 있었다. 사십이 넘은 성수는 칠순이 넘은 어머니를 모시고 홀아비 몸으로 지내고 있었다. 같은 구역 내무 기관에서 일하는 친구 김영철은 그에게 장가를 가라고 하지만, 나이 많은 자기에게 누가 오겠냐며 부인한다. 사실 영철은 친구가 이미 전에 결혼을 한번 했었다는 사실을 모르고 있다. 그의 전 부인이 아이를 낳다 죽은 것도, 세달 도 안된 딸아이가 병에 걸려 죽은 것도 영철은 모른다. 그러던 어느 날 일년 전에 온 영어 교원인 전 쏘피야 뻬뜨로브나에게서 사랑의 고백을 받게 된다. 그날도 성수는 쏘피야에게서 영어를 배우던 중이었다. 소련 국내 전쟁에 참가한 원동 조선인 빠르찌산들에 대한 문제를 연구해오고 있던 성수는 아스삐란뚜라에 입학하기 위해 영어를 독학하던 중 쏘피야가 온 후부터 그녀에게서 영어를 배우고 있던 중이었기 때문이다.

주제어 월로쟈, 원동, 조선 사람, 중앙아시아, 사범 대학, 빠르찌산, 사랑 등.

고쓸라뽀브, 「우리 문학에서의 새 이름」, 『레닌기치』, 1962.12.2. 1면.

주제 알렉싼드르 이싸예위츠 쏠세니찐의 소개.

공간 돈강반 로쓰또브, 동부 쁘루씨야 지대.

인물 알렉싼드르 이싸예위츠 쏠세니찐.

내용 『노의이 미르』 잡지 제11호에 발표된 아.이.쏠세니찐의 첫 작품인 중편 소설 「이완 제니쏘위츠의 하루」는 쓰딸린의 개성 숭배 시기가 영원히 지나갔다는 것을 증거해주고 있다. 그래서 독자들의 큰 흥미를 자아냈다. 개인숭배의 후'과를 과감히 폭로한 공산당은 그 시기가 언제든지 더 이상 중복되지 말게 하기 위해 모든 일을 했다. 진실한 중편 소설의 작자인 알렉싼드르 이싸예위츠 쏠세니찐은 사무원의 가정에서 출생했고, 아동 시절과 청년 시절을 돈강반 로쓰또브에서 보냈고, 종합 대학 물리-수리과를 졸업했다. 전문적 문학 수업은 받지 않았지만 전쟁 전 마지막 두해 동안은 종합 대학에서 수업 받으며 모스크바 역사, 철학 및 문학 대학 어문학 통신과에서 함께 공부했다. 같은 해에 군대도 보통 병사로 다녀왔고 포병 학교를 졸업해 포병 중대장으로 임명되어 3년간 열심히 일하며 훈장 두 개도 받았다. 동부 쁘루시야 지대에서 그는 대위로 복무하다 근거 없는 정치범의 죄명으로 체포되어 8년간 감금 당하고 류형 살이를 하다 돌아왔다. 그러나 범죄한 것이 없다는 게 판명되어 그는 복권해 지금은 학교에서 수학 및 물리 교원으로 근무하고 있다. 가까운 시기에 『노의이 미르』 잡지에서는 그의 새 단편 소설 두 편을 발표할 것이다.

주제어 『노의이 미르』 잡지, 이완 제니쏘위츠의 하루, 중편 소설, 쓰딸린, 개인 숭배 등.,

한진, 「밤' 길이 끝날 때」, 『레닌기치』, 1962.12.16. 3면.

주제 전쟁 당시 조선의 모습과 고용병인 조선인의 모습.

공간 전선, 초가집 등.

인물 고용병 호식, 기조, 미군, 인민군, 조선 처녀와 처녀의 어머니 등.

사건 정찰을 다녀오라는 명령

줄거리 전쟁 물품 중 물과 몸뚱이 말고는 모든 게 다 미국 것 밖에 없는 전쟁터. 고용병인 호식이는 전선에서 오늘도 '오늘은 죽는다'라는 생각으로 살아가고 있다. 겁도 습관이 되어 왠만한건 참으며 살아갈 수 있게 되었지만, 오늘따라 죽을지도 모른다는 생각은 가실 생각을 하지 않는다. 그러다 정찰을 다녀오라는 명령을 받고 나이 어린 기조라는 병사와 본대를 떠나게 된다. 길을 떠난지 몇 시간이 흘러도 숲의 끝은 보이지가 않고, 커다란 그림자는 두 사람을 두려움에 떨게 했다. 신경이 몹시 예민해진 두 사람 머리 위로 조명탄이 갑자기 터졌고, 두 사람은 다른 숲 속으로 뛰어 들어갔다. 그러던 중 기조는 밤송이를 손으로 짚게 되었고, 여태까지 한 마디도 없던 그는 재수가 없다며 오늘은 죽을지도 모른다는 생각을 갖는다. 그렇게 불안해하며 숲 속을 헤매던 두 사람은 드디어 숲 속의 끝에 다다르게 되고, 성한 집 하나 없는 폐허로 된 마을에 초가집 한 채를 발견하게 된다. 어린 시절 초가집에서 살았던 호식은 어머니의 품에 온 것처럼 따뜻함을 느낀다. 그러나 적이 있을지도 모른다는 생각에 총을 겨누고 집 안으로 들어갔는데, 그곳엔 늙은 노모와 젊은 처녀가 살고 있었다. 살려달라는 노모의 외침에 자신의 모양새가 악한과 같은가 보다라고 느낀 호식은 전쟁 중이니 어서 떠나라는 말을 남기고 다시 숲으로 돌아온다. 그 다음 날, 처녀의 고함 소리가 들려 바라보니 미군들이 처녀를 끌고 나와 총을 겨누고 있는 모습이 보였다. 호식은 총을 겨누어 미군들에게 향했는데, 갑자기 총성이 반대쪽에서 들려오는 것이었다. 놀란 처녀는 호식이 있는 숲쪽으로 도망을 쳤고, 호식은 안정하라며 처녀를 달래준다. 혹시 원수일지 모른다는 호식의 말에, 자신을 살려 주었는데 어찌 원수라고 말할 수 있겠냐고 한다. 호식은 반대쪽 사람이 처녀에게 원수도 아니고, 또 우리에게도 원수가 아니라며 원수가 아님에도 불구하고 우리는 서로 싸우고 있다 중얼거렸다. 날이 좀 더 밝아졌을 때 쯤, 호식은 처녀에게 물통을 주며 물을 좀 길어다 줄 수 있겠냐고 부탁하고 처녀는 초가집으로 향했다. 우물가에서 물을 담고 있는데 순간 폐허로 된 앞집의 지춧돌 뒤에서 말소리가 났다. 놀래지 말라며 인민군대라고, 물 한잔만 얻어 마시자고 한다. 처녀는 물통을 건내었고, 그들은 누가 물통을 주더냐며 인민군대인지 국방군인지 묻는다. 처녀는 조선 사람들이었다고 말하고 그들은 얼른 갖다 주라며 그리고 어서 피하라 일러준다, 물통을 받은 호식은 어서 여기를 떠나 미국놈들이 없는 북쪽으로 향하라고 일러준다. 그 말은 기조에게, 또 자신에게도 하는 말이었다.

주제어 미국, 조선, 고용병, 고향 집, 인민군대, 국방군 등.

리동수, 「구원자」, 『레닌기치』, 1962.12.31. 3면.

주제 원수도 사랑하라.

인물 광수 로인(분조장), 창도 영감, 셰일 노령, 김철(꼴호스 당 단체 비서) 등.

줄거리 분조장인 광수 로인은 바쁜 목화 추수절임에도 불구하고 일터에 나오지 않고 장에 간 창도 영감과 셰일 노령에게 화가 나 그들을 만나러 창도 영감 집으로 왔다. 두 영감은 이미 술에 거하게 취해 술잔을 나누고 있었다. 광수 로인이 온 걸 본 두 영감은 어서 들어와 함께 마시자고 하지만, 광수 로인은 그런 두 노인을 그저 바라본 체 서 있었다. 계속 권하는 술잔도 다시 내려놓은 채 이해되지 않는 듯 그 둘을 바라보며, 이렇게 바쁜 시기에 일하러 나오지 않은 죄에 대해 묻기 시작한다. 꼴호즈를 망치는 이유가 무엇이냐며, 양심 없는 당신들 같은 사람 때문에 꼴호스가 망쳐진다고 목에 핏대를 세웠다. 그런 광수 로인이 이해되지 않는 창도 영감은, 꼴호스에 나가지 않은 걸 가지고 무슨 죄며, 양심이며, 꼴호스를 망치는 사람이냐는 둥의 말을 들어야 하는지 이해하지 못하겠다며, 내일 분조장 회의 때 죄명을 묻고 처리하겠다는 광수 로인의 말에 창도 영감은 먼저 그만둬버리면 되지 않냐며 큰 소리를 쳤고, 셰일 영감은 잘못했다 말한다. 분조장 회의에서 내보내야 한다는 결론이 났고, 광수 로인은 더 이상 광수 로인과 함께 일할 수 없다며 나가버린다. 셰일 영감은 열심히 하겠다는 사과를 하며 같이 남아 일할 수 있게 되었다. 시간이 흐르고, 그 날도 어김없이 마지막 일을 둘러보고 집으로 돌아가던 광수 로인은 물가에 빠져 허우적 거리는 사람을 발견했고, 그 사람이 창도 영감임을 알아 챈 그는 얼른 창도 영감을 건져 내 병원으로 데리고 갔다. 광수 로인이 싫어 험담을 하며 술을 마시다 물에 빠졌던 창도 영감은 자신을 구해준 사람이 광수 로인임을 듣고는 그에게 사과를 한다. 광수 로인은 진심으로 깨우쳤으면 되었다며 오해가 풀려 다행이라 말해준다.

주제어 분조장, 로력 규율, 분조 회의, 회개, 꼴호스, 공산당원 등.

전동혁, 「문학창작의 1962년을 보내면서」, 『레닌기치』, 1962.12.31. 3면.

주제 문학창작의 1962년.

내용 1962년 우리 문단은 큰 풍작을 거두었다. 중편 · 단편 소설 10편, 희곡 4편, 시 78편, 노래 3편, 동화 1편, 풍자와 유모르, 우언 8편, 오체르크 4편, 펠래폰 1편, 평론 5편, 통틀어 113편의 작품들이 창작 발표되었고, 소설과 시, 기타 작품들은 『레닌기치』 지상에 발표되었고, 희곡들은 조선 극장 무대에 상연되었거나 상영 중에 있다. 우리 인민의 지난날 및 오늘의 생활과 투쟁, 사상이 어느 정도 진실하게 표현되었고, 사상적으로 풍부하게 해 정신적으로 고양하는 데 적지 않은 기여를 한 작품들이다. 산문 분야에 있어서는 중편 소설 김준의 「지홍련」, 단편소설 한진의 「경호 아바이」, 희곡으로 채영의 「동트는 새벽」과 한진의 단편소설 「밤'길이 끝날 때」는 올해 우리 문단이 따낸 아름다운 열매의 하나이다. 시에 있어서는 김창욱의 「시월의 청춘」, 강태수의 「새벽 길」, 장만금의 「가을군의 노래」, 김세일의 「청춘 대지여」, 주송원의 「신기한 별」 등이 깊은 감명을 주었다. 그리고 주로 시를 쓰던 주송원, 조정봉, 리용수가 단편소설을 들고 문단에 나왔고, 김두칠이 희곡 「론개」를 들고 극작계에 나서서 산문 작가들이 늘었다. 그리고 올해 중대한 문제를 해결했는데, 크슬오르다 시에 소련 작가 동맹 조선인 작가 쎅찌야가 조격되었다.

1963

웨. 보차르니꼬브, 「수첩」, 『레닌기치』, 1963.1.11, 2~3쪽. (단편소설)

주제 타인의 진심을 믿지 못한 자신에 대한 반성.

배경 병원, 일요일.

인물 니콜라이 웨르빈(환자, 공학 대학 졸업 이후 월가 강변 도시로 파견, 쩨흐에서 일하고 있음), 가브류스낀(기선의 기계수, 같은 병실 환자), 위까(간호원, '누렁이'라 불림. 누렁이는 불색나는 머리칼과 눈썹을 가진 엄격한 간호원을 가리키는 환자들이 부르는 별칭), 검사, 강도 당한 처녀, 아. 게. 뻬레뿔료쓰낀(선동원 치차 제작공) 등.

줄거리 니꼴라이는 한 처녀의 시계를 강탈하려는 강도를 제압하려다가 칼을 맞고 입원한 상태이다. 병원 안에서 맞는 일요일은 매우 혼잡하다. 니꼴라이에게도 검사가 다녀가고 자신이 구해준 처녀가 찾아온다. 처녀는 자주 방문하기에 병원사람들로부터 애인이 아닌가 하는 오해를 사고, 이를 해명하기도 한다. 세 번째 그를 방문한 사람은 사회 보험 대표이다. 니꼴라이는 그가 책임감 때문에 방문했을 것이란 생각에 그의 방문을 대수롭지 않게 여긴다. 니꼴라이는 그를 쩨흐장 실에서 본 기억은 있으나 그가 누구인지 또 그의 이름도 기억하지 못한다. 그가 니꼴라이에게 쩨흐로 온 편지를 손수 전해준 덕택에 니꼴라이는 어머니와 약혼녀를 생각하기도 한다. 또한 그는 위안품도 전해주며 온갖 친절을 베

풀지만 니꼴라이는 그가 누구인지 모르기에 일절 쩨흐 얘기는 꺼내지도 못한다. 그가 떠난 이후 니꼴라이는 침대에서 수첩을 발견하게 되고, 그가 선동원 치차 제작공 아. 게. 삐레뿔료쓰낀임을 알게 된다. 그리고 그 사람의 수첩에 적힌 글을 읽으면서 그의 행동이 선동원으로서의 책임감 때문이 아니라 진심임을 알게 된다. "사람이 착한 마음을 안고 위안품까지 가재 왔는데 나는 마음 놓고 그와 이야기도 못해 봤단 말이야"(3쪽) 하고 중얼거리며 스스로를 반성한다.

주제어 수첩, 병원, 편지, 사회 보험 대표, 의용 대원 동무, 선동원 등.

심화자료 『아기따또르』 잡지에서 역재되었음.

채영, 「조선 극장의 30주년」, 『레닌기치』, 1963.1.12, 2~3쪽.

주제 조선 극장 30년사.

내용 1932년 가을 쏘베트 정부의 결정에 의하여 해삼 시에서 조선 극장이 조직된 이후 조선 극장의 30년사를 정리하고 있다.

진우, 「우니웨르쌀까」, 『레닌기치』, 1963.1.29, 3쪽. / 1.30, 3~4쪽. (경희극)

주제 공산주의 건설의 큰 기둥으로서의 순옥과 니꼴라이, 노동의 중요성.

배경 현대, 중앙 아시야 한 농촌.

인물 리순옥('우니웨르쌀까'란 별명, 20세), 리인수(순옥의 아버지, 메하니크, 50세), 장경희(순옥의 어머니, 보통 로력자, 45세), 김니꼴라이(뜨락또르 운전수, 옥순의 애인, 23세), 유인자(니꼴라이 어머니, 보통 로력자) 등.

줄거리 순옥과 니꼴라이는 기계공으로서 농업 대학 통신과에서 공부하고 있다. 순옥의 어머니 경희는 딸이 음악적 재능이 있음에도 불구하고 로력자로서 생활하는 것이 못마땅하다. 이를 모두 남편인 인수의 탓으로 돌린다. 더욱이 니꼴라이의 어머니 유인자는 순옥을 며느리로 생각하고 있다. 하루는 순옥의 노래에 감동하고 돌아온 남편을 보고, 경희는 순옥을 음악대학에 보내자고 제안한다. 그러나 순옥부터가 "로력을 사랑하지 않는 자는 공산사회를 건설하지 못"한다는 사고를 지녔다. 이에 어머니의 생각을 거부하자 경희는 갑자기 기절해 쓰러지는 척 한다. 곧 죽는다는 어머니를 보며 순옥은 어머니의 말씀대로 하겠다고 한다. 이때 니꼴라이가 순옥을 찾아오고 경희는 이를 눈치 챈다. 순옥과 니꼴라이의 만남을 제지하려던 경희는 '꼴호스 농사를 완전히 기계화'하려고 노력하고 있는 그들의 열정과 연인으로서의 다정함을 목도하고 될대로 되라고 한다. 이때 인수가 등장하여 "저애들은 대담한 애들이요. 저애들은 자기들이 하려고 마음 먹은 일은 꼭 성공하고야 말 것이오. 저애들은 공산주의 건설에서 큰 기둥이 될 것이오. 우리는 세 시대에 산다는 것을 당신도 알아야 하겠소(01.30,4쪽)."라고 말한다.

주제어 우니웨르쌀까, 기계공, 공산주의 건설 등.

심화자료 공산주의 사회로의 변모와 개인의 사유재산 관념의 대립 및 갈등.

야산, 「사랑, 사랑」, 『레닌기치』, 1963.2.6, 4쪽. (연극평)

주제 경희극 〈사랑, 사랑〉을 감상한 이후의 연극평.

내용 마쓰와 체르윈쓰끼 원작, 김형모 번역, 연성룡 연출, 전3막. 우리 시대 청년들의 생활의 한 토막을 유모르적으로 또는 락천적으로 묘사한 작품이다. 작품은 통신 대학생 리삼돌이 침껜트시에 출장을 나가 처녀 박니나와 친숙하여지면서 련'적 관계를 가지게 된다. 그런데 삼돌이는 처음부터 자기 친구인 기사장 리춘식의 이름과 직위를 가지고 행세하였다. 삼돌이 출장에서 돌아온 지 얼마 되지 않아 니나가 자기 애인 '기사장 춘식'이를 찾아오게 된다. 연극은 여기로부터 시작되여 점차 허크러진 실마리를 풀어내려 가면서 결국 삼돌의 거짓이 해명되고 니나가 삼돌이와 결혼하게 된다는 내용이다. 필자는 이 연극을 크게 두 가지 점에서 비판하고 있다. 첫째는 조선말 속에서 불쑥 한문 술어가 등장한다는 점이다. 예를 들어 '내복을 검열해 보다', '련옥 동무를 신임하다', '나를 영접하다', '세탁하다', '출가 가다' 등은 '내복을 세 보다', '련옥 동무를 믿다', '나를 맞이하다', '빨래하다', '시집 가다' 등으로 써야 한다는 것이다. 즉, 서적을 출판할 때에는 아무리 자격 있는 번역원이 번역하였다 할지라도 그것을 반드시 문학적 교열을 거쳐야 하는 법인데, 번역 희곡이 교열 없이 무대에 올랐다는 것이다. 둘째는 경희극에서 노래는 사건의 일정한 단계를 총화하는 일종의 결론과도 같은데, 이 연극에서는 가사의 번역이 서툴게 되었고, 노래 부르는 사람들이 멜로지야에만 치중하고 가사를 청중에게 전달하는 데에는 신경을 쓰지 않았다는 것이다.

주제어 경희극, 번역 희곡, 교열 등.

부뾰뜨르, 「니나의 재산」, 『레닌기치』, 1963.2.10, 3쪽 / 2.12, 3~4쪽. (실화)

주제 사적 소유 관념의 비판과 행복의 본질.

배경 고아원, 루크 농장 등.

인물 고니나(고아), 알렉산드르 쎄르기옌코(고아, 어린시절 '수리크'라 불림), 고 알렉쎄예위츠(니나의 삼촌, 꼴호스의 주택관리인 겸 탈곡장 주임), 마르파(삼촌의 아내) 등.

줄거리 초급반 4학년인 니나와 수리크는 고아이다. 수리크는 고아원에서 도망친 이후 붙잡혔고 민경 서장에게 혼자가겠다고 약속하고 스스로 고아원으로 돌아온다. 수리크의 잘못을 두고 회의가 열린다. 아이들은 견책을 주자는 의견을 내놓지만 삐오네르 분대장인 니나는 수리크를 비호한다. 이후 둘은 친해진다. 니나가 9학년이 되었을 때, 삼촌이 니나를 찾아오게 되고, 삼촌이 자신의 집으로 가자는 제안을 하지만 니나는 정든 곳에서 학년을 마칠 요량으로 거절한다. 방학을 이용해 삼촌네를 방문한 니나는 삼촌과 같이 살기로 하고 고아원을 떠난다. 이후 의학 대학에 진학할 생각이던 니나에게 아주머니는 5천 루블리를 약속하며 터밭에서 같이 루크를 캐자고 한다. 대학은 1년 후에 가라는 권고다. 니나는 갈등하나 그러기로 하고 루크를 캔다. 수리크는 법률대학에 입학했다는 편지를 보내오고, 니나는 수리크에게 자신이 번 돈을 보낸다. 수리크는 장학금(쓰찌뻰지야)이 있다고 거절하지만 계속 보낸다. 둘의 사이는 더욱 돈독해지고, 방학이 되어 뾜리까 머리와 넥타이를 하고 수리크는 니나를 찾아온다. 그는 가정이 그리워 니나에게 알마-아따에 와서 대학에 진학하든지 같이 지내자는 제안을 한다. 그러나 아주머니의 눈물 섞인 간청에 다시금 한 해 더 일을 한다. 저금장의 돈은 늘어만 가고, 니나는 자신이 번 돈으로 수리크와 함께 자동차를 구입하고 집을 살

계획을 한다. 이러한 때에 수리크가 다시 찾아오고 그는 니나에게 루크가 중한지 아니면 장래가 중요한지를 따지며, 니나에게 자본주의의 잔재, 저렬한 욕망, 토호적 경향 등의 말을 하며 그녀를 비판한다(수리크는 니나가 보내준 돈이 '꼴호스에서 .번 돈'으로 알았음). 이렇게 둘은 이별하게 되고, 이별 뒤에 수리크에게서는 편지가 없다. 마침내 기다리던 편지가 온다. 편지에는 드세크 론돈의 「때는 기다리지 않는다」를 읽을 것과 비행사 왈레리 츠깔로브의 미국에서의 답변을 확인하라는 당부의 내용이 담겨 있다. 니나는 수리크의 편지에서 '너의 수라'라는 말을 음미하며, 수리크의 당부를 이행한다. 이후 니나는 삼촌네에게 쪽지를 남기고, 우편국에 들러 자신의 돈을 어디론가 부친고 알마-아따로 떠난다. 그의 가슴 속에는 ""책을 사는 데 쓸 것"이라고 쓰인 5천 루블리(새 돈으로)라는 거액의 송금 서류도 먼 곳에 있는 고아원으로 가고 있었다."

주제어 고아원, 루크, 꼴호스, 드세크 론돈, 왈레리 츠깔로브 등.

심화자료 사적 소유 관념의 지양에 따른 진통.

문리준, 「싱거운 사람」, 『레닌기치』, 1963.2.17, 4쪽. (풍자와 유모르: 막간극)

주제 사람의 이중성.

배경 날씨 좋은 날.

인물 청년, 로인, 젊은 녀성 등.

줄거리 한 청년이 날씨가 좋은 날은 처녀들이 있는 곳에 가서 놀아야 한다고 하며 까짜를 찾아 나선다. 도중에 한 노인이 레닌 꼴호스가 어디냐고 묻는데, 로씨야 말을 모르는 노인에게 로씨야 말을 섞어가며 건방지게 대답한다. 이후 젊은 녀성이 똑같은 질문을 하자 청년은 자신이 거기에 산다면 짐까지 들어준다. 이에 젊은 녀성이 남편을 부르자 볼 일이 있다며 가버린다.

주제어 레닌 꼴호스 등

석철, 「아이구!」, 『레닌기치』, 1963.2.17, 4쪽. (풍자와 유모르)

주제 말조심.

배경 집으로 오는 길.

인물 금순 어미, 금순, 금순의 남편, 연옥 등.

줄거리 말공부쟁이 금순 어미는 일을 마치고 집으로 오는 길에 연옥이네 집 앞을 지나다가 연애를 하는 남녀를 발견하고 연옥이 연애를 한다고 단정한다. 이에 남편을 만나 생진 집에서 밥을 먹으며 말을 부풀리는데, 남편은 금방 연옥은 자신과 버스를 타고 왔다고 말한다. 이에 다른 사람들에게 말을 계속 이어가고, 다시금 집으로 오는 길에 아까의 장소에 당도하니 연애하는 여인은 연옥이 아니라 자신의 딸인 금순이었다. 다음 날 말공부쟁이들의 기관지인 공기신문에는 연옥은 애를 낳았으며 금순은 임신 중이라는 말이 났다. 말공부쟁이는 사회의 공기를 흐리는 "남의 생활의 살인자"라는 것이다.

주제어 칼 자리는 아물어도 말 자리는 아물지 않는다, 말공부쟁이, 공기 신문 등.

심화자료 말을 경계하는 사회 분위기.

아흐메드산 까드로브, 「조선극장을 찾아서: 연극 '잊을 수 없는 그때'를 보고서」, 『레닌기치』, 1963.2.22, 3쪽. (연극평)

주제 연극 「잊을 수 없는 그때」를 연기한 배우들의 뛰어난 연기력과 연출의 빼어남.

내용 연극 「잊을 수 없는 그때」는 역사·혁명적 주제를 다루었으며, 채영·렴사일 원작 카사흐 공화국 공훈 예술가 채영 동무가 연출이다. 연극의 내용은 원동에서의 쏘베트 정권 수립 시기에 대하여, 일본 무장 간섭자들과의 투쟁에 대하여, 혁명적 투사로서의 금철의 장성 과정에 대하여, 농민 영화의 진리를 찾는 내부 세계의 투쟁에 대하여 이야기하고 있다. 필자는 농민 영화 로인을 연기한 인민 배우 김진 동무, 젊은 혁명자 금철의 역을 연기한 김니끼포르, 영희 역의 송올리가, 중국인 왕가의 역을 이행한 공훈 배우 박준섭 등의 연기를 높게 평가하고 있다. 또한 연출가 채영의 연출력을 높게 평가한다. 단, 전체 연극을 통하여 볼 때 영웅적 혁명 역사 제재가 보편적인 흐름이 농후하기 때문에 혁명적 빠포쓰가 낮아진 것 같은 감이 있다.

주제어 연극 「잊을 수 없는 그때」, 영웅적 혁명 역사 제재, 혁명적 빠포쓰 등.

김준, 「한결같은 마음」, 『레닌기치』, 1963.2.24, 3쪽.

주제 각개 민족 언어의 역사적 사명.

줄거리 1962년 조선인 작가 동맹 쎅치야가 카사흐쓰딴 작가 동맹 내에 조직된다. '나'는 카사흐쓰딴 작가 동맹의 파견을 받아 1월 10일부터

2월 15일까지 따스켄트 주 상, 중, 하 치르치크 세 구역 내 16개 조선인 꼴호스와 꾸일류크와 알말릭크를 방문한다. 방문 목적은 조선인 작가 쎅치야의 기관지로 문예 잡지 발간과 장편 소설 「십오만원 사건」의 출판 때문이다. 다시 말해서 현재에도 얼마나 많은 사람들이 조선의 글과 말을 잘 알고 있을 것인가의 문제이다. 4~5세 되는 아이들도 학교 정원에서 조선말을 하고 있다. 따라서 몇 천 년 동안의 조선 언어가 쉽게 없어지기는 만무하다. 만국 공통어, 공산주의 공통어가 형성될 때까지 (각 민족어의 요소가 곧 이 공통어의 구성 부분으로 될 것이다) 각개 민족 언어는 자기의 일정한 역사적 사명을 꾸준히 이행할 것이다.

주제어 조선인 작가 동맹 쎅치야, 조선의 말과 글, 공산주의 공통어 등.

심화자료 소수 민족의 언어에 대한 당국의 정책. 동조하는 듯하면서도 조선어를 지키고자 하는 면모가 보임.

한진, 「소나무」, 『레닌기치』, 1963.2.24, 3쪽. (단편소설)

주제 고난에도 꺾이지 않는 강인함. 우상화 작업 비판.

배경 초겨울 첫눈 오는 밤.

인물 나, 안드레이(로씨야 직장 동료) 등.

줄거리 '나'는 첫 눈이 내리는 밤 성삼문의 시조를 생각한다. 이때 직장 동료인 로씨야 친구 안드레이가 방문한다. 그는 신문지에 싸 들고 온 짝지발이 진 소나무 토막을 내놓는다. 거기에는 구멍이 있다. '나'는 그가 자신에게 자연을 선물했다고 하나 그는 몹시 자연스럽지 못한 것을 선물한 것이라 말한다. 그는 그 소나무 토막과 관련한 이야기를 시작하는데, 조국 전쟁 때 이 마을에서 심한 전투가 있었는데, 이 나무만은 심한 상처를 입고도 살아났다. 이후 딱따구리 한 마리가 날아와 총알을 뽑아 소나무의 고통을 덜어주려 했는지 총알 구멍을 쪼기 시작했다. 전쟁이 끝나고 마을 사람들이 돌아왔다. 소나무를 표준으로 마을이 건설됐다. 그러던 어느 날 스탈린 동상을 세우라는 지시가 내려왔다. 어쩔 수 없이 소나무를 잘라 파 버리고 그곳에 동상을 세웠다. 소나무를 판 자리를 메우고 동상을 세웠으나 비가 내리고 땅이 얼고 풀리고 하면서 동상은 주저앉고 말았다. 이에 마을 사람들은 보안부에서 호출장이 올까 공포에 떨었다. 무서운 일은 생기지 않았다. 우상화의 세월은 이미 끝나고 나라는 이십 차 당 대회 정신으로 살고 있다. 지금은 다시 그 자리에 작은 소나무를 심었는데 아주 잘 자라고 있다. 이 나무토막이 그 소나무라는 것이다. 안드레이가 돌아가고 '나'는 소나무 토막을 들여다 본다.

주제어 소나무, 성삼문의 시조, 조국 전쟁, 스딸린 동상, 우상화의 세월 등.

심화자료 스탈린 개인 우상화에 대한 비판.

률석, 「영리한 아들과 괴상한 그의 부모: 주송원의 단편 「월로짜」를 읽고서」, 『레닌 기치』, 1963.3.1, 3~4쪽. (소설평)

주제 단편 「월로짜」 비평.

내용 쏘베트 사회 발전에서 주요한 문제 중 하나는 새 인간 형성의 문제이다. 공산주의 자체가 새로운 인간들에 의하여 건설되기 때문이다. 문학작품에서도 작가에게 생활에 대한 깊고도 진지한 태도를 요구하고 있다. 즉 시대의 뜨거운 호흡에서 창작적 에네르기를 얻을 것을 요구한다. 작품의 평가는 작품을 읽은 이후 작품에서 무엇을 얻었는가에 있다. 주송원의 「월로짜」는 읽은 이후 소설의 흐름과 인물의 부자연성을 느낄 수 있다. 또한 소설 전체가 거짓 눈물에 젖은 메로드라마를 연상시킨다. 소설에서 가장 인간다우며 오늘의 현실과 부합하는 인물인 영철과 교양원 까짜는 부차적 인물로 간주해 버렸다. 그러나 시인 주송원의 소설가로서의 가능성을 높게 볼 수 있다. 즉, 소설 구성에 있어 단편이 갖추어야 할 "법적" 구성을 지녔다는 것과 작가가 풍부한 생활경험과 관찰력을 지니고 있기 때문이다.

주제어 주송원의 「월로짜」, 새 인간 형성, 단편이 갖추어야 할 "법적" 구성 등.

심화자료 소설의 효용성 강조. 공산주의 사회 안에서의 도덕성이 강조.

김인봉, 「한 어린이의 착한 심정」, 『레닌기치』, 1963.03.09, 4쪽. (수필)

주제 파철 줍기를 통한 조국애.

인물 웨녜라(파철 줍는 아이, 크릅쓰까야 명칭 제2호 학교 제2학년), 나 등.

내용 근래 파철 줍는 아이들을 자주 볼 수 있다. '나'는 한 여자아이가 우는 것을 발견한다. 검불 속에 묻힌 쇠뭉치를 발견하고 아이가 우는 이유를 파악한다. 쇠뭉치를 대신 꺼내고 아이를 자전거에 태우고 돌아온다. 아이에게 이것저것 묻고 공부도 열심히 하고 파철을 주워 조국에 선사하라고 당부하며 돌아왔다. 아이의 착함 심정에 탄복한다.

주제어 파철, 조국 등.

심화자료 당국에서 학생들을 동원해 파철을 모으는 이유.

안표도르, 「비상한 날」, 『레닌기치』, 1963.3.17, 3~4쪽. (단편소설)

주제 전쟁의 아픔과 민족을 초월한 가족애.

배경 고리끼 시 부두가, 아들이 다니는 학교 등.

인물 박창식(운수선의 메하니크로 일하고 있음), 삐쨔(창식의 아들, 삐쨔는 입양아, 본래 성은 깔뢰꼬브), 니나(창식의 아내, 2년 전에 뇌출혈로 사망), 쏘피야 예브게니예브(삐쨔의 친모), 뾰뜨르 블라지미로위츠 깔믜꼬브(쏘냐의 남편), 교무주임 등.

줄거리 날씨가 변덕스러운 가운데 창식은 아들이 다니는 학교로부터 방문하라는 연락을 받는다. 창식은 아내가 죽은 이후 2년 동안 자식에게는 어머니가 꼭 있어야 한다는 사실을 깨닫고 있다. 창식은 삐쨔를 생각한다. 창식과 그의 아내 니나는 결혼 이후 6~7년 간 아이가 없었는데, 의사 진찰 결과 아내 니나가 임신할 수 없다는 말을 듣는다. 이에 자식을 입양하기로 하고 니나의 견해에 따라 따스껜트 고아원에서 사내아이를 입양했다. 고아원으로부터 아이의 아버지는 전선에서 사망하고 어머니는 병원에서 신병으로 세상을 떠났다는 말을 듣고 데려온 아이가 삐쨔였다. 학교에서 만난 교무주임은 한 여인을 소개한다. 그녀는 자신이 삐쨔의 친모임을 밝힌다. 1945년 5월 20일 신혼부부였던 쏘피야와 뾰드르는 각각 군의 대위와 통신병 중위였다. 그들은 제대하여 원동으로 돌아오는 열차에서 기관총 사격을 받아 남편은 죽고 쏘피야는 머리에 부상을 당하여 신경병 환자가 된다. 정신을 차린 이후 남편의 사망 소식을 접하자 병은 다시 도지고, 쏘냐는 해산을 했으나 병원에 다시 입원하고 아이는 언니가 대신 키우나, 언니가 죽고 아이는 고아원에 맡겨진 것이다. 이후 조선 사람이 아이를 입양했다는 소식을 접하고, 이후 쏘냐는 10년 세월을 들여 병을 고친다. 이후 아들을 만나야겠다고 생각하고 고아원에 연락하여 아들의 학교로 편지를 보내어 소식을 알게 된 것이다. 두 남녀는 아이에게 누구와 살고 싶은지 선택권을 주자고 합의한다. 삐짜는 셋이 함께 살자고 하고 쏘냐도 동의한다.

주제어 고아, 양자 등.

심화자료 민족을 초월한 만남의 정도. 민족의 초월을 강조한 이유.

우봉준, 「꿀동산 무쇠동산」, 『레닌기치』, 1963.3.24, 3쪽. (동화)

주제 올바른 삶의 강조와 협동의 중요성. 공동체 생활공간의 수호.

배경 꿀동산.

인물 산양, 꿀벌, 다람쥐, 사슴, 토끼, 고슴도치, 여우, 승냥이 등.

줄거리 꿀동산에서 산양 등은 깨가 쏟아지게 살고 있었. 여우도 이곳에 살고 있으나 놀고먹는 건달이다. 개울 건너 사는 승냥이는 그들의 행복이 못마땅했다. 그의 꿈은 꿀동산에서 왕 노릇을 하는 것이었다. 이에 승냥이는 단짝 친구인 여우와 일을 꾸민다. 여우는 꿀동산 가족 모두에게 떡(잠드는 약이 든)을 선물한다. 꿀동산 가족들은 모두 이상하게 여긴다. 꿀벌이 사정을 파악하기 위해 날아가 여우가 암여우와 얘기하는 것을 엿듣는다. 꿀동산 가족들이 떡을 먹고 잠들 때를 기다려 꿀동산을 정복할 계획임을 알아낸다. 기다리고 있던 꿀동산 가족들은 협력하여 여우와 승냥이를 불속에 던져버린다.

주제어 꿀동산, 떡, 잠드는 약 등.

심화자료 동화라고 하기에는 내용이 다소 직설적임. 『문학 산문』에서 전재.

정석, 「단꼬의 불타는 심장: 조선 군관의 수기 중에서」, 『레닌기치』, 1963.3.24, 4쪽. (수필)

주제 진보적 문학의 힘.

배경 조선 조국 전쟁.

인물 나(평양 사범 대학 어문학부 로씨야 문학 교수), 한진(나의 제자) 등.

내용 '나'는 1950년 7월 조선 조국 전쟁이 시작되자 자원입대한다. 락동강 도하 작전 H. 부대 정치부대장이 된다. 한 군관이 '나'를 방문하는데, 그는 자신의 제자 한진이었다. 그는 위대한 문호의 이야기를 부대원들에게 한다고 한다. 이에 자신의 부대가 '"단꼬"의 부대'라 불린다 전한다. 도하 명령이 떨어지고 가장 위험한 작전에 '나'는 한진을 소대장으로 임명한다. 한진은 '나'에게 옥련한테 전달되기를 바란다며 편지 한 통을 건네고 떠난다. 그는 떠나는 제자를 보며 눈물을 흘리지만 그 속에서 단꼬의 힘, 고리끼의 힘, 즉 진보적 문학의 힘을 깨닫는다.

주제어 조선 조국 전쟁, 락동강 도하 작전, 단꼬, 고리끼, 진보적 문학 등.

신문기사, 「위대한 쁘롤레따리 작가 막씸 고리끼: 그의 탄생 95주년에 제하여」, 『레닌기치』, 1963.3.27, 3쪽. (기사)

주제 작가로서의 고리끼가 갖는 사회적 · 역사적 의미 검토.

내용 쁘롤레따리 예술의 대가이며 사회주의 사실주의 문학의 창시자인 막씸 고리끼 · 알렉쎄이 막씨모위츠 뻬쓰꼬브는 1868년 3월 28일 니스니노브고로드(현재 고리끼 시) 목공의 가정에서 태어났다. 볼세위크들의 편에서 고리끼는 레닌의 영향을 받았다. 고리끼는 로씨야 사회의 각계 각층의 생활을 사실주의적으로 묘사하였으며 자본주의의 폐해를 고발했다. 대표적인 작품으로 「마까르 추드라」(1892), 「첼까스」(1895), 「아동시절」(1913~1914), 「사람들 속에서」(1915~1916), 「나의 대학들」(1923), 「어머니」 등이 있다.

주제어 고리끼, 쁘롤레따리, 사회주의 사실주의, 레닌 등.

엠. 고리끼, 「인간의 탄생」, 『레닌기치』, 1963.3.27, 3~4쪽 / 1963.3.29, 3~4쪽 / 1963.3.30, 3~4쪽. (단편소설)

주제 힘든 노동 생활 속에서도 피어나는 생명. 새 생명이 살아갈 미래에 대한 기대.

배경 흉년이 든 92년도에 쑤후미와 오쳄치리(깝까스의 흑해 연안 도시) 사이의 강변. 가을.

인물 나, 사팔눈 여인, 임신 중인 아낙네(모두 노동자) 등.

줄거리 이곳은 바다와 계수가 만나는 지점이다. '나'는 벌들이 늙은 도토리 나무와 보리수의 구새먹은 구멍 속에 모아 놓은 꿀에 빵 조각을 찍어 먹고 있다. '나'의 눈에 '굶주리는 사람'들이 쑤후미에서 오쳄치리 신작로 공사장으로 가는 것이 보인다. 그들은 오룔 지방에서 온 사람들이다. '나'는 그들과 함께 일했다. 그 무리 속에는 임신 중인 아낙네가 있다. 괴로운 노동 조건이 이 사람들의 기력을 꺾어버렸다. 이들 무리는 고향 땅을 회상한다. 그들 무리 중에 사팔눈 여인도 있다. 이 여인은 열병에 걸려 죽게 된다. 얼마 후 '나'는 바닷가 숲 속에서 나는 신음 소리를 듣는다. 그것이 임신 중인 아낙네가 해산하려는 것임을 알게 된다.

그녀는 무리에서 떨어져 나와 혼자 해산을 하려고 한 것이다. 내가 다가가자 여인은 거부했으나 그럼에도 '나'는 여인을 돕는다. 서로에게 욕을 한다. 여인은 아픔과 부끄러움 때문에 '나'는 무안하고 여인이 가엾게 느껴지기 때문이었다. 아이가 태어나고, '나'는 이빨로 탯줄을 끊고, 여인이 호주머니에 준비해 둔 노끈으로 배꼽을 맨다. '나'는 아이를 씻기고, 여인은 '나'에게 장가갔는지를 묻는다. 그러지 않고서는 그렇게 여자일을 잘 알기 어려울 것이기 때문이라 짐작한다. '나'는 거짓말로 대학생이며 그런 말을 들어 알고 있다고 말한다. 여인은 목욕을 하고 싶다고 말하며 물이 짜고 쓰고 한 게 낯설다고 한다. '나'는 오히려 이 물로 씻으면 몸이 좋아진다고 말한다. 내가 여인에게 차를 끓여주기 위해 물을 뜨러 가고, 돌아왔을 때 여인은 뭔가를 숨긴다. 탯줄임을 알고 '나'는 파묻어준다. 여인은 아이의 장래를 걱정한다. 여인은 성모를 믿으며 길을 나선다. '나'는 애를 안아다 주겠다고 한다. 여인은 '나'의 어깨에 한 손을 의지하고 걸었다. 로씨야 땅의 새 주인인 아기는 '나'의 팔 안에서 잠들고, 여인은 이렇게 자꾸 자꾸 걸어서 세상이 끝날 때까지 가 보기를 희망하면서 자신의 아들이 이렇게 자유롭게 어머니 젖가슴 곁에서 자라고 자랐으면 하고 바란다.

주제어 흉년, 신작로 공사장, 괴로운 노동 조건, 인간의 탄생 등.

심화자료 괴로운 노동 현장 속에서 피어나는 짙은 서정성. 번역자를 확인할 수 없음.

김준, 「인정」, 『레닌기치』, 1963.3.30, 3쪽. (오체르크)

주제 인정으로 짐승을 대하는 수의. 공산사회를 위한 삶의 열정과 만족.

배경 '레닌 기치'사에서의 담화.

인물 김예까쩨리나 쁘로호로브, 김준송(김예까쩨리나의 남편, 교원) 등.

내용 필자가 예까쩨리나를 만나 주고받은 내용을 기록한 것이다. 수의이면서 수의 진료소 소장이고 대의원이기도 한 김예까쩨리나는 짐승을 대할 때도 사람에게 대한 사람의 인정으로 대한다고 한다. 또한 모든 일에 열정적이며 공산주의 사회의 문을 하루라도 빨리 열려는 노동으로 바쁘다. 가정은 남편이 아이 셋을 데리고 세간살이를 한다고 한다. 그러면서도 그들 부부 사이에서는 정이 넘쳐난다고 한다.

주제어 수의, 대의원, 수의 진료소 소장, 사회사업가 등.

심화자료 오체르크=실화문학. 아내의 사회활동과 남편의 내조.

예. 할리레쯔까야, 「녀성과 바다」, 『레닌기치』, 1963.4.2, 3~4쪽. (오체르크)

주제 노동의 중요성, 사회인으로서의 여성의 당당함.

배경 유스노-싸할린쓰크 려관 관리인 실.

인물 나, 한 알렉싼드라 쓰쩨빠노브나(구역 국가 보험소 감시원이자 고기잡이꾼, 57세 여성).

내용 ①나는 한 알렉싼드라를 만나기 전에 그녀를 신문과 원동 시보 영화에서 보았음. 그녀에게서 받은 인상은 남성적인 것과 여성적인 것의 신통한 결합임. ②나는 그녀가 너무 바쁜 관계로 관리인에게 그녀를 만나고 싶다는 쪽지를 남김. 그녀가 나를 찾아옴. ⇒그녀의 설명. ③그녀의 말에 따르면 남 싸할린이 일본 강점자들에게서 해방된 후 국가 보험소 상급 감시원으로 일하기 위해 싸하린으로 왔음. 당시에는 한 평생 그렇게 지낼 것이라 생각했다함. ④그러나 싸할린의 고기철은 많은 사람을 필요로 했고, 이것이 그녀의 운명이 바뀌는 계기가 됨(숨어 있던 힘을 발휘하게 함). ⑤그녀는 상설 가공 브리가다를 조직함. 그녀는 건달과 주정뱅이들을 틀어쥠. ⑥어산 관리국장은 그녀에게 고기잡이 브리가다를 조직하고 책임자가 되어 줄 것을 권고함. ⑦사람들은 바다 일에서 '모권 제도'를 못마땅하게 생각했지만 그녀는 당당하게 바다와 맞서 싸움. 결코 훌륭한 어부들에게 떨어지지 않음. 그녀는 두 차례의 레닌 훈장을 받음. 그녀는 젊은 사람들이 공산주의적으로 일하도록 가르치고 있음. 그리고 그녀는 자신의 브리가다에 속한 일꾼들의 생활에도 신경을 씀. ⑧그녀와의 얘기를 마치고 헤어짐. 나는 은급생활을 할 나이에 열심히 사는 그녀의 "고우면서도 남자의 손처럼 든든해 보이는 그의 손"을 생각함.

주제어 고기잡이꾼, 브리가다, 로력, 바다 등.

심화자료 오체르크는 화자가 한 사람을 만나고 그의 삶을 듣고 기록한 바를 독자에게 전달하는 방식이 공통됨.

야산, 「춘보와 그의 아들」, 『레닌기치』, 1963.4.14, 3쪽 / 4.16, 3쪽. (단편소설)

주제 노동자로 사는 삶의 건강성. 아버지와 아들의 혈육의 정.

배경 집으로 돌아오는 길의 '등대' 꼴호스 마을.

인물 김춘보(고본 농사꾼). 김로인, 김남식(춘보의 아들) 등.

줄거리 ①춘보는 고본 농사의 실패 뒤에 회계를 마치고 집으로 돌아오는 길임. T방향으로 가는 기차는 밤 한 시에 있음. ⇒회상. ②춘보는 본래 원동 꼴호스에서 일했으나 꼴호스를 나와 고본 농사를 시작했음. 나름 돈도 벌었음. 고본 농사는 해마다 논을 따라 이동해야 하고, 농사 이후에 몽땅 빼앗기기도 함. 고본 농사 자체가 비합법임. 자신의 직업을 '겍따르니크'로 소개하는 것도 낯 뜨거움. 자신의 일에 수치를 느끼는 가운데 그만 두려고 마음먹은 것이 여러 해임. 그럼에도 한 해 한 해 생각만하고 단념하지 못했음. 춘보의 아들은 아버지의 직업 때문에 벌써 3년째 집에 돌아오지 않음. 춘보는 이번에 집으로 돌아가면 앞 길에 대하여 아내와 상의할 생각임. ⇒현실. ③'등대' 꼴호스 마을에 도착하여 우연히 김 로인을 만남. 김 로인은 구락부로 음악 연주 구경을 가자고 함. 춘보는 차 시간을 생각하고 그렇게 함. ④공연 중에 '떠다니는 벼 농사'꾼'이란 제목으로 펠레똔을 낭송하는 김남식을 봄. 춘보는 그가 자신의 아들임을 확인함. 아들의 창작물은 고본 농사꾼을 풍자하는 내용임. 춘보는 얼굴이 화끈거림. ⇒회상. ⑤아들은 3년 전에 중학교를 마치고 모쓰크와 공업 대학 입학시험에 떨어진 후 소식이 없었음. 아들은 아버지가 수치스러운 고본 농사를 버리고 온전한 직업을 갖기 전에는 돌아오지 않겠다고 했음. 춘보는 본래 술놀음과 돈내기에 관심이 많았고, 자식에게는 그리 신경을 쓰지 않았음. 그는 아들이 자신의 말을 듣지 않는다 하여 아들이 시험을 보기 위해 떠날 때도 로비를 주지 않았음. 남식은 입학시험을 치르러 가는 길에 '등대' 꼴호스 출신의 한 여인을 만나고, 시험 후에는 그녀와 함께 기계 강습소에 들어감. 둘은 결혼을 함. ⇒현실. 김 로인은 저 사람이 능력이 많다고 함. 그림도 잘 그린다 함. 춘보는 자신이 자식에게 전혀 신경을 쓰지 않았던 것을 생각함. ⑥춘보는 물어물어 아들의 집을 찾아감. 도중에 공을 잘 찬다하여 남식이 '뽈배기'라 불린다는 말을 들음. 춘보눈 아들이 공을 잘 찬다는 것도 몰랐음. 집은 찾았으나 들어갈 생각은 못함. 창을 통해 집안을 들여다 본 춘보는 며느리와 손자를 확인함. 그리고 남식이 그린 자신의 초상화를 봄. ⑦춘보는 집으로 돌아와 꼴호스에 들어감. 이 소식을 남식의 여동생이 오빠에게 편지하여 알림.

주제어 고본 농사, 꼴호스, 초상화 등.

심화자료 고본 농사를 수치스럽게 생각하는 이유.

리왈렌찌나, 「우리 선생」, 『레닌기치』, 1963.4.26, 3쪽. (수필)

주제 참된 교원의 조건.

배경 크슬-오르다 시내 한 모퉁이에 있는 제6호 중학교.

인물 안 게르만 블라지미로위츠 등.

내용 ①안 게르만 선생은 교내 학생들과 선생들의 존경을 받는 인물임. ②안 게르만은 미술에 뛰어난데, 그는 크슬-오르다에서 창작 사업에 열중하고 널리 알려진 미술가 김형윤 선생의 제자임. ③안 게르만 선생은 쓰뽀르트와 체육 방면에도 학생들의 지도자임. 그는 지식으로나 직업 상으로 참된 교원임. ④또한 미술, 쓰뽀르트, 체육은 물론이고 물리, 수학, 교수사업과 개인 생활에 있어서도 교원으로 남아 있음. ⑤진실로 교원은 반드시 각 방면으로 발전된 사람으로, 아름다운 내면세계를 가진 사람으로 되어야 함.

주제어 참된 교원 등.

림하, 「고전극들을 현대의 목소리로 울리게 하자: 희극 '애랑'을 보고서」, 『레닌기치』, 1963.5.7, 3~4쪽. (연극평)

주제 「배비장전」의 현대적 각색에 대한 비판.

내용 「배비장전」을 각색한 희극 「애랑」이 조선 극장 무대에서 금년 3월 말에 처음 상연되어 현재 순회공연 중에 있다(각색 맹동욱, 연출 연성룡). 「애랑」은 많은 장면들과 대사를 「춘향전」에서 그대로 모방했다. 그러나 두 작품은 사느르와 내용 면에서 정 반대의 작품이다. 사랑문제에 있어 「춘향전」은 계급적 관계의 초월을 긍정하지만 「배비장전」은 계급적 초월이 있을 수 없다고 확증하고 있다. 소설 「배비장전」에서 애랑은 사회를 저주하면서 분풀이를 하려고 나선 여성의 대표이다. 그러나 연극 「애랑」은 이를 잘 표현하지 못했다. 그 이유는 "우선 각색자가 고전 작품을 소홀히 취급하면서 심각한 연구가 없이 조선 봉건 사회의 멸망기의 첨예화된 계급적 모순을 반영한 풍자 소설을 경희극(웨제위르리)으로 만들려고 노력한 것이 잘못"이다. "연출가와 연기자들도 형상에 대한 연구가 적었으며 형상들을 옳지 못하게 표현"했다. 연극의 안쌈블리 조성을 등한시했다. "고전 작품에서 현대의 목소리가 들리도록 한다는 것은 곧 그 작품에서 벌어지고 있는 사건과 등장하는 인물들을 묘사할 때 당시의 이러저러한 객관적 조건에 의하여 작가 또는 저작자들의 시대상 국한성으로 인하여 채 표현되지 못한 점들을 현대인의 견지로 분석하고 사상 면과 예술 면에 있어서 더 풍부하게 형상화하는 그것"이다.

주제어 춘향전, 배비장전, 사느르, 고전 작품에서 현대의 목소리가 들리도록 한다 등

리동섭, 「욕심쟁이 곰서방」, 『레닌기치』, 1963.5.10, 3쪽. (동화)

주제 개인의 사사로운 욕심 경계. 함께하는 삶의 중요성.

배경 옛날 참나무 동산.

인물 곰서방, 메'돼지 등.

줄거리 ①곰서방은 도토리를 주으러 나갔다가 치성당 앞을 지나게 되었음. 치성당의 별의별 음식들을 보고 황소 뒤'다리와 막걸리'병을 들고 옴. ②감자밭 머리에서 불이 난 것을 발견함. ③메'돼지들에게 알리려고 했으나 자신의 음식을 먹자고 할까봐 겁이 남. 때문에 스스로 불을 끄려고 했으나 끄지 못함. 그냥 두면 메'돼지들이 발견할 것으로 생각하고 집으로 돌아옴. ④집에 와서 대문을 잠그고 음식을 먹고 잠이 듬. 그 사이 불이 곰서방의 동굴까지 엄습함. 도망치려다 쓰러짐. ⑤메'돼지 등이 곰서방을 살림. ⑥곰서방은 왕방울 같은 눈물을 흘림.

심화자료 동화에서부터 개인의 사사로운 욕심을 경계함.

김광현, 「호두나무」, 『레닌기치』, 1963.5.12, 3쪽. / 5.14, 3쪽. / 5.17, 3쪽. (단편소설)

주제 개인숭배의 비판, 고난 속에서도 꺼지지 않는 가족 간의 믿음 및 신뢰.

배경 1939년 중앙아시아의 한 곳의 이른 봄 일요일, 1925년 여름 원동 소왕령 구역 무산촌.

인물 팔용(수리과에서 공부, 시인), 강옥금(문과생, 팔용과 한 대학에서 공부함, 애인), 팔용의 아버지 홍점 로인, 강석준(옥금의 아버지), 용수(손자) 등.

줄거리 ①팔용은 어머니가 없이 자랐음. 팔용의 아버지가 아침을 먹고 집을 나간 사이 애인인 강옥금이 찾아옴. 강옥금은 해줄 일이 없냐고 묻고, 그들은 호두나무를 함께 심음. ②호두나무를 심고 그들은 장차 호두나무가 자라 나무 그늘을 만들고 열매를 먹고 그 아래서 뛰어놀 자신들의 아이들을 이야기함. 그리고 팔용은 척박한 땅을 일구어 마을을 조성한 마을 사람들을 생각함. 때문에 대학을 졸업하면 자신의 꼴호스 학교로 올 작정임. ③어머니가 없이 자란 팔용이 늘 생각하는 것은 "이 좋은 때에, 이렇듯 좋은 나라에서 태여나 이 같이 사람이 되여 가는 그 은혜를 일생을 두고 갚고야 말리라는 것"임. 이러한 대화를 하고 있을 때 팔용의 아버지가 돌아옴. ④팔용의 아버지는 옥금을 처음 보고 마음에 두고 옥금의 부모를 찾아가 아들과의 결혼을 허락받음. ⑤그러나 아들 팔용이가 교원 대학 2학년에서 공부하다가 체포됨. ⑥옥금이 면회를 가고 팔용은 자신은 변절자라며 다시는 찾아오지 말라고 말함. 그 이유를 옥금과 아버지 홍점 로인은 추측함. 홍점 로인은 대학 생활을 묻고 옥점은 대학 공청 동맹 비서인 팔용은 중국에 누군가를 만나기 위해 꼭 한번 가고 싶다는 얘기를 했다고 함. 이 말을 듣고 홍점 로인이 회상에 잠김. ⇒회상. ⑦조선에서 갖은 고생을 하던 홍점은 원동으로 왔음. 모친과 아내가 고생하는 것이 무엇보다 가슴 아팠음. 그런데 원동에도 쏘베트 정권이 수립되어 행복이 찾아옴. 땅까지 분여받아 농사를 짓게 됨. 하루는 일을 하다가 비가 억수로 쏟아지고 번개가 심하기에 집으로 돌아옴. (한 회 누락) ⑧홍점 로인은 옥금의 손을 빌어 상소를 써서 쓰딸린 앞에 올리나 소용이 없음. 이후 팔용의 소식은 알 수 없음. ⑨팔용이 체포된 이듬해 여름 손자 용수가 태어남. ⑩교원 대학을 졸업한 옥금은 문학교원으로 일함. 홍점 로인은 고생하는 며느리를 생각해 옥금에게 본가로 돌아가라 함. 홍점 로인과 옥금은 팔용이 심어놓은 호두나무를 보며 시간을 견딤. 17년이 지남. ⑪쓰딸린이 물러나고 레닌의 초상화가 집 벽에 걸림. 팔용은 두근거리는 마음으로 집으로 들어서고 그동안 몰라보게 자란 호두나무를 발견하며 가족은 상봉함.

주제어 호두나무, 스딸린, 레닌 등.

심화자료 쓰딸린 개인숭배 비판.

한진, 「물맛」, 『레닌기치』, 1963.5.19, 3쪽. (단편소설)

주제 고국에 대한 그리움과 소중함.

배경 현재, 전쟁 때 등.

인물 나, 처녀(군인) 등.

줄거리 ①나는 양지 바른 창문턱의 물이 가득한 유리 고뿌를 봄. 맛을 봄. 버들 냄새가 남. 십 여 년 전을 생각함. ⇒회상. ②전쟁 때 부상을 치료하고 전선으로 복귀하는 길. 날이 덥고 물이 간절함. ③신작로에서 얼마 떨어지지 않은 곳에 있는 솔밭을 발견하고 쉬어가고자 함. 솔밭 아래의 마을을 발견함. 그곳에서 나는 조선의 옛 민속화를 발견한 느낌을 받음. ④한 처녀가 우물가에서 물을 깃고 있음. 나는 다가가 물음 청함. 허겁지겁 물을 마시는데, 처녀는 탈이 날까 물에 버들잎을 띄워줌. 물에 향기로운 버들냄새가 가득함. ⑤그렇게 돌아서는 처녀를 보며 나는 고국의 모든 것이 귀중하게 느껴짐. 처녀가 들어간 집 앞을 지나며 여인의 군복을 보고 그녀가 군화를 신고 있던 것을 상기함.

주제어 전쟁, 물, 버들, 고국 등.

심화자료 후각이 만드는 강한 향수.

정석, 「실감 있고 향기로운 작품을 위하여: 신춘문예 페지들에 실린 단편 소설들과 시들을 중심으로」, 『레닌기치』, 1963.5.19, 3~4쪽. (평론)

주제 상반기 『레닌기치』 문예 페이지에 실린 작가 및 작품평.

내용 ①한진의 「찌르러기」, 「소나무」 등은 단편들이라기보다 산문 뽀에마들이라고 하는 것이 가당함. 「찌르러기」에서의 안드레이까의 내면세계는 자연과 같이 소박하고도 아름다우며, 찌르러기처럼 천진란만함. 「소나무」에서 '소나무'는 쓰딸린의 개인 숭배탑에 억눌리워 비참하게 희생된 아름다운 우리 사람들의 상징임. ②부뾔뜨르의 「니나의 재산」은 실화로서 실감이 있고 그렇기 때문에 아름다움. 작가가 이 방면에서 꾸준히 노력한다면 좋은 작품을 보일 수 있을 것임. ③안표도르의 「비상한 날」은 각 민족들의 친선을 말하고 있음. ④문예 페지에는 희곡이 드묾, 진우의 「우니웨르쌀까」는 이 방면의 별임. 작가 진우는 '태만'을 부리고 있음. ⑤『레닌기치』에는 강태수, 김창욱, 장만금, 리은영, 김세일, 김종세 등의 좋은 시인이 많음, 강태수의 시는 서정이 풍부하고, 김창욱의 시편들은 깊고도 정다운 이야기들을 담고 있으며, 리은영의 시편들은 다정스럽고도 천진란만함. ⑥한편 새 시인들로 한 예까쩨리나와 조해룡이 있음. 조해룡의 「이른 봄」, 「나의 기쁨」, 「첫 뜨락또르 운전수」 등은 생의 향기와 삶의 기쁨으로 가득함. 한 예까쩨리나는 금년의 첫 여류 시인으로 「봄비」는 행복한 어머니의 청춘의 노래임. ⑦3월 24일 아동 문예 페지에 관한 언급. 참가한 학생들의 다수는 8~10학년생들임. 그러나 그 내용은 소학교 학생들의 토로에 불과함. 따라서 교원들의 지도가 중요하고 대다수의 노래가 자연을 노래하고 있는데, 창작의 울타리를 넓혀야 함. ⑧끝으로 리춘의 시편들은 독특한 자기의 목소리를 가지고 있음. 그의 특점은 동요임. 그의 「뚝개구리」는 개인숭배에 대한 날카로운 비판을 담고 있음. ⑨작가들은 어느 때나 우리 사회의 융성 발전, 새 인간의 형성, 새로운 공산주의적 풍모를 형상화하는 데 노력해야 함.

주제어 우리 사회의 융성 발전, 새 인간의 형성, 새로운 공산주의적 풍모 등.

심화자료 개인숭배에 대한 날카로운 비판의 대상.

림하,「연극 '심청'을 보고서」,『레닌기치』, 1963.7.14, 3쪽. (연극평)

주제 연극 '심청'의 배역과 그 역할 수행에 관한 평.

내용 ①고전 작품을 새로 공연할 때마다 각색자나 또는 연출가는 그 작품을 현대의 목소리로 더 힘차게 더 심각하게 울리도록 해야 함. 이 점에 있어 각색과 연출을 담당한 인민 극장 연출가 최길춘 동무의 창작적 노력의 열매가 훌륭하였음. ②최길춘 동무가「심청전」을 각색할 때 우선 최근 조선 민주주의 인민 공화국에서 제작한 영화 필림「심청」의 쓸'자를 수로 취하였음. ③연극의 주인공들에게서 받은 인상. 조선 영화의 심청이는 리지적인 면이 강하면서 어딘지 달빛같이 냉정한 면이 숨어 있어서 타고난 비관적 운명의 찬 기분이 떠돌게 하지만, 심청-방류드밀라는 따스한 봄날이 향기를 뿜는듯이 락천적인 면이 동작에서마다 말마디에서마다 풍김. ④또한 심학규로 분장한 박왈석이나 뺑덕 어머니-김예까쩨리나, 화주승-라기순, 귀덕 어머니-김따찌야나, 선주-한쎄묜, 젊은 봉사-림뾰뜨르 등 모두 꼴호스에 종사하는 사람들이지만 그 연기는 다 전문적 직업 배우 수준임.

주제어 심청, 꼴호스 등.

심화자료 꼴호스에서 연극을 비롯한 일련의 예술 활동이 이루어짐.

김준, 「사회주의적 사실주의는 작가의 날개이다」, 『레닌기치』, 1963.7.28, 3쪽. (평론)

주제 맑쓰-레닌주의적 예술관과 공민성에 바탕을 둔 사회주의적 사실주의.

내용 ①자기 시대의 풍습, 도덕, 생활을 발전과 진보의 행정에서 진실하게 반영하기 위해서는 맑쓰-레닌주의 세계관, 인생관, 미학관으로 무장해야 함. ②사회주의 사실주의를 뇌수로 한 쏘베트 예술과 추상주의와 형식주의를 수단으로 하는 부르주아 예술 사이에는 오늘날 맹렬한, 화해하지 못할 사상적 투쟁이 진행되고 있음. ③사회주의 사실주의는 생활을 그의 발전에서 진실하게 반영하는 것. 이것은 오늘에서 내일을 볼 줄 아는 것. 이것은 사회주의 정신으로 인민을 교양하는 역할이 문학에 있음을 시인하는 것(아. 파제예브)임. ④사상과 기교는 서로 갈라놓고 볼 수 없음. 옳은 사상이 작품에 표현되었다할지라도 예술적 표현수단-기교가 없다거나 부족하다면 그 사상은 독자의 심정에 깊이 뿌리를 박지 못하고 이내 시들어버림. 우리의 사상은 맑쓰-레닌주의임. 이것이 곧 당성, 인민성임. ⑤오래 두고 궁리하고 오래 두고 쓰고 오래 두고 고치고 또 고친 작품이라야 참다운 작품임. 안심은 생활의 사약이오 자만은 진보의 원쑤임. ⑥"문예와 예술의 발전에 있어서 총 방향은 인민의 생활과 련계를 튼튼히 하며 사회주의 현실의 풍부하고 다양다채한 것을 진실하게 또는 예술적 수완이 높게 반영하며 새 것, 진실로 공산주의적인 것을 감동되게, 명철하게 묘사하며 사회의 전진 운동에 저항하는 모든 것을 폭로시키는 것"(쏘련 공산당 강령에서)임.

주제어 사회주의적 사실주의, 맑쓰-레닌주의적 예술관 등.

한진, 「녀선생」, 『레닌기치』, 1963.8.27, 3쪽. (단편소설)

주제 교육자로서의 살신성인의 자세.

배경 룹쯥쓰크로 가는 열차 안.

인물 나, 류샤(신입 교원), 시나이다 이와노브나(교원) 등.

내용 ①나는 좁은 치마를 입고 힘들게 여차장의 도움을 받아 기차에 오르는 처녀를 관찰함. 그녀는 화장이 진하며 눈동자는 어딘지 모르게 경만한 빛이 있음. ②나가 처녀에게 말을 걸음. 처녀는 금년에 사범전문학교를 졸업하고 룹쯥쓰크란 곳으로 배치를 받았기에 가는 길이라 함. 그녀는 질펀한 벌판만 가득한 이곳에 실망하고 있음. ③아침이 되어 본 그녀는 화장을 지웠기에 순진하고 명랑하며 귀엽기까지 함. 그리고 기차 안에 다른 손님이 있는 것을 발견함. ④새로운 승객인 그녀를 발견한 모든 이들이 그녀에게 인사를 함. ⑤나는 청년에게 그녀가 누군지 물음. 청년은 그녀가 처녀지를 개간할 때 모쓰크와 사범 대학을 졸업하고 이곳으로 일하러 온 훌륭한 분이라 함. 모든 것을 나와 류샤는 보고 들음. ⑥열차가 목적지에 도착하자 류샤는 나에게 자신을 나쁘게 생각말라고 함. ⑦나는 이후 류샤가 어디에서 근무하는지 궁금하여 담당자에게 알아보니 그녀는 시내 학교에 배치하겠다는 걸 극구 사양하고 처녀지 마을로 가겠다고 했다 함.

주제어 교원, 사범 대학, 처녀지 등.

심화자료 선생과 교육에 대한 관심 증대.

이고리 트웨르쓰꼬이, 「소설 "쭈시마"와 "려순항"의 산 주인공들」, 『레닌기치』, 1963.9.7. 4면.

주제 전쟁을 겪었던 러시아 해군들은 따뜻한 배려 속에서 일상적으로 살고 있다.

공간 쓰웨르들롭쓰크 시 유마세브 거리의 한 집. 올라야노브 주 사도브까 촌.

인물 표도르 보고랴드쩨브(82세. 반 세기 동안 웨르흐-이쎄트쓰크 제철 공장에서 일함), 예고르 꾸시민(러시아 해군으로 「노위크」 순양함에서 화부로 일함) 등.

사건 일로 전쟁의 쭈씨마 해협의 대 해전, 1904년 정월 려순항에서의 일로 전쟁 등.

내용 아. 노위꼬브-쁘리보이의 소설 「쭈시마」와 아. 쓰쩨빠노브의 소설 「려순항」에서는 「그롬끼」 구축함의 해군들과 「노위크」의 해군들에 대해 얘기하고 있다. 소설 「쭈시마」에서는 쭈시마 해협의 대 해전의 「그롬끼」 구축함의 해군들에 대해 썼는데, 거기에는 현재 82세가 된 과거 수뢰공병이었던 표도르 보고랴드쩨브의 이름이 있다. 소설 「려순항」에는 당년 88세인 예고르 꾸시민이 과거에 겪었던 려순구의 방어전에 관한 당시 사변들이 실려 있다. 그들은 그 소설을 읽으며 당시 사변들의 기억을 되짚어 본다.

주제어 쭈씨마 해협, 해전, 제2태평양 함대, 원동, 일로 전쟁, 게오르기예브 십자가 등.

강태수, 「번데기」, 『레닌기치』, 1963.9.10, 3면.

주제 자만하지 말고, 겸손한 태도를 지녀야 한다.

인물 번데기(자만스럽고 철없는 어린 번데기), 엄마(멋진 날개를 가진 나비), 언니(긴 다리를 가진 나비) 등.

내용 갑갑한 번데기 집 속에서 엄마와 언니의 큰 날개와 긴 다리가 부러웠던 번데기는, 어느 날 긴 다리와 커다란 날개가 생겼고, 그 갑갑했던 번데기 집 속에서 나왔다. 그러자 그동안 부러워했던 엄마와 언니의 날개는 막 생겨난 자신의 것보다 하찮아 보였고, 내 것이 최고라 말하며 놀리는 번데기를 엄마는 어린 아이의 철없는 행동이라며 귀엽게 넘겼다. 그렇지만 진정 훌륭한 날개와 다리는 꽃을 향해 날아갈 수 있는 것이라 일러주었다. 그러나 번데기는 자만하며 그 정도쯤은 저 자신에게 우스운 것이라며 집을 나서게 된다. 하지만 비가 내리고 천둥이 치는 날씨에 번데기는 쓰러지게 되고, 엄마와 언니가 번데기를 어렵게 찾아 사랑으로 보살펴 다시 생명을 살려주게 된다. 번데기는 자신의 자만스러웠던 행동을 반성하게 된다.

주제어 번데기, 고치, 봄, 발레리나, 비단, 자랑, 꽃놀이, 악독, 짐승 등.

한상욱, 「옥싸나」, 『레닌기치』, 1963.10.13, 3면.

주제 전쟁으로 인한 상처.

공간 독소전쟁. 원동, 하바롭쓰크, 쓰몰렌쓰크, 씨비리, 월가강변 등.

인물 나(조선인), 그라쵸브(쓰몰렌쓰크 한 농촌에서 태어남), 월로자, 옥싸나 등.

내용 어렸을 때 읽었던 영국 작가 도일리 작품의 주인공 세르록크 홈쓰처럼 관찰력을 키워 예지력을 키우려 노력했던 나는, 그 후 처음 만난 사람을 유심히 훑어보는 버릇이 생겼다. 이 날도 기차를 타고서 칸 안에 혼자 있는 남자를 훑어보았다. 좋은 길동무일까 싶어 이것저것 물어보고 싶었지만, 혹여나 상대방이 언짢아할지도 모른다는 생각에 그저 차창 너머의 풍경에 시선을 돌려버렸다. 그러다 갑자기 조선 사람이냐, 어디로 가냐 물어보며 다가오는 그 사내는 원동으로 향하는 중이라는 조선인인 나의 얘기를 듣고선 자신은 한 때 조선 사람들과 많이 상종한 일이 있다며 호주머니에서 대여섯 살 쯤 되어 보이는 조선 처녀애 사진 한 장을 꺼내어 나에게 보여주었다. 그리고 시작되는 그의 지난날의 이야기, 지질 탐사자가 되고 싶었지만 아버지가 돌아가셔 의지할 곳 없는 어머니를 두고 떠날 수 없어 고향에 남아 뜨락또르 운전수가 되었다는 이야기와, 그러는 중 독일 강점자들이 우리나라를 침범한 1941년 가족이 넷으로 늘었다는 이야기, 그러다 전쟁이 터져 고향의 땅을 원수들이 짓밟지 못하게 하기 위해 전선으로 향해 3년 동안 가족들을 볼 수 없었다는 이야기를 하게 된다.

주제어 러시아, 자동차 운전수, 원동, 조선사람, 하바롭쓰크, 조선처녀애, 독일 강점자 등.

정석, 「교양에 대한 이야기」, 『레닌기치』, 1963.10.27, 3면.

주제 한진의 「여선생」이라는 단편 소설은 인간을 교양하는 작품임.

내용 『레닌기치』 신문 문예 페이지에 실린 한진의 단편 소설 「여선생」

은 아름답고도 고상한 생각을 자아낸다. 레닌그라드에서 사범 전문학교를 졸업하고 처녀지의 어느 한 도시로 파견되어 온 류싸라는 젊은 여자는, 처음엔 이 고장엔 온통 벌판뿐 생활이라고는 없다 생각했다. 그러나 인자하며 생활에 대한 환희로 빛나는 시나이다 이와노브나 선생과 그녀로 인해 교양되어지는 자기 선생에 대한 존경과 사랑을 지닌 처녀지의 사람들로 인해 류싸는 깨닫게 된다. 이 처녀지에서 엄격하고도 고상한 생활이 꽃피어 새 인간들의 교양의 전당으로 만들어진다는 사실에, 류싸는 자진하여 그곳을 떠나 「궁벽」한 마을을 찾아 간다. 그 마을도 레닌그라드처럼 될 수 있을 거라는 이쁜 생각과 희망을 가지고 떠나게 된다.

주제어 교양, 개간, 처녀지, 레닌기치, 단편 소설, 「여선생」, 쏘베트, 프리드리흐 엥겔쓰 등.

김준, 「심상건과 '마까로브일가'」, 『레닌기치』, 1963.10.27, 3면.

수제 쏘베트 나라의 관용.

공간 크슬-오르다 크라쓰늬 고로도크 제12호 집, 조선 강원도 인제군 북면 송학동, 하바롭쓰크, 니꼴라옙쓰크 등.

인물 임옥조(아내, 72세의 나이로 죽음), 심상건(남편, 73세의 노인, 중풍에 걸림), 나쟈 마까로와(38세 우편배달부), 폐쟈의 아내(심상건을 돌봄), 폐쟈 마까로브(37세 우편배달부, 나쟈의 남편, 심상건을 돌봄), 워와(나쟈와 폐쟈의 맏아들, 14세), 싸샤(나쟈와 폐쟈의 딸, 8살) 등.

내용 조선 강원도 인제군 북면 송학동에 살던 21살의 심상건은 조선이 일본에 합병된 이듬 해에 연인이었던 옥조에게 이별을 고한다. 왜놈들 발 밑에서 살아야 하는 고향 산천을 떠나 조선 광복의 힘을 얻을 수 있는 러시아로 가겠으니, 좋은 데로 시집가 행복하게 살라는 것이었다. 그렇게 러시아로 온 심상건은 훈장 노릇을 하며 지내다 일본이 원동에 출병한 때 일본 군용품 창고를 찾아가 불을 지르고 달아나기도 했고, 빠르찌산에 합류해 일본 병영을 습격해 패주하는 적군의 패잔병들을 쫓다가 오른쪽 다리 무릎의 관절뼈에 총을 맞아 한쪽 다리를 잃게 된다. 그 해, 다른 남자의 처가 되어 딸을 둔 옥조는 남편 모르게 떠날 준비를 하고 있었는데, 러시아로 떠난 심상건을 만나기 위해서였다. 수소문 끝에 만나게 된 둘은 서로를 바라보며 다리 하나 없어 울고, 아이의 엄마가 된 게 부끄러워 울지만, 만나서 기쁨에 더 크게 울며 헤어지지 않기로 한다. 은급 생활을 하며 살아 온 두 사람, 시간이 흘러 72세가 된 옥조는 숨을 거두고 몸에 중풍이 든 심상건은 누운 채 아내를 지켜 볼 수밖에 없었다. 신세가 딱한 그를 본 우편배달부 부부인 마까로브 일가는 그를 돌봐주기로 한다. 그 덕분에 오늘날 행복한 생활을 할 수 있는 거라며, 아이들에게도 할아버지란 말은 살뜰한 말일 거라며 정성을 다해 심상건을 돌본다. 심상건은 자신은 그리 쉽게 죽지 않는다며 이제 더 오지 말라하지만, 실로 효자 효녀인 그들은 심상건이 딴 세상 구경을 떠나지 않았을까 노심초사해 한다. 심상건은 자신 같은 병신도 쏘베트 나라라면 백년은 살 수 있다며 세상에 태어난 보람을 느낀다 말한다.

주제어 크슬-오르다, 중풍, 조선 사람, 은급, 강원도, 일본, 빠르찌산, 독립군, 소왕령 등.

한진, 「축포」, 『레닌기치』, 1963.11.7, 3면.

주제 배움의 중요성.

공간 토성낭

인물 윤덕(중학교 1학년), 어머니 등.

내용 모두가 보릿고개며 자연재해에 힘들었던 시절, 1945년 평양이 해방되었지만 그렇다 해서 팔자를 고칠 수 있는 건 아녔다. 전기는 있지만 전구가 없어 불을 켜지 못하는 집이 대부분이었던 어둠의 세상, 삼촌 집으로 나들이 간 엄마가 돌아오지 않아 기다리던 때 방문에 번갯불같이 환한 섬광이 비꼈다 사라졌다 하며 요란한 소리를 냈다. 방문을 열어 보니 만수대 꼭대기가 훤해지며 폭음이 다시 들렸다. 큰 길로 나오니 많은 사람들이 보따리를 지고, 아이를 들쳐 업고 바쁜 걸음으로 향하고 있었다. 무슨 일이냐고 그들에게 물어보니 일본의 항복을 알리는 기사를 본 게 얼마 전인데, 일본의 잔병들이 평양에 밀려 지금 소련과 전투를 한다는 것이다. 삼촌 댁에 가 있는 어머니가 걱정되어 달려간 윤덕은, 방 문 너머로 들리는 어머니의 웃음소리에 방문을 열자 어머니는 축포를 보았냐 묻는다. 윤덕은 지금 동네에선 싸움이 나고 피난들을 하고 있다며 어서 가자고 어머니를 재촉한다. 어머니는 윤덕에게 아름다운 축포를 보지 못해 안타깝다며 윤복에게 아쉬움을 말했다. 무슨 축포냐 묻는 윤덕에게 어머니는 오늘이 사회주의 시월 혁명 기념일이라 일러준다. 그들이 동네에 다다랐을 때 피난을 갔던 사람들이 돌아오고 있었다. 떠들썩한 목소리 틈으로 적위대원들이 네 명의 사나이를 호위하여 끌고 가고 있었다. 알고 보니 헛소문을 꾸며 내 사람들이 피난한 틈을 타 도적질을 하려다 잡혔다는 것이다. 집에 돌아 온 윤덕은 굴욕만을 알고 살아 온 조선 사람들이 축포가 무엇인지 어떻게 알 수 있었겠냐며, 속지 않으려면 알아야 한다 다짐하며 책을 펴들고 읽기 시작한다.

주제어 토성낭, 보릿고개, 굶주림, 일본, 항복, 해방, 축포, 사회주의, 시월 혁명 등.

김진, 「시인을 추억하면서」, 『레닌기치』, 1963.11.16, 3면.

주제 조선의 시인 조기천 회상.

내용 현대 조선 문학에 있어서 특출한 시인들 중 한 사람이고, 해방 후 조선 문학 발전과 특히 장편 서사시 발전에 커다란 공로를 세웠던 조기천 동무의 탄생 50주년을 기념. 원동 소왕령 사범 전문학교 학생시절 「49」라는 원동에서의 조선인 빠르찌산들의 영웅적 투쟁을 묘사한 단편 소설을 써서 인정받았다. 더불어 시도 잘 썼다. 조선인 무대 예술에 직접 헌신하기도 했고, 「춘향전」을 개작해 상연하는 등 창작활동에도 적극적 자세를 취했다. 또한 희곡을 번역하는 일도 했다. 짧은 생애에도 불구하고 많은 훌륭한 시편들을 창작했다. 시인으로서 연극인으로서 인간다운 그는 사람들의 기억에 영원히 남을 것이다.

주제어 조선, 문학, 시인, 해방, 장편 서사시, 소왕령 사범 전문학교, 빠르찌산, 영웅 등.

림하, 「시랑송」, 『레닌기치』, 1963.11.16, 3면.

주제 조기천 시인의 탄생 50주년을 기념하며 그의 일생과 시 회고.

공간 평양 중앙 방송국.

인물 조기천

사건 1951년 2월의 전쟁.

내용 전쟁 중인 조선의 1951년 2월, 양키들의 폭격으로 쑥대밭이 되어버린 평양. 평양 중앙 방송국에서 들리는 「승리의 노래」가 울리고, 나는 조기천과 함께 중앙방송국으로 향했다. 그러던 중 그는 머리 위에서 날아다니는 비행기 사냥꾼을 보며 장편 서사시의 시상이 떠올랐고, 그의 시상이 확 뒤바뀐 시점은 바로 그때부터였다. 그렇게 방공호 안에 배치되어 있던 평양 중앙 방송국에 도착해 방송 위원회 부위원장인 남봉식의 안내를 받으며 향한 녹음실에서, 조기천의 시 「불타는 거리에서」의 낭송이 시작되었다. 떨리는 그의 목소리와 침묵의 순간은 조선의 수백만 인민들이 듣고 있을 거라는 생각이 스쳤고, 그는 원수의 폭격에 불타는 거리에서 이 글을 쓴다며 원수에게 저주의 주먹을 들고 죽음을 원수에게 라는 글을 외쳤다. 마지막 시구에 이르기까지 그의 시는 폭탄이 터져 폭파하는 것보다 더 큰 자극을 주었고, 흥분된 감정을 주저 앉혀야 했던 그 감정이 10년이 지난 오늘에도 잊을 수가 없다.

주제어 조선, 폭격, 해방탑, 을밀대, 장편 서사시 등.

채영, 「조선 극장과 조기천」, 『레닌기치』, 1963.11.16, 3면.

주제 극장의 창작적 발전을 위해 큰일을 한 조기천의 생애 회상 (평론)

내용 조기천은 조선 극장에서 문예부 주임으로 일하는 동안 극장의 창작적 발전을 위해 희곡 선택과 상연 목록 제정에 큰 노력을 경주했다. 극장을 빨리 발전시키기 위하여 조선인 신인 극작가들의 미숙한 작품들 말고 러시아 고전극이나 소련 극작가들의 희곡들을 올려야 한다 주장했다. 그리고 카사흐 민족 문학의 특성을 보존하기 위해 노력하였고, 무대의 대화식 조선말을 찾기 위해서도 힘썼다. 그러면서 조선 극장의 장래를 위해 번역극을 상영하며 조선인 극작가들의 양성에 힘썼다. 하나의 예화로 태장춘의 「홍범도」 희곡이 나오기까지도 주변 사람들의 반대(그

때 시기 환경에 그런 작품을 써야 하냐 등의 문제)에도 불구하고 조기천은 태장춘의 의도를 절대적으로 믿어주며 창작을 받들어 주었다. 또한 조선극장에서 「춘향전」의 공연을 본 크슬-오르다 주 문화국에서 일하던 리스꼬브란 사람이 사상적으로 그릇된 고대 작품을 상연한다며 편지를 썼는데, 이때 조기천은 오해 부분들에 대해 훌륭한 평론을 써서 인정을 받았다. 조기천의 정답고 열정적인 모습은 기억 속에 사라지지 않고 남아있다.

주제어 조선 극장, 문예부, 주임, 창작, 희곡, 상연, 조선인, 극작가, 러시야, 고전극 등.

김기철, 「붉은 별들이 보이던 때」, 『레닌기치』, 1963.11.17, 3면.

주제 아들에 대한 어머니의 무한한 사랑.

인물 나(철수 엄마, 사랑하는 남편과 아이를 떠나보냄), 철수(7살. 몸이 약해서 국제 아동 휴양소로 요양을 떠남), 재호(남편, 5년 전 일본 제국주의자들과 싸우러 떠난 후 아직 돌아오지 않음) 등.

공간 야로쓸라브 역, 벨로루씨야 역 빨라트포르마 등.

내용 국제 아동 휴양소로 아들을 보내야 하는 나의 마음은 가라앉지를 않는다. 홍역을 겪었고, 성홍열에 걸려 고생하고 중병에 시달릴 대로 시달리다 보니 아들의 몰골은 말이 아녔다. 모쁘르의 도움을 받아 두 달 반 동안 요양 보내기로 결정했지만, 막상 먼 곳으로 떠나보내려 하니 6년 전 같은 6월에 떠났던 남편 재호가 생각이 나 또다시 마음이 무거워졌다. 18살부터 조선 혁명을 위해 몸을 바쳤던 남편은 어느 날 떠나야 할 때가 되었다며 부디 좋은 공산당원과 어머니가 되길 바란다며 이별을 말했다. 조선 사람들의 원수인 일본 제국주의자들과 싸우러 가는 길이라 마음처럼 잡을 수가 없었다. 그렇게 5년이란 세월을 백 년처럼 보내었는데, 또 아이를 떠나보내야 한다니 걱정이 앞선다. 내성적인 아이라 걱정이 컸는데, 막상 역에 도착하고 보니 세계 각지에서 온 또래 아이들과 말도 나누고 웃는 모습에 석 달 후 통통한 볼에 내 품에 안길 아들을 생각하며 나도 웃는 얼굴로 배웅을 한다.

주제어 국제 아동 휴양소, 조선 혁명, 동방 공산 대학, 일본 제국주의자, 독일 등.

정석, 「높은 정에 대한 이야기」, 『레닌기치』, 1963.11.24, 3면.

주제 잃어버린 행복은 생활 속에서 다시 찾을 수 있다.

내용 한상욱의 「옥싸나」 단편소설에 대한 평론. 한상욱의 「향촌의 불빛」, 「보통 사람들」, 「영호 아바이」 및 「옥싸나」라는 그의 소설들은 기쁨, 불행, 고민, 어렵게 이루어진 행복을 보여주고 있다. 「옥싸나」라는 작품을 보면 더 잘 알 수가 있다. 이 소설은 어머니와 아내 그리고 세 살 난 딸 옥싸나를 거느린 그라쵸브가 가정을 이루고 인간이 가져야 할 행복을 만들어 가는 때, 독일 강점자들을 반대하는 조국 전쟁이 터지게 된다. 그라쵸브는 사랑하는 가족과 작별하고 자진해 떠나게 된다. 그러던 중 그라쵸브가 복무하는 부대의 전투 길이 우연히 그의 고향을 지나가게 되고, 그리운 가족들을 찾아보지만 마을 사람들이 만들어 준 가족의 무덤만이 있을 뿐이었다. 전쟁 후 그는 대학을 졸업하고 조선 정부의 초청에 의해 조선에 파견되어 조선 지질탐사대의 사업을 돕게 되며 행복해하지만, 침략주의자들이 다시 이 작은 나라를 전쟁터로 만들어 행복이 깨지게 된다. 거기서 그는 분녀라고 부르는 젊은 과부와 그의 세 살 난 딸을 보는데 자신의 잃어버린 가족을 회상하지 않을 수 없게 된다. 아이의 이름이 옥순이라는 말에 그는 자신도 모르게 옥싸나를 외치게 되고, 이 나라에 와서 또 전화 속에서 그라쵸브는 산 옥싸나를 바라보고 있다. 이것이 곧 생활이다. 인간이 잃어버린 행복의 빈 구석을 다른 기쁨과 다른 행복으로 채우지 못한다면 산 송장과 다를 바 없다. 더불어 이 소설의 예술성은 바로 여기 있다. 두 나라의 두 옥싸나가 그에게 있어 오늘에 와서는 하나의 산 옥싸나로, 그 자신은 두 옥싸나의 아버지로 되었다는 데 있는 것이다. '양딸', '양아버지', '양어머니' 등의 어휘들이 우리나라 사람들에게는 존재하지 않는 어휘이지만, 그에게는 조선의 옥싸나가 자기의 딸로 되어있고 폭격에서 죽은 그의 어머니까지 대신하게 되는 것이다. 때문에 그는 가슴속에 항상 조선의 옥싸나 사진을 넣어 가지고 다니며 사랑하는 딸을 가진 행복을 느끼고 있다. 이와 같은 의미에서 한상욱의 작품에서 우리는 예술적 성숙을 느낄 수가 있다. 그러나 작품의 제목이 「옥싸나」임에도 불구하고 옥순과 옥싸나의 형상이 희미하여 내면세계가 제대로 서지 못한 점은 이 작품의 결함이라고 할 수 있다.

주제어 신문 독자, 「향촌의 불빛」, 「보통 사람들」, 「영호 아바이」, 「옥싸나」, 등.

정석, 「시인의 서정 세계와 진실」, 『레닌기치』, 1963.12.22, 3면.

주제 리은영 시가 품고 있는 음악성과 우리 생활의 소소함.

내용 리은영은 시와 노래를 통해 우리 시대의 청춘, 그의 성장, 아름다움을 솔직하고도 깨끗하게 읊었다. 소련의 천진난만한 소박한 사람들의 감정 세계를 시에서 보편화시켰다. 그러면서 우리 생활의 모든 현상, 사소함까지도 시의 묘사 대상으로 되고 있다. 그런 작품들을 살펴보면 「갓난 애기의 첫 울음」, 「손자를 귀엽게 바라보는」, 「꼬마의 할머니」, 「그들의 기쁨 속에」, 「행복한 처녀」, 「봄 꿈」, 「자장가」, 「달밤에」, 「멀리서 멀리서」가 있다. 그 외에도 어머니의 젖 먹이는 행복, 목동의 노래, 처녀들의 근심 없는 행복한 미소, 우주의 정복자들에게 보내는 우렁찬 박수 소리, 처녀지의 개가, 첫 사랑의 고통스러운 행복과 같은 일상의 소소함들이 있다. 그리고 그녀의 또 다른 시의 특징은 풍부하고도 조화로운 음악성과 멜로디가 시 속에 담겨 있다는 것이다. 때문에 어떤 시를 읊어도 음악을 듣고 있는 것처럼 시와 노래의 차이를 거의 알 수 없다. 그러나 그녀의 시에도 결함이 없지 않은데, 예술은 설명하기 시작하는 순간 죽어 버리는 성질이 있다. 그녀에게서 이런 점이 때때로 나타나는데, 작품 「사랑」에서 찾아볼 수가 있다. 이런 점은 그녀뿐만이 아니라 이미 조선 민요에서는 흔히 듣고 있는 점이지만, 전통적인 조선 민요조를 새로운 감정으로 노래하고 있는 점에서는 찬성해주어야 하지 않을까 라는 생각도 해 본다.

주제어 리은영, 시 등.

최길준, 「참다운 인민 예술가」, 『레닌기치』, 1963.12.25, 3면.

주제 인민 배우 김진의 출생 50주년과 그의 무대 활동 30주년 경축.

공간 해삼 시, 원동 변강 조선 극장.

내용 인민 배우 김진 동무의 출생 50주년과 그의 무대 활동 30주년을 경축하는 회의의 초대장을 바라보니, 잊지 않고 연락 준 그가 고맙고 감개무량하다. 29년 전 나는 해삼 시에 갔었는데, 그때 원동 변강 조선 극장의 무대에서 처음 김진 동무를 본 기억이 난다. 그는 다양한 감정의 인간 세계를 보여 주며 생동 있는 연기를 하는 몇 사람 중 한 명이었다. 당시 나는 소련 영화 연출가인 아.도브센꼬 선생 밑에서 견습생 겸 배우로서 활동하고 있던 때였는데, 조선인 무대에 그처럼 우수한 배우가 나타난 것은 몹시 기쁜 일이었다. 그는 「춘향전」의 이도령, 「류보위 야로와야」의 스완자, 「홍범도」의 홍범도, 「오뗄로」의 오뗄로, 「예고르 블릐쵸브와 다른 사람들」의 빠블린, 「코스 코르뻬스와 바얀 쓸루」의 카라바이 역할들을 맡으며 매 역마다 훌륭한 형상을 창조하였다. 내가 연출했던 연극 「홍범도」에서 홍범도를 맡았던 그를 생각하면, 나는 지금도 가슴이 찌렁찌렁하다. 그는 귀중하고 참다운 인민의 예술가이다.

주제어 김진, 인민배우, 해삼, 원동, 변강, 조선극장, 레닌, 사회주의, 「홍범도」 등.

전철송, 「공화국 공훈 배우 박춘섭」, 『레닌기치』, 1963.12.25, 3면.

주제 카사흐 공화국 공훈 배우박춘섭 동무의 출생 50주년 및 무대 활동 30주년 기념.

공간 해삼 시에 있는 조선 극단, 원동 우쓰찌 씨지미 등.

내용 1913년 12월 원동 우쓰찌 씨지미에서 빈농민의 막내 아들로 태어난 박춘섭은 다정다감한 소년으로 성장하며 예술에 취미를 두게 되었다. 그는 해삼 시에 있는 조선극단에 배우 겸 견습생으로 입단하여 에삐소드적인 역만을 담당하였다. 리종임 작 「춘향전」의 운봉영장, 섹쓰비

르의 「오델로」의 야고, 아.무쓰레뽀브의 「고스 코르뻬스와 바얀 쓸루」의 산띠크, 태장춘 각색의 「홍부와 놀부」의 홍부, 골도니 작의 「두 주인의 하인」의 뚜루팔지노 등의 역할을 맡았다. 그는 명배우들이 보통 갖고 있는 선천적 소질이 아니라, 연기 연마를 위해 고심과 정열을 바친 배우이다. 그래서인지 긍정적 주인공을 창조하는 데만 능수능란할 뿐만 아니라, 부정적 인물을 형상화함에도 예리하고 독특한 개성적 특징을 가지고 있었다. 그 예로 「오뗄로」의 야고 역할과 「코스 코르뻬스와 바얀 쓸루」의 산띠크의 역할은 당대 지배적 특징이라 할 수 있는 추악하고 탐욕에서 만들어진 비열성과 언어, 행동은 훌륭히 부각시켰다. 그는 앞으로 엘.똘쓰또이의 「산 송장」의 페쟈 쁘로따쏘브의 형상을 창조하려고 희망하고 있다. 박충무 동무는 자신에게 맡겨진 임무를 훌륭히 수행하기 위해 부단히 전진하여야 한다 굳게 다짐하고 있다.

주제어 박춘섭, 원동, 우쓰찌 씨지미, 예술, 해삼, 조선극단, 「춘향전」 등.

김진, 「무대에서 30년」, 『레닌기치』, 1963.12.25, 3면.

주제 30년 무대생활을 회상하며 앞으로의 다짐 생각.

공간 원동 사범대학 로동 학원.

내용 나는 원동 사범 대학 로동 학원에서 공부하던 때, 조선어 선생의 요청에 의해 5·1절에 대한 시 한 편을 써서 신한촌 쓰딸린 구락부 벽신문에 실린 일이 있다. 그때 학생들은 로동 학원에서 인테리가 공부하는 것은 부당하다며, 학생 자치회 집행부의 결정으로 출학을 당했다. 그래서 학교를 나와 어장에 나가 어부가 되었다. 그러던 중 배우 모집 광고를 보게 되었고, 원동 변강 조선인 극장이 발족하던 때 무대를 밟게 되었다. 극장의 어려운 경제 상황도 있었지만 30여 년이 지난 오늘에는 카사흐 공화국 국립 극장으로 승격할 수 있게 되었다. 그러면서 1933년에는 모스크바로부터 지금 총연출가로 있는 공훈 예술가 채영, 배우 최봉도 동무들이 극단을 찾아 왔고, 그 후 지금의 공훈 배우 리길수, 따스껜트 인민 극장 지도자 최길춘, 서거한 공훈 예술가이며 극작가인 태장춘, 인민 배우 리장송, 공훈 배우 박춘섭 동무들이 극단에 입단하였다. 우리는 희곡을 썼고, 노래를 짓고, 무대 장치를 만들며 「춘향전」, 「류보위 야로와야」 등과 같은 연극을 창작하기 시작했다. 앞으로도 우리는 공산당에서 요구하는 공산주의 사회 건설에 있어 영웅적으로 분투 노력하고 있는 우리 영웅적인 조선인 근로자들의 모습을 보여 주는 참된 형상을 창조해야 할 것이다. 더불어 조선어를 원만히 소유하지 못하고서는 훌륭한 조선 배우가 될 수 없음을 청년 배우들에게 당부하고 싶다.

주제어 원동 사범 대학 로동 학원, 5?1절, 원동 변강 조선인 극장 등.

박춘섭, 「과거를 회상하며」, 『레닌기치』, 1963.12.25, 3면.

주제 카사흐 공화국 공훈 배우 박춘섭의 지난 30년의 배우 생활.

내용 50이 되는 오늘에 와서는 더욱 과거가 생각이 난다. 산골짝의 빈민촌에서 태어나 나의 부모는 지주'집 반작 농사에 땀 흘리셨고, 난 윤두소 거두는 일 외에는 시냇가에서 어린 시절을 보냈다. 그러다 아버지가 돌아가시며 집안 사정이 어려워져 농사를 지으며 가까스레 농민 청년 학교를 졸업하였다. 공부를 더 계속할 생각으로 해삼 사범 대학 예과에 시험을 쳤지만 낙제하였다. 그러다 직업적 극장으로 된 신한촌 조선 극장에서 연성룡 작의 「장평동의 홰'불」과 채영 작의 「동해의 기적」을 보고 감동을 받아, 배우가 되고 싶다는 생각을 하게 되었다. 이때 마침 불행 중 다행으로 『선봉 』신문에 실린 배우 모집 광고를 보게 되었고, 시험을 봐서 배우 생활을 시작할 수 있었다. 배우 연기의 이론을 모르던 나는 모스크바 영화 대학을 졸업한 리길수, 최길춘 동무들이 조직한 크루소크에서 3년 동안 공부하여 약간의 이론을 소유할 수 있었다. 그러면서 연기 기술도 늘었고, 조선인 꼴호스들의 방조 혜택 덕분에 배우 생활을 계속 할 수 있었다. 그렇게 30년 동안 일해 오는 동안 나에게 가장 기뻤던 일은 1956년 공훈 배우의 칭호를 수여 받았을 때이다. 이 기쁨은 모두 나에게 방조를 준 채영, 연성룡, 최길춘 그리고 극장 총장 조정구 동무들의 도움 덕분이었다. 비록 오늘 50세라는 나이를 맞이했지만, 앞으로 일할 수 있는 마음과 힘은 많다. 조국이 나를 안았고, 당이 나를 지도하는데 어찌 힘이 나지 않을까.

주제어 지주'집, 농민 청년 학교, 신한촌 조선 극장, 「장평동의 홰'불」, 『선봉』 신문 등.

1964

작가 미상, 「가난한 형제」, 『레닌기치』, 1964.1.7.~1964.1.11. 3면.

주제 기근에 허덕이는 남조선 농민들과 농촌 실업자들의 참상.

공간 가난한 마을의 공사장.

인물 인수(서른 살의 실업자), 평수(인수 동생인 열아홉 살), 인수 형제 어머니, 아내(인수의 아내), 공사장 감독, 용팔(굴뚝집에 사는 실업자), 관대(실업자) 등.

사건 공사 중단.

내용 가뭄으로 곡식 한 톨 입에 델 수 없었던 가난한 마을, 몇 달 도안을 하루 두 끼의 죽으로 견디며 살아가는 사람들이 있었다. 부황이 든 사람도 있었고, 굶어 죽는 노인도 있었다. 사내들을 새벽같이 일어나 산으로 가고, 아낙네도 바구니를 끼고 들에서 살듯 하였지만 나아지는 게 없었다. 인수 형제와 마을 사람들은 공사장으로 아침 일찍 일거리를 타기 위해 가고 있었다. 스산해 보이는 공사장에선 감독 한 사람이 마을 사람들을 향해 자금이 조달 되지 않아 공사가 중단되었음을 알렸다. 마을 사람들은 그동안 일 한 만큼의 돈이라도 달라고 외치지만, 감독은 곧 주겠다는 말만 반복할 뿐 책임을 회피하며 해결책을 제시하지 못했다. 인수는 어머니의 애처로운 모습과 시집와서 초산애까지 낳고도 쌀밥 한 그릇 못 먹고 얼굴만 누래져 가고 있는 아내가 떠올라 목이 잠겼다. 빈 손으로 돌아온 그들은 삭은 지붕 아래 부엌엔 흙투성이 갈나무 한 줌과 차갑게 보이는 살강의 그릇, 방 안에는 백 일이 갓 된 애기의 울음소리가 들리지도 않는지 파란 힘줄이 비치는 가슴을 드러낸 누워있는 아내의 모습 때문에 괴로워한다. 사는 게 죄라며 통곡하는 그들. 마을에선 굶어죽는 사람들이 늘어만 가고 있다. 죽음으로 달리는 눈들이 계속해서 떠오르는 인수는 별 수 없이 부자로 소문난 고수머리 영감을 찾아 갔다. 큰 홍수와 가뭄이 일어난다 해도 고수머리 영감에게는 황소털 하나 뽑은 셈 밖에 되지 않을 만큼, 그는 동네에서 어마어마한 부자였다. 인수는 영감에게 하루 품 좀 달라고 사정해보지만, 영감은 손주놈 세발자전거 하나 못 사주고 있다며 몰아낸다. 인수는 이런 꼴 더 보고 싶지 않아 가족 모두를 죽이고 자신까지 죽고 싶은 심정이었다. 그러던 어느 날, 마을에 영농 자금이 지급 되었다는 소식을 듣게 된다. 마을 사람들과 함께 공사장의 로임을 찾아 가 동생 몫까지 합쳐 6백원을 받아 내, 먹다 돈이 떨어지면 죽을지언정 고기 한 번 먹어봐야겠다며 그 돈으로 보리며 돼지고기 그리고 인절미까지 사서 집으로 향했다. 마치 잔치가 열린 것처럼 집안은 소란스러웠다. 그러나 그것도 하루, 또 다시 먹거리가 떨어진 인수네는 다시 거리로 향해야 했다. 인수는 무언가를 고심하던 끝에 동생과 함께 고수머리 영감네 집으로 몰래 쳐들어가 곡식 가마니를 훔쳐 올 계획을 세운다. 이렇게 죽으나 저렇게 죽으나 마찬가지인 죽음, 밥이라도 먹고 죽자는 심정이었던 것이다. 그렇게 어두운 밤 고수머리 영감네 집으로 향한 그들은 쌀가마니를 훔치기 시작했다. 어머니와 아내의 모습 그리고 빼빼마른 아이의 모습이 아른거렸다. 이제는 살은 심정으로 도망치던 그때, 인수가 벽에서 떨어졌다. 기척이 없는 인수를 집으로 달려가 형수를 데리고 온 동생이 형수와 함께 가마니와 형 모두를 지고서 집으로 돌아왔다. 쌀가마니부터 곳곳에 숨겨 놓은 형수와 어머니는 방으로 돌아와 인수를 살폈다. 그러나 여전히 움직이지를 않았다. 겉으로 보기에 크게 다친 곳은 없어보였지만, 자세히 보니 머리 한편에서 피가 나고 있었다. 그렇게 인수는 죽어가고 있었다. 밥 한 그릇 못 먹고 죽는 불쌍하고 가련한 신세인 인수를 마을 사람들은 동구 앞까지 마중해주며, 극빈자에게 구호미를 달라는 문구와 노동자에게 일을 달라는 문구를 만들어 상여 앞에 함께 해주었다.

주제어 일'군, 바지게, 망태기, 삽, 공사장, 곡괭이, 극빈자, 구호미, 심부름'군, 기자 등.

한 예브게니, 「병」, 『레닌기치』, 1964.1.12, 3면.

주제 박인수를 둘러싼 소문과 그의 선량함.

인물 박인수(58세, 상급 경제가), 변종훈(박인수가 오해를 받게 만드는 인물) 등.

사건 박인수 동무가 술을 마신다는 소문.

내용 평소 시계라는 별명까지 가지고 있는 박인수가 요즘은 웬일인지 출근 시간이 되어도 제자리에 나타나지 않는다. 깨끗하던 옷차림도 수상한 얼룩이 생긴 옷을 입고 직장에 나오는 것이다. 직원들은 모두 놀라 분명 박인수에게 무슨 일이 생긴 거라며 수근거리기 시작했다. 그때 박인수에게 시계라는 별명을 지어준 변종훈이라는 사람이 직원들에게 박인수가 술주정뱅이가 되었다며, 손에 가방을 들고 다니는 데 거기에 병이 들어 있었다며 소문을 내기 시작했다. 사람들은 변종훈의 말을 믿지 않았지만, 박인수가 술을 마신다는 소문이 돌기 시작했다. 직장 책임자에게까지 들어간 이 소문은 박인수가 받을 수 있었던 상금을 책임자가 명단에서 박인수 이름을 빼내 못 받게끔 만들었다. 그러던 어느 날, 직맹 위원장이 박인수에게 무슨 일이 있냐며 병이 들어있는 외투를 가리키며 물었다. 그러자 박인수는 딸이 세 살 난 아들, 자신의 손자를 데리고 먼데서 왔는데 자신이 애를 봐야하지 않냐며 그래서 우유를 사기 위해 병을 가지고 다닌다고 했다. 그러면서 자기 손자가 얼마나 귀엽고 똑똑한지에 대해 한참을 자랑했다. 그제서야 이유를 알게 된 직맹 위원장은 나쁜 소문을 퍼뜨린 변종훈을 혼내었고, 박인수는 다시 선량한 이름을 회복할 수 있었다.

주제어 시계, 직장, 술, 술주정뱅이, 병, 상금, 소문, 손자, 우유, 직맹 위원장 등.

한진, 「붉은 적삼 – 새연극을 보고」, 『레닌기치』, 1964.1.12, 3면.

주제 희극 「붉은 적삼」의 장단점 평가.

내용 카사흐 공화국 국립 조선 극장의 무대에는 연성룡 작의 「붉은 적삼」이라는 희극이 상연되었다. 이 연극은 현대 생활을 주제로 한 희극이다. 이점은 현재 문학계와 극계에서 절실히 요구되는 사느르이며, 그럼에도 불구하고 아주 적게 나타나는 작품이다. 작품의 내용은 두 조선인 꼴호스는 모든 면에 있어 서로 더 나은 꼴호스를 꾸미려 노력한다. 그리고 이 두 꼴호스에는 실력이 비슷한 축구팀들이 있는데, 「붉은 적삼」팀과 그들의 적수인 「파란 적삼」팀이다. 「붉은 적삼」팀은 경쟁에 있어서도 축구 시합 자체를 목적으로 삼지 않고 전체 꼴호스원들의 건강에 대한 문제를 주목적으로 세우며, 어린애들부터 노인들까지 체조하며 그 속에서 아우르는 힘이 꼴호스의 노력 성과에 큰 기여를 하고 있다 생각하는 팀이었다. 반면 「파란 적삼」팀은 오로지 축구 시합에서의 승리만을 자기 목적으로 삼고 갖은 누추한 방법을 다해 자기 팀의 승리를 도모하는 팀이었다. 바로 이 점이 이 연극이 희극이 될 수 있는 중요한 요소일 것이다. 투쟁, 이것이 바로 이 작품의 사상이며 그 주제라 할 수 있다. 연극은 끝에 와서 두 축구팀의 시합으로 끝이 나는데, 「붉은 적삼」팀이 승리하며 「파란 적삼」팀은 자기 잘못을 깨닫게 된다. 이것은 곧 양심과 진리의 승리이며 기만과 허위가 패전하는 것임을 말해준다. 그러나 작품 안에서 두 체육 지도자들의 대립이 연극의 주제를 끌어가야 하는데 이들의 형상이 선명치 못하여(인물 개개인의 특징 있는 어투라든지 행동 같은 것), 관객들에게 잘 이해되지 않는다는 단점이 있다. 그러나 주인공들을 개성화시킨다면 더 큰 성과를 낼 수 있는 작품이라 생각한다. 이 작품은 아주 흥미 있는 등장인물들이 많다는 점 또한 장점으로 볼 수 있는데, 준보 영감(김진), 진수 영감(진창범), 위짜의 할머니(최봉도)가 그러하다. 또한 영감이 조선 고전 음악을 틀어 놓고 그 음악에 맞추어 체조를 하는 장면 같은 것은 아주 좋은 희극적 장면이라고 할 수 있다. 박력 있게 진행되어지는 점 또한 사람들의 웃음을 많이 자아내고 있다. 하지만 마지막으로 한 가지 더 수정되어지면 좋을 부분은, 러시아말이 많이 사용되고 있는데 될 수 있는 한 조선 무대의 언어는 조선말이어야 한다는 점이다. 무대 위의 말들은 관중들에게 교과서의 역할을 한다는 점을 생각해야 할 것이다.

주제어 카사흐 공화국 국립 조선 극장, 희극, 문학계, 극계, 사느르, 꼴호스 등.

정석, 「리진의 시편들을 읽고서」, 『레닌기치』, 1964.1.26, 3면.

주제 리진의 다정스러운 호흡을 지닌 시.

내용 리진은 철두철미한 암시와 선명하고도 소박한 언어, 이야기의 진실감, 다정스러운 시의 호흡을 가지고 있는 시인이다. 리진의 「어머니」라는 시도 인간의 가장 높고도 신성한 사랑을 품은 어머니의 심정과 그에 대한 자식의 사랑을 노래하며 그의 시적 특징을 알 수 있는 작품이다. 시 「평화」에서도 소박한 사람들의 위훈과 그들의 행복에 대한 지향, 높은 생활에 대한 뜨거운 사랑, 자유의 나라에 사며 일하는 주인공의 긍지감에 대해 다정스럽게 이야기하고 있다. 보다 더 다정스러운 시들도 있는데, 「쥬가리야 시초」, 「생명수」, 「유르따의 밤」, 「차반의 노래」가 있다. 이 시들은 소련의 평범한 보통 생활 속에서 커다란 위훈을 세우는 소박한 사람들에 대하여 이야기하고 있다. 특별히 눈여겨 볼 것은 리진의 력사 발라다 「신각」이다. 조선 시문학에서 특히 어려운 사느르는 발라다이다. 때문에 아주 드물게 볼 수 있는 작품이다. 조선의 사료에 의하면 신각은 임진왜란 때 있던 인물인데, 외적이 두려워 서울을 버리고 도주한 간신들의 참소로 인해 신각은 한성 방어전에서 큰 공훈을 세웠음에도 불구하고 사형을 당했다. 시인은 이 발라다를 통해 현실에 눈이 어둡고 권욕에 날뛰는 집권자에게는 아첨의 무리들의 귓속말이 송가로 들려 진실한 애국자들을 아낌없이 차단하고 있다는 이런저런 나라들의 현실을 비난하고 있다. 이처럼 리진은 『레닌기치』에 참여하고 있는 많은 시인들 속에서도 자신의 확고한 자리를 차지하고 있으며, 앞으로도 그의 빛과 향기를 담은 시의 꽃이 피어나기를 기대해 본다.

주제어 리진, 『레닌기치』 문예페이지, 송가, 「어머니」, 발라다, 사느르 등.

한상욱, 「바 – 옛 꿈을 회상하며」, 『레닌기치』, 1964.1.26, 3면.

주제 바다의 고요함과 거셈에 담겼던 꿈.

내용 고요한 밤 바닷가에 서 있으면 물에 비친 둥근 달 건져 올려 이태백 술상에 올려놓고 노래 부르고 싶고, 폭풍의 밤 바닷가에 서 있으면 옛 장수의 기세로 천하를 호령하고 싶다.

주제어 이태백, 달노래, 천병 대적, 장수, 흑운 등.

유.표도로브, 「지배인」, 『레닌기치』, 1964.1.26, 3면.

주제 처녀지를 개간하여 훌륭한 쏩호스를 탄생시킴.

공간 아랑 해 근처 벼 개관지.

인물 리춘백(쏩호스 지배인), 강 동무(브리가지르), 리이완, 농업 기사 등.

사건 1961년의 큰 공사(관개, 개척하는 길).

내용 몇 해 전 군복을 입고 부대를 인솔한 경험이 있는 리춘백은, 쏩호스 지배인으로 일하라는 새 임무를 받았다. 아랄 해 근처 벼 관개지를 개척하라는 임무였는데, 그는 사람들을 인솔하여 그곳으로 향하였다. 덤불숲이던 그 곳은 며칠이 지나며 거리 비슷한 것들이 생겨나기 시작하였고, 그들이 개척한 길을 따라 기계들이 들어오기 시작하였다. 그렇게 1961년 큰 공사는 시작되었다. 그러나 얼마 지나지 않아 브리가지르인 강 동무가 농업 기사에게 관개 문제에 대해 불만을 터뜨렸고, 리춘백은 큰 논에 물을 대는 일이 쉬운 일이 아니라며 남의 일을 무시하고 내 논에만 물을 댈 수는 없다고 타일렀다. 물을 대는 순서를 정하면 좋을 거라는 의견을 제시하였고, 사람들은 그를 더욱 믿고 인정하며 따르게 되었다. 사람과 기계 앞에서 덤불은 정복 되었고, 논을 만들 땅이 생겨나기 시작하였다. 금새 벼 씨를 뿌리고 물을 댔고, 쏩호스 노동자들의 노력으로 큰 수확을 낼 수 있었다. 10월 혁명 46주년 기념일을 앞두고 리춘백과 그들은 국가 계획을 완수하였다.

주제어 지배인, 쏩호스, 개척, 공사, 브리가지르, 고급 당학교, 10월 혁명, 국가 계획 등.

한진, 「어머니의 편지」, 『레닌기치』, 1964.2.25, 3면.

주제 어머니의 사랑과 마음.

공간 전선, 고향 등.

인물 나(전선에 나와 있는 군인), 어머니(고향에 있다) 등.

사건 전선에서 어머니의 편지를 받음.

내용 총탁 밑의 흙이 한 덩어리 부서져, 바닥에 떨어지는 걸 보니 새하얀 메꽃 뿌리가 보인다. 이렇게 전호 속에도 봄이 오나 보다. 이맘 때즈음이면 고향 집 뜰의 빨랫줄에는 무오가리가 매달려 있을 텐데, 집 생각이 나며 나를 전선으로 바래주던 어머니의 모습이 떠올랐다. 오랫동안 편지를 못했다는 생각에 어머니께 편지를 쓰기로 했다. 그리운 마음 말로 다 할 수 없음을 쓰며, 너무 보고 싶어 한 눈으로라도 잠깐 뵈었으면 한이 없겠다는 글을 썼다. 그 후 여러 번의 전호도 바꾸고 싸움도 겪었다. 그러던 어느 날, 기다리던 어머니의 편지를 받았다. 그런데 내용을 보니 편지를 받아 보고 근심이 되어 곧 붓을 들었다는 것이다. 내가 쓴 '한 눈으로라도'라는 말에 숨기지 말고 바른 대로 말해주기를 바란다고 하시며 눈은 성하냐고 물으시는 내용의 편지였다. 나는 잠시 멍하니 앉아 있었다. 몹시 보고 싶다는 뜻을 강조하고 사랑을 표시하느라 '한 눈으로라도 잠시 뵈면 한이 없겠다'고 했던 것이었는데 말이다. 그때부터 나는 조심해서 어머니께 편지를 쓴다. 그리고 느꼈다, 어머니께 드리는 편지에는 아름다운 문장도 장황한 수식사도 필요 없다는 것을. 어머니는 자식의 글을 심장으로 읽는다는 것을 알았다.

주제어 총탁, 메꽃, 전호, 고향 집, 전선, 어머니, 편지, 전호, 심장, 자식 등.

김진, 「기쁨을 찾아서」, 『레닌기치』, 1964.2.28, 3면.

주제 연극 「기쁨을 찾아서」의 논평.

내용 「엔릭 케벡」, 「혁명의 명의로」, 「덤비는 나이」, 「모란봉」, 「아버지의 운명」 등은 공화국 국립 조선 극장의 성과작으로 들 수 있다. 최근 무대에 오른 웍또르 로소브 작, 정상진 번역, 연성용 연출의 희곡 「기쁨을 찾아서」는 아직 이성이 성숙되지 못하였으나 강한 감정들을 소유하고 있는 젊은 세대에 대한 큰 관심을 반영한 작품이다. 연출가 연성용은 희곡의 내용을 정확하게 이해하여 비열하고 저속한 부르주아 도덕과의 투쟁, 쏘베트 가정 생활에 침투하려는 소시민적 생활 의식과의 투쟁 등을 그렸지만, 후반부에 가서는 투쟁의 목표에서 자식 교양의 목적으로 이탈된 감을 주는 결점이 보이기도 한다. 그리고 올레그 역을 맡은 문 알렉싼드르의 연기는 시적이고 재간이 있고 열정적인 올레그의 모습을 보여주지 못한 채, 그저 어린애로서의 취미처럼 보여줬을 뿐, 정확히 이해하지 못하였다고 할 수 있다. 또 다른 올레그 역의 정 아나똘리는 문 알렉싼드르와는 달리 미숙하지만 투쟁을 시작하는 인물로 표현하였다. 허나 대사를 할 때 덤비듯 그리고 발음이 분명하지 않았던 점에서 결점을 찾을 수 있었다. 그 외의 역할을 맡은 모든 인물들의 연기는 비교적 성공적이었다고 할 수 있다. 무대장치와 의상, 분장들 역시 좋은 성과를 내는 데 큰 힘이 되었다. 마지막으로 이 연극은 대중을 공산주의 의식으로 교양하는 데 크게 이바지 할 수 있는 작품일 것이다.

주제어 「혁명의 명의로」, 「아버지의 운명」, 공화국 국립 조선 극장, 「기쁨을 찾아서」 등.

설주용, 「평범한 일에 대한 추억」, 『레닌기치』, 1964.3.15, 3면.

주제 물'부리에 대한 사연과 사람들의 관계에 대한 이야기 등 평범한 일에 대한 이야기.

공간 전선, 마을 등.

인물 나(연락병), 운전수, 사단장, 철이(어린아이), 아이 엄마 등.

내용 연락병이던 나는 운전수와 함께 사단장을 모시고 전선을 향해 가던 중이었다. 전원에는 폭탄이 떨어져 붉은 흙이 군데군데 뒤집혀 있고, 곡식들은 먼지를 쓴 채 쓰러져 있고, 산은 불탄 자국으로 거멓게 보였다. 그때 소장은 물부리를 꺼내 입에 물었다. 오랜 차 행군으로 힘들었는지 그는 물이 마시고 싶다했다. 나는 근처 농가로 가 사발을 구했지만, 소장은 괜찮다며 빨갛게 물든 단풍과 근처 풍경에 시선이 사로 잡혔다. 근처의 농가엔 호박들이 매달려 있었고, 대여섯 살 난 아이가 놀고 있었다. 그 풍경은 포연과 흙먼지를 뒤집어쓰며 귀청을 도려내는 날카로운 금속성 폭음만 들어오던 나와, 백두 밀림 속에서 10여 년을 싸우고 미제 침략자들과의 싸움으로 흰 머리가 생겨난 로 혁명가인 소장에게 마음의 평화를 주었다. 쇠처럼 단단하게 살라고 아빠가 지어주셨다는 철이라는 이름의 아이는 소장이 물고 있는 기다란 물부리가 무엇인지 궁금했는지, 소장에게 그것이 무어냐 물었다. 소장은 담배를 피우는 거라며 전에 이걸 잃어버려 밥맛까지 잃었었다며 그런 걸 내가 찾아 주었다고 했다. 그걸 잃어버렸던 그 날, 소장은 전선 구분대들을 지도하려고 「대바위 고지」로 나갔었다. 적들은 커다란 바위 때문에 시간이 제한된 조건을 이용하여 자주 이 고지로 습격해 오곤 했다. 이 고지의 방어 축성물 상태를 돌보러 최전선에 나왔던 소장은 전호 속에서 물부리를 물고 전사들과 담화를 나누고 있었다. 그때, 적보병들이 공격해 오기 시작했고 소장도 권총을 빼들었다.

주제어 전쟁, 연락병, 전선, 물부리, 폭탄, 백두 밀림, 미제, 침략자, 탱크 등.

정석,「연극 '무지개'를 보고서」,『레닌기치』, 1964.3.21, 3면.

주제 연극「무지개」의 장단점.

내용 카사흐 공화국 조선 음악 연극 극장에서는 신춘 순회 공연 작품으로서 극작가 채영 동무의 희곡「무지개」를 무대화했다. 작품에서 기본 사건의 선은 정숙(부기 검열원)과 성빈(교원), 빠웰(정숙의 아들)의 세 주인공들의 호상 관계이고, 그 선을 중심으로 꼼비나트 지배인 권태호의 딸 미라와 빠웰의 선, 태호와 꼼비나트 부기원 달배의 선이 전체 희곡의 사건을 이루었다. 희곡은 사랑을 잃고 버림받은 정숙의 운명을 중심으로 하였다. 정숙은 그 사랑에서 얻은 아들 빠웰을 위해 그의 장래를 위해 자신의 청춘을 희생하면서도 아들의 성장에서, 그의 행복한 생활에서 자기의 기쁨을 보고 심지어 아들에게서 자신의 청춘까지도 보고 있다. 그리고 정숙은 다른 사람들과 아들, 아들의 애인에게서 생활에 대한 정직성, 의지력, 부정한 인간들과의 비타협성을 요구하고 있는데, 이런 점에서 작가는 하나의 완성된 소련 여성의 아름다운 형상을 창조하였다. 더불어 작가는 장과 장의 유기적인 연계, 사건의 조화로운 흐름, 사건들의 합법칙적인 발생, 발전 등 재치 있는 기교를 보여주어 작가의 재능을 보여 주었다. 언어 문제에 있어서도 그가 쓴 희곡들 중 가장 개성화되어있다고 여겨진다. 그러나 고등 지식을 소유한 빠웰과 미라의 역할은 청년다운 씩씩한 태도와 활동이 보여지지 않았다. 그들이 우리에게 청춘이 주어야 할 그 어떤 결실도, 지극한 사랑도, 그 사랑을 위한 싸움이 부정적 현상의 폭로에서 자신의 행복을 위해 물러 설 것을 요구하고 있다. 이것은 청년들의 올바른 태도가 아니며 그들이 지녀야 할 품성이 못 된다는 점에서 결점이라고 할 수 있다. 게다가 정직한 검열원은 검열 대상자들의 부정적 행위에만 관심을 돌리는 것이 아니라, 그들의 운명에 대하여도 무한한 관심을 가져야 한다는 점이다. 정숙이는 미를 통해 겨우 태호의 당적 운명을 알게 되지만, 정숙의 형상 창조에서 결점으로 되어버렸다. 연기 면에서도 빠웰 역을 담당했던 문 알렉싼드르 경우 언어 발음 상 결함을 가지고 있어 관객들에게 감정의 어색함을 보여주었지만, 정 아나똘리는 천진 난만한 청년의 형상 창조에서 성과를 거두었다. 연출가 연성룡의 공로와, 김윅또르의 서정성이 담긴 「칠색 무지개」 작곡, 화가 강게오르기의 소박하고도 아담한 무대의 창조는 연극의 성과에 빛나는 기여를 하였다.

주제어 카사흐 공화국 조선 음악 연극 극장, 「무지개」, 부기 검열원, 꼼비나트 지배인 등.

체 아이트마또브, 한진 역, 「첫선생」, 『레닌기치』, 1964.5.24, 3쪽 / 5.26, 3쪽 / 5.27, 3쪽 / 5.29. 3쪽 / 5.30, 4쪽 / 5.31, 3쪽 / 6.2, 3쪽 / 6.3, 4쪽 / 6.5, 3쪽 / 6.7, 3쪽 / 6.9, 3쪽 / 6.10, 3쪽. (중편소설: 번역)

주제 사랑과 성장, 교육의 중요성 등.

배경 쿠르쿠레우 두메 마을.

인물 나(미술가. 액자 밖), 나(알띄나이 쑬라이마노브나, 과학원 원사, 철학박사. 액자 안), 쥬이센(공청원, 악싸칼, 첫선생), 나의 아저씨 아주머니, 싸이칼 로친, 카르딴바이 령감, 검은 여자 등.

줄거리 ①나는 미술가로서 작품이 완성되기 전까지는 타인에게 작품에 관하여 얘기하는 것을 꺼림. 그러나 이번에는 사람들과 자기의 생각을 의논해 보고 싶다고 하며 이야기가 시작됨. 나는 도시에 나와 생활하고 있음. ②우리 마을 언덕에는 백양나무 두 그루가 있음. 백양나무가 있는 언덕을 우리 마을에서는 '쥬이센의 학교'라 부름. 쥬이센은 공청원이었음. 쥬이센은 자기 자신이 지식이 적었음에도 어린애들을 가르쳤음. ③나는 작년 가을 마을로부터 꼴호스의 힘으로 짓는 새 학교 기념행사의 초청장을 받음. 과학원 원사인 쑬라이마노브나도 초대를 받음. 그녀는 마을의 자랑임. ④쥬이센은 홀아비로서 현재 나이가 들었고 우편배달부 일을 함. 일이 끝나기 전에는 다른 곳에 들르지 않음. 고지식한 면이 있음. 마을 사람들은 그런 그를 비웃음. ⑤갑자기 행사에 참석한 쑬라이마노브나는 돌아가겠다고 했고 나 또한 도시로 돌아옴. 그리고 얼마 후 그녀로부터 편지가 옴. ⇒ 회상 ⑥1924년. 내(알뜨나이 쑬라이마노브나) 나이 14살(고아), 아저씨 집에서 살고 있음. 그러한 때에 한 청년이 마을로 옴. 그는 소식이 끊겼던 따스딴베크의 아들(쥬이센)이었음. ⑦공청원인 쥬이센은 마을에 학교를 지어야 한다는 주장을 하고 마을 사람들은 대대로 농사를 지었기에 학교는 필요 없다고 반대함. 그럼에도 쥬이센은 학교를 짓고 스스로 교사가 됨. ⑧우연히 쥬이센을 만난 나는 그에게서 따뜻함을 느낌. 때문에 힘들게 주은 끼샤크를 학교에 쏟고 옴. 다시 끼샤크를 주워 돌아왔지만 아주머니에게 혼만 나고 그녀가 자신을 학교에 보내지 않을 것이란 말을 들음. ⑨쥬이센은 학생들을 모집하고 내가 사는 집에도 오나 아주머니의 반대에 부딪힘. 그러나 가장연하는 아주머니에게 화가 난 아저씨는 허락함. 쥬이센은 학생들에게 레닌 초상화를 보여줌. ⑩쥬이센은 자신도 아는 것이 없지만 성실하게 아이들을 가르침. 선생과 아이들은 스스로 추위를 참으며 다리를 놓음. ⑪레닌이 서거함. 쥬이센은 당에 들기 위해 면에 감. 나는 선생님을 기다리느라 일이 되지 않음. 쥬이센이 기거하는 싸이칼 로친에게 가서 잠. 쥬이센은 승냥이가 공격하는 것도 아랑곳하지 않고 아이들과의 약속을 지키기 위해 돌아옴. ⑫아주머니는 나를 다른 곳으로 강제로 시집 보내려 함. 쥬이센은 집으로 돌아가지 말라고 함. 그는 백양나무 묘목 두 그루를 가져와 같이 심자고 함. 그리고 미래를 얘기함. 나는 쥬이센에게 사랑을 느낌. 그러나 표현하지 못함. ⑬학교로 아주머니가 남자들과 찾아오고, 강제로 나를 끌고 감. 이를 제지하려던 쥬이센은 피투성이가 됨. 나는 유목을 하는 사람에게 끌려가 둘째 부인(또꼴)으로서 강간을 당함. ⑭도망치려 하고 그러한 흔적이 첫째 부인인 검은 여인이 보나 그는 아무 말도 하지 않음. 쥬이센이 나를 구하러 옴. 그러나 나는 몸을 더럽힌 여자라는 생각을 함. 쥬이센은 내가 도시로 공부하러 가게 되었다고 말함. 쥬이센은 개울에서 목욕할 것을 권유하고 나는 새로 태어남. 쥬이센과 마을 사람들의 배웅을 받으며 마을을 떠남. ⑮나는 로동 학원을 마치고 선생님에게 사랑 고백의 편지를 씀. 답장이 없음. 전쟁이 남. 고향으로 돌아옴. 쥬이센은 군대에 갔다함. 학교는 흔적도 없음. 전쟁이 끝났음. 쥬이센은 돌아오지 않음. 사망했다는 말도 있음. 열차를 타고 가다 전철원인 쥬이센을 발견함. 나는 급히 하차하여 그에게 달려감. ⑯그는 쥬이센이 아니었음. 착각한 것임. 나는 늦게 시집을 감. 이후 철학박사가 됨. 내가 급히 고향을 떠난 것은 개교식에 내가 상좌에 앉았다는 것, 쥬이센은 우편물을 배달하고 있었다는 것, 당연 그 자리에는 쥬이센이 앉아야 했다는 것. 난 그를 볼 면목이 없어 급히 마을을 떠난 것임. ⇒ 현실 ⑰나는 그림을 그릴 수 있을 거란 생각이 듦.

주제어 백양나무, 공청원, 학교, 레닌, 등.

심화자료 액자식 구성. 작품이 매우 우수함(번역).

김두칠, 「어머니」, 『레닌기치』, 1964.6.14, 3쪽. (단편소설)

주제 어머니의 사랑에 대한 깨달음.

배경 이른 봄 악꾸르간으로 가는 차 안, 알림껜트에 있는 차이하나 등.

인물 자동차 운전수, 나(글 쓰는 사람), 박동무(조선 여인, 고아원 출신, 의학 전문학교 졸업).

줄거리 ①화창한 이른 봄. 나는 악꾸르간으로 향하고 있음. 갑자기 비가 내리고, 운전수는 차를 세우고 여인을 태움. ②나는 그녀가 조선여인임을 암. 그녀의 목적지는 부까이며, 차가 악꾸르간으로 간다고 하자 그녀는 알림껜트에서 내리겠다고 함. ③그녀는 냉정한 느낌을 줌. 나가 묻는 말에 로씨야 말로 답함. 그녀는 고아원에서 자란 탓으로 조선말을 모른다고 함. ④차가 알림껜트에 도착하고 세 사람은 차이하나에서 이야기를 좀 더 함. 그녀는 기계사인 남편도 있고, 아이들도 있다고 함. 지금 두 아이의 신발을 사서 가는 길이라고 함. 그녀는 자신을 버린 어머니를 악마라고 생각했다고 함. 그러나 자신이 아이를 낳아 기른 이후 자기를 버린 어머니의 심정이 어떠했을까를 짐작할 수 있었다 함. 자신의 어머니도 자신과 같은 마음이었을 것을 현재는 믿는다고 함. 한번이라도 어머니를 만나는 것이 소원이고, 꿈에서도 보인다 함. ⑤헤어짐.

주제어 고아원, 어머니, 1938년 폭풍 등.

림하, 「조선 쁘롤레따리 문학의 창시자의 한 사람인 포석 조명희: 그의 출생 70주년에 제하여」, 『레닌기치』, 1964.8.11, 4쪽.

주제 조명희의 삶과 작품 활동 소개.

내용 시대별 조명희의 삶의 변화를 볼 수 있는 글. 사료적 가치가 있음.

조명희, 「저기압」, 『레닌기치』, 1964.8.11, 4쪽 / 8.12, 3쪽. (단편소설)

주제 경제적 생활난과 반복되는 권태 속에서 꿈꾸는 참생활에의 갈망.

배경 서울, 신문사, 집 등.

인물 나, 아내, 병모, 집주인(로파) 등.

줄거리 ①나는 생활난과 직업난으로 수년을 시달리다 현재 신문기자라는 직업을 겨우 얻어 가지고 있음. 그러나 생활은 항시 권태 속에 있음. ②나의 눈에 신문사에 앉아 있는 사람들은 "네모난 상자 속 같은 방안에서 우물우물하는 것들"로 "수채에 내여 던진 썩은 콩나물 대가리 같은 것들"로 인식됨. "그러나 이 콩나물 대가리들도 기발한 경우 기특한 일을 하게 할 때는 썩은 콩나물 대가리가 아니고 펄펄 뛰는 훌륭한 창조, 아니 인간이 될 것"이라 생각함. ③그가 생각하기에 여기에는 생활이 없음. 즉, 생활의 기초적 조건이 되는 경제가 사회적으로 또는 개인적으로 파멸이 되었다고 생각함. ④문득 오늘도 월급이 나오기 어렵다는 말을 전해 들음. 순간 넉 달 동안 집세를 내지 못한 관계로 집주인이 일방적으로 집에 사람을 들여 아침에 다투던 생각이 남. ⑤그는 처음에는 가난살이를 자기 생활의 훌륭한 체험으로 생각하려 했으나 계속 시달리자 나중에는 까부러지기만 함. ⑥월급 30원을 받았으나 너무도 부족한 돈임. 문득 가족들이 "내 육신과 정신을 뜯어 먹는" 아귀라는 생각이 다시 남. 집에서 기다리는 어머니, 아내, 아이들이 떠오르지만 나는 그 돈으로 술을 마시고 아침에 들어감. 주머니에 얼만 안 남은 돈으로 소고기와 쌀과 과자를 사 들고 들어감. 가족들은 맛나게 먹음. ⑦갑자기 멜랑코리한 기분에 싸여 밖으로 뛰어 나감. 날이 흐리고 훈더지근하고 사람들도 후즐근함. 순간 "이 거리에, 이 사람들 우에 어서 비가 내리지 않나" 하고 생각함.

주제어 생활난, 권태, 신문기자 등.

심화자료 서울에서의 삶과 망명과의 연관성.

강보리쓰, 「라일라크 꽃다발」, 『레닌기치』, 1964.8.26, 3~4쪽. (단편소설)

주제 어머니를 구해준 데 대한 고마움의 표시로서의 꽃다발.

배경 명절 길 위, 병원, 레나의 집 등.

인물 동수(블라지미르), 레나(동수의 애인), 마리나(교원), 마리나의 어머니, 김철 아저씨, 쎄르게이 등.

줄거리 ①동수는 쩨흐 근무를 교대원 김철 아저씨와 교대하고 모또찌클을 타고 레나에게 가는 중임. ②도중에 사람 살리라는 소리를 듣게 됨. ③한 여인(마리나)이 어머니가 사경을 헤매니 도와달라고 청함. 레나가 기다릴 것이 걱정이나 여인의 어머니를 태우고 병원으로 향함. ④마리나의 어머니는 수술을 받게 되고, 마리나는 자신을 가엾게 여기지 말고 가라 함. 동수는 레나의 적적함보다 그녀의 고통을 생각하고 같이 있어 줌. ⑤의사는 수술이 잘 됐다며 걱정하지 말라고 함. ⑥동수와 마리나는 병원을 떠나 레나에게 감. 도중에 마리나는 자신의 집에 들러 옷을 갈아입고, 흰 종이 뭉치를 들고 나옴. ⑦마리나는 그렇게도 훌륭한 사람과 친하기 때문에 당신(레나)에게 라일라크를 선사한다 함.

주제어 쩨흐, 라일라크, 병원, 수술 등.
심화자료 라일라크의 상징성. 개인의 사랑보다 우선시되는 공명성.

까스따그, 「로씨야 문학 예술 순간에 제하여」, 『레닌기치』, 1964.9.29, 4쪽.

주제 로씨야 문학 예술 순간에 따른 로씨야에 대한 감사.
내용 ①오래지 않아 카사흐쓰딴에서는 로씨야 문학 예술 순간이 시작됨. ②황폐하던 카사흐 벌판에서 로씨야 사람들의 혜택으로 우리는 첫 학교를 열었고 첫 책을 인쇄했고 첫 공장 굴뚝을 세웠음. 우리가 카사흐 인민의 아들딸들인 수 백 명의 재능을 자랑할 수 있다면 그것은 「아브로라」의 포성이 모든 사람의 창조력을 각성시켜 줬기 때문임. ③카사흐 작가들의 숙성과 카사흐 쏘베트 문학의 향상은 작가 자신들의 재능에만 기인되는 것이 아니라 로씨야 문학의 좋은 전통을 창조적으로 습득하고 그를 통하여 세계문학을 받아들인 데도 있음. ④로씨야 작가들이 카사흐쓰딴과 운명을 같이 하며 우리 조직에서 사업하고 있음. ⑤우리 고향 사람인 로씨야 작가 이완 수호브도 카사흐쓰딴에서 성장하였음. ⑥로씨야 벗들과 형제들이여, 우리는 당신들께 영원한 감사를 드림.
주제어 로씨야 문학 예술 순간, 공산주의 사회 건설 등.

『쏘련 녀성』 편집국, 「조선말 판 "쏘련 녀성" 잡지를 읽으시라」, 『레닌기치』, 1964.10.18, 3쪽. (서평)

주제 조선어로 된 『쏘련 녀성』이라는 잡지 소개.

내용 잡지 표지, 오체르크, 창건 40주년 기념 훌륭한 딸들 소개, 과학란, 단편 소설 「낡은 사진」, 당사 자료 게재, 아동 교양 란, 요리와 집안 장식에 대한 조언 등의 내용이 들어 있으니 읽어보라는 권고의 글.

조정구, 「순회 공연을 끝내고」, 『레닌기치』, 1964.11.15, 3쪽.

주제 순회공연 이후의 평가와 다음 공연에 대한 발전을 다짐.

내용 ①연극 그루빠는 채영 작 「무지개」, 로소브 작 「기쁨을 찾아서」, 연성룡 작 「붉은 적삼」을 상연. 꼰쩨르트 그루빠는 사끼예브 작 「아버지의 운명」, 몰리예르 작 「할 수 없어 의원질」과 음악 연주 쁘로그람마를 공연함. ②다양한 지방의 근로자들을 찾아 285회의 공연을 근 100천 명에게 보여줌. ③량적 총화보다 질적 총화가 중요함. ④특히 「무지개」와 「붉은 적삼」은 조선인 작가들이 쓴 쏘련에 거주하는 조선 사람들의 생활을 모사한 작품들임. ⑤꼰쩨르트는 조선 사람들의 생활과 로력에 대한 새 가요들이 더 있어야 함.

주제어 연극 그루빠, 꼰쩨르트 그루빠, 근로자, 조선, 조선인 등.

심화자료 공연에 있어 조선 사람들의 생활에 대한 관심.

독일작가, 「빨간 모자」, 『레닌기치』, 1964.11.15, 3쪽 / 11.17, 3쪽. (동화)

주제 경험을 통한 배움. 기지를 통한 위험으로부터의 벗어남.

배경 할머니 댁으로 가는 숲 속 길, 숲 속에 있는 할머니 집 등.

인물 빨간 모자, 할머니, 승냥이, 포수 등.

내용 ①빨간 모자는 할머니 댁에 가는 길에 승냥이를 만남. ②승냥이의 유혹으로 꽃에 빠져 있는 사이 승냥이는 할머니를 잡아먹음. ③할머니 댁에 도착한 빨간 모자도 잡아먹음. ④포수가 지나가다 잠자고 있는 승냥이의 배를 가르고 할머니와 빨간 모자를 구함. 승냥이의 뱃속에 돌을 채워 넣음. 승냥이는 깨어나 죽음. ⑤빨간 모자에게 다른 승냥이가 나타나고 빨간 모자는 유혹에 넘어가지 않음. ⑥할머니는 빨간 모자에게 일러 순대가 담긴 통에 물을 가득 채우라고 함. 승냥이는 냄새에 유혹되어 통속에 빠져 죽음.

예브게니 삐르먀크, 「잊지 못할 사냥」, 『레닌기치』, 1964.11.22, 3쪽.

주제 고니 사냥을 통해 깨달은 생명의 소중함.

배경 꿀룬다의 호수가.

인물 나, 와싸(형), 표도르(삼촌), 까쨔 아주머니(삼촌의 아내) 등.

내용 ①우리 형제는 엽총 쓰는 법을 삼촌 표도르로부터 배웠음. ②삼촌네 집이 있는 꿀룬다로 사냥을 감. 주로 오리를 잡음. 삼촌의 아내인 까쨔는 오리 말고 다른 것을 먹고 싶어 함. ③우리는 고니를 발견함. 나와 형 까쨔는 고니를 사냥하기로 함. 이 고장에서는 고니를 잡지 않음. 고니는 한 마리가 죽으면 다른 한 마리도 따라 죽는다는 얘기가 있음. ④우리는 각각 고니에게 총을 쏨. 암고니가 떨어지고 숫고니는 암고니가 떨어진 곳 위를 맴돌다가 떨어짐. ⑤나는 수치스러움을 느낌. 우리는 그냥 돌아옴.

주제어 사냥, 고니 등.

우봉준, 「마음씨 착한 흰 토끼」, 『레닌기치』, 1964.11.22, 3쪽. (우화)

주제 착하게 살자.

배경 숲 속.

인물 흰 토끼, 감장 토끼, 곰 등.

내용 ①흰 토끼와 감장 토끼가 길 위에서 떡 보따리를 습득함. ②흰 토끼는 임자를 찾아줘야 한다고 하고 감장 토끼는 먹자고 함. ③흰 토끼는 힘들게 보따리를 들고 옴. ④곰은 자신의 보따리라며 고마워함. 떡을 모두 흰 토끼에게 줌. ⑤감장 토끼는 보따리를 발견한 자신에게도 줘야 한다고 함. ⑥곰은 마음씨 착한 흰 토끼가 받아야 마땅하다고 함.

주제어 떡 보따리 등.

리와씰리, 「뜨락또르 운전수」, 『레닌기치』, 1964.12.09, 3쪽. (단편소설)

주제 개인의 사리사욕 경계.

배경 쏩호스 안.

인물 김마리야(기계공), 김뽀뜨르(기계사), 길남(김뽀뜨르의 견습생), 용남(김뽀뜨르의 견습생), 지배인 등.

줄거리 ①기계공 김마리야는 최우등의 성적으로 기계공 강습을 마치고 복귀함. ②김마리야는 자신이 몸처럼 아끼는 12호 뜨락또르가 고장난 사실을 전해 들음. 기계사 김뽀뜨르의 견습생이 운전하다 그렇게 되었다 함. 마리야는 수리를 다짐함. ③김뽀뜨르는 본래 여자가 뜨락또르를 운전하는 것을 싫어함. 또한 술도 좋아해서 자신에게 술을 대접하는 견습생에게 뜨락또르를 몰게 함. 그는 모든 잘못을 길남에게 떠넘김. 그리고 뜨락또르를 벼와 바꿀 생각을 하고 있었음. ④마리야는 지배인에게 기한 내에 수리하겠다고 말함. ⑤마리야는 공구에 자신만이 아는 표식을 해 두었기에 자신의 공구를 찾을 수 있다함. ⑥그러나 무거운 뜨락또르를 혼자 수리하기에는 벅참. 견습생 용남이 도와줌. ⑦마리야는 일하는 도중 37호 뜨락또르의 부속품이 12호에 있는 것을 발견, 기계사 모르게 부속품이 바뀔 수는 없다며 기계사 김뾰뜨르가 술을 대접해야 뜨락또르를 몰게 한 사실 등을 지배인에게 모두 폭로함.

주제어 뜨락또르, 기계공 등.

심화자료 여성에 대한 편견. 거의 모든 작품에서 개인의 사사로운 잘못은 폭로라는 방식을 통해 드러남.

1965

림하, 「"레닌그라드쓰끼 쁘로쓰뻭트": 조선 음악·연극 극장의 금년 순회 공연에 가지고 나갈 첫 연극을 보고서」, 『레닌기치』, 1965.1.10, 3쪽. (극평)

주제 배우와 연출가의 연기 및 연출에 관한 평.

내용 ①이 희곡은 극작가 이씨도르 블라지미로위츠 스또크가 썼음. ②연출은 젊은 연출가 진뾰뜨르임. ③림하는 연극의 예제를 '레닌그라드 대통로'라고 하고 있는데, 연극의 내용은 레닌그라드에 사는 사브로진 일가의 삶을 다루고 있음.

주제어 레닌그라드 대통로, 참된 인간, 락천적인 태도 등.

심화자료 '락천적 태도'란 쾌활성, 강인성의 증대를 의미.

한상욱, 「손수건」, 『레닌기치』, 1965.1.20, 3쪽/1.22, 3쪽/1.23, 3쪽. (단편소설)

주제 사랑과 이별 그리고 성숙.

배경 가을, 구역 병원 등.

인물 채옥(16살 10학년), 채옥의 어머니(유치원에서 일함), 채옥의 아버지, 위쨔(3살. 채옥의 동생), 병원 원장, 병수(위쨔를 구한 청년. 고아. H시 대학생), 계순(병수의 약혼녀) 등.

줄거리 ①채옥은 근래 마음이 설렘. 본래 건설기사가 꿈이었으나 근래는 의사가 꿈임. ②어머니에게 돈 5원을 달라고 함. 돈 5원을 받고 손수건 감으로 흰 명주와 푸른색 실을 삼. ⇒ 회상 ③보름 전. 차에 치일 뻔한 위쨔를 한 청년이 구하고 청년은 다침. 그래서 온 가족이 구역 병원으로 청년을 방문함. ④병원장은 청년이 무사하며 청년을 칭찬함. ⑤병수를 면회함. 병실에서 병수를 만난 채옥은 그를 연모하게 됨. 채옥은 이후 병원으로 밥과 김치를 날라다 줌. ⇒ 현실 ⑥병수의 퇴원일에 채옥은 솔잎으로 수놓은 손수건을 병수에게 주려함. ⑦채옥은 병수의 약혼녀 계순을 만남. 가족들은 병수와 계순을 배웅함. 병수는 1년 후 자신들이 결혼할 때 채옥의 부모를 초청하겠다 함. 채옥은 손수건을 전하지 못함. ⑧길에서 울고 있는 아이의 눈물을 손수건으로 닦아줌. 채옥의 눈에도 눈물이 흐름.

주제어 손수건, 구역 병원, 로만찌까 등.

김기철, 「연극 '맹세'를 보고서」, 『레닌기치』, 1965.1.31, 3쪽. (극평)

주제 연극 「맹세」의 비판적 검토.

내용 ①김두칠의 희곡. 연성룡의 연출. ②작품의 내용은 숭고한 공산주의 건설자들의 도덕적 규범에 의하여 탈선된 청년을 바른 길로 인도하는 일. ③희곡 자체가 가지는 결점들에 대한 지적. 주인공 금석의 행동 변화(선희의 사랑한다는 말에 변화하는 것)는 내면적 투쟁이 없음. ④희곡 전면을 통하여 다수 인물들의 내면 세계가 뚜렷이 열려지지 못 하였고 그들의 활동과 활동 사이에 유기적인 연계가 미약함을 지적함.

주제어 공산주의, 재교양 등.

리자응, 「거만한 '왕사과'」, 『레닌기치』, 1965.2.14, 3쪽. (우화)

주제 겸손의 중요성.

배경 여름날.

인물 왕사과, 뭇사과들 등.

내용 ①여름날 사과 하나가 먼저 빨개짐. ②빨간 사과는 자신이 빨리 익었다며 뭇사과들에게 '왕사과님'이라 부르라 함. 많은 사람과 공장들이 자신을 기다릴 것이라 함. ③왕사과는 갑자기 땅에 떨어짐. ④관리원은 벌레 먹은 놈이라며 돼지에게나 주겠다 함. ⑤뭇사과들은 병이 들었기 때문에 거만했던 것임을 깨달음.

주제어 거만, 겸손, 사과 등.

정석, 「막동의 혼청」, 『레닌기치』, 1965.2.14, 3쪽. (극평)

주제 경희극 「막동의 혼청」에 관한 비평.

내용 ①맹동욱의 「막동의 혼청」. ②경희극은 아주 필요한 종류의 연극임에도 불구하고 우리 무대에서는 정말 드물고 고귀한 손님임. ③경희극은 우리 생활에서 볼 수 있는 결점들을 쾌활한 웃음으로써 씻어 버리려는 데 목적이 있음. 경희극은 아름다운 생활을 창조하는 위대한 노력을 배경으로 하고 사람들의 작은 실수, 시정할 수 있는 결점들을 폭로하며 그들의 높은 생활력, 무한한 락천주의를 보여주는 데 그 사명이 있음. ④결점 지적. 작가의 의도인 '노동 속에서 사랑이 이루어진다'는 사상이 약함. 쾌활한 노래와 춤이 많아야 함에도 불구하고 그렇지 못함. 작가의 의도인 청년들의 선보다 노인들의 선이 더 강하며 생기가 있음. 그러나 성공적인 작품임.

주제어 혼청, 경희극, 웃음 등.

한진, 「서리와 별」, 『레닌기치』, 1965.2.14, 3~4쪽. (단편소설)

주제 인간의 따뜻한 심성.

배경 겨울 거리 위.

인물 춘희, 올랴, 유리, 늙은이(할아버지) 등.

내용 ①춘희는 학교로 가는 길이 춥기만 함. 며칠 전에 있었던 일 때문임. ⇒ 회상 ②대학 친구인 올랴의 생일 연회에 참석함. 거기에 유리를 만남. 유리는 홀로 있는 춘희에게 따뜻하게 대함. 유리는 이틀 후에 만나자는 쪽지 편지를 건넴. ③춘희는 떨고 있을 유리를 걱정하여 금방 돌아올 생각으로 가벼운 옷차림으로 약속장소에 나감. 그러나 기다려도 유리는 오지 않음. 올랴를 만남. 올랴는 유리가 지금 자신의 집에서 열리는 모임에 온다고 함. 기숙사까지 뛰어와서 쓰러짐. 일주일을 앓음.

⇒ 회상 ④대학으로 가는 길. 한 늙은이가 자신을 보며 웃고 있음. 그는 반 년 전부터 춘희를 지켜봤다고 함. 춘희가 자신의 로친의 팔을 끼고 걷는 것을 본 이후라 함. 헌데 일주일 동안 보이지 않아서 걱정이었다 함. 춘희는 그와 악수를 하고 헤어짐. 그녀는 가슴 속이 환하게 밝아짐. ⑤편지를 찢어버리고 대학 문을 들어 섬.

주제어 연회, 통조림통, 쪽지 편지, 서리 등.

까. 빠우쓰뽑쓰끼, 김두칠 역, 「솔방울 담은 바구니」, 『레닌기치』, 1965.7.20, 3쪽 / 7.21, 3쪽 / 7.23, 3쪽. (단편소설)

주제 인간에 대한 신뢰와 삶을 사는 것의 의미.

배경 베르겐 근방 숲, 흐리쓰찌아니야 지방 등.

인물 에드와르드 그리그(작곡가), 다그니 뻬제르센(소녀. 산직이의 딸), 하게루빠 뻬제르센(산직이. 다그니의 아버지), 마그다(하게루빠 뻬제르센의 누이. 극장 재봉사), 닐쓰(마그다의 남편. 극장 이발사) 등.

줄거리 ①작곡가 그리그는 숲 속에서 다그니를 만남. 다그니는 산직이의 딸임. 그리그는 다그니에게 줄 선물이 없다며 10년 후에 선물을 하겠다 함. 다그니는 보채지만 그리그는 기다려야 한다 함. ②그리그는 다그니에 대한 작곡을 하겠다는 결심을 함. ③다그니는 열 여덟 살에 학교를 졸업함. 그녀의 아버지는 다그니를 흐리쓰찌아니야에 사는 자기의 누이한테 보냄. 다그니는 자주 극장에 다님. 마그다 아주머니는 무대에서의 일을 맹목적으로 믿지 말라는 입장이고 닐쓰 아저씨는 극장의 모든 것을 믿어야 한다는 입장임. ④하루는 연주회에 가게 됨. 다그니는 교향곡을 처음 접함. 연주곡 제목이 나옴. 연주곡명이 '산직이 헤게루쁘

빼제르쏀의 딸 다그니야 빼제르쏀의 출생 십팔 주년을 경축하여 쓴 유명한 음악 소곡'임을 소개함. ⑤다그니는 어린 시절 숲 속에서 만난 이가 유명한 작곡가이며 그의 선물이란 음악이었음을 깨달음. ⑥그러나 현재 그리그는 죽고 없음. ⑦다그니는 "당신이 나를 잊지 않은 은혜로, 당신의 두터운 맘의 대'가로, 사람이 무엇을 위하여 살아야 한다는 그 아름다운 것을 가르쳐 준 일로 감사를 드"림.

주제어 작곡가, 교향곡, 은혜, 극장 등.

심화자료 작곡가 그리그가 다그니에 관한 음악을 작곡할 것을 결심하는 필연성이 부족함. 원작의 문제일 수도 있고 번역의 문제일 수도 있을 것임.

박영걸, 「농부 아저씨들의 덕이라오: 께나프들의 속삭임」, 『레닌기치』, 1965.7.25, 3쪽. (동화)

주제 농부들에 대한 감사.

인물 나, 께나프 등.

줄거리 ①나는 께나프를 보다가 그들의 속삭임을 들음. ②께나프는 땅젖을 빼앗아 먹는 잡놈들을 멸망시킨 것이 농부 아저씨의 덕임을 깨달음. ③내 피를 빨아먹는 것을 실뱀을 뜯어낸 것 또한 농부 아저씨의 덕임을 깨달음. ④하늘에서 하얀 싸락밥이 뿌려진 것도 농부 아저씨의 덕임을 깨달음.

주제어 께나프, 농부 등.

한진, 「족제비와 암탉: 짐승에 대한 이야기」, 『레닌기치』, 1965.7.25, 3쪽. (소품)

주제 암탉을 통해 확인한 부모의 자식 사랑.

배경 닭장.

인물 나, 족제비, 암탉 등.

내용 ①나는 아침에 닭장을 확인함. ②암탉이 병아리를 위해 족제비와 혈투를 벌인 사실을 확인함. 족제비는 암탉으로부터 눈을 잃고 죽음. ③어머니의 자식 사랑을 느낌.

주제어 암탉, 어머니같은 사랑 등.

왈렌찐 까따예브, 「기'발」, 『레닌기치』, 1965.7.25, 3쪽 / 7.27, 3쪽. (단편소설)

주제 조국을 위한 전쟁에서의 목숨을 건 희생정신.

배경 심.

인물 수비대 대장, 정치 위원, 폰 에베르샤르쁘(독일 특전대 사령관 해군 소장) 등.

줄거리 ①쏘베트 해병들은 섬 속에서 적군에게 포위되어 있음. 식량과 탄약이 줄어감. ②적군의 항복 독려 류산지를 받음. 중부 구라파 시간으로 정각 여섯 시에 포대를 그대로 두고 교회당 꼭대기에 흰기 깃발을 다는 것이 항복 조건임. ③아군은 깃발을 만드는 데 착수함. ④아침이 되고 독일 특전대 사령관은 아침 태양에 물든 붉은 깃발을 발견함. 항복을 선언한 것이라 생각함. ⑤섬에 독일군이 상륙하자 쏘베트 군대는 자신들의 포대를 폭파함. 비로소 독일군 사령관은 깃발이 본래 붉은 것임을 확인함. 태양이 눈을 속인 것이 아니라 스스로 자신을 기만했음을 깨달음.⑥쏘베트 해병들은 죽어가면서 끝까지 싸움.

주제어 쏘베트 해병, 독일군, 붉은 깃발 등.

레오니드 사리꼬브, 김두칠 역, 「설음」, 『레닌기치』, 1965.8.11, 3쪽 / 8.13, 3쪽 / 8.14, 3쪽. (단편소설)

주제 이념을 뛰어 넘는 인간의 정. 가족과 민족의 발견.

배경 1941년 가을, 사고리예 촌 등.

인물 란쵸보(빠르찌산 부대 지휘관), 야꼬브 라띄세브, 마까리이하(노파) 등.

줄거리 ①빠르찌산 부대 지휘관이 란쵸보는 사고리예 촌을 점령한 적군을 정찰하라는 임무를 받음. ②지휘관은 사고리예가 고향인 야꼬브 라띄세브를 보내기로 함. 야꼬브는 불구자와 하느님을 믿는 사람으로 가장하여 길을 떠남. ⇒ 회상. ③야꼬브는 마을의 마까리이하 노파를 생각함. 그녀는 꼴호스에도 들지 않았음. 사고리예 촌에는 사람을 싫어하는 마까레브의 늙은 부부가 살았음. 한때 야꼬브는 꼴호스에 들기를 거부하는 그들 부부의 땅을 떼어 다른 가난한 이들에게 주었던 일이 있음. 그러나 나중에 다시 땅을 돌려주었음. 그 후 영감은 죽고 노파만 살아 있음. 그들 부부가 설음을 느낀 책임이 야꼬브는 자신에게 있다고 생각함. ⇒ 현실. ④한 장교에게 심문을 받은 야꼬브는 증명서를 내미나 어떤 이도 증명서를 내지 말라는 명령이 있었고, 이를 몰랐던 빠르찌산 부대원은 압송됨. ⑤야꼬브는 집으로 가는 길이라 하고, 군인들은 그를 끌고 본인의 집을 가리키라 함. 마을을 다 지나서도 집을 가리키지 못함. 마지막 남은 집은 마까리이하 노파의 집임. ⑥문을 두드리고 어머니라 부름. 노파는 내 아들이 분명하다고 말해줌. 노파는 먹을 것을 주며 그를 도망하도록 도움.

주제어 빠르찌산, 꼴호스, 정찰 등.

심화자료 꼴호스에 들지 않는 것에 대한 부정적 시선이 이 작품에서는 서로 다른 이념도 인간의 정 앞에서는 중요하지 않은 것으로 형상화하고 있음.

정석, 「가두 아동들의 예술」, 『레닌기치』, 1965.8.29, 3쪽. (평론)

주제 아동예술에 대한 지원의 필요성 강조.

내용 ①크술-오르다 시 공청 동맹 위원회의 주최로 8월 18일부터 25일까지 시내 아만겔듸 아동 문화 휴식 공원 노천 무대에서 시 가두 아동 소인 예술 경연 대회가 열림. ②정서 교양, 즉 교양 사업은 어린애가 세상에 태어난 날부터 시작되어야 함. ③경연 조직자들은 이 중요한 사업에 심중한 의의를 부여하지 않았음. ④정기적인 연습을 통해 국제주의적 교양에 기여해야 함. ⑤이것은 결국 아동들의 동지애, 규율, 도덕적 규범 함양에 이바지할 것임.

주제어 교양사업, 가두 아동들의 예술, 국제주의적 교양 등.

심화자료 ①교양 사업의 시기를 어린애가 태어난 날부터라 강조한 이유.

김남석, 「장미화와 석류꽃」, 『레닌기치』, 1965.8.29, 3쪽. (우화)

주제 겉과 속, 그 동질성의 중요성.

배경 봄날 아침.

인물 장미화, 석류꽃.

줄거리 ①장미화는 석류에게 자신이 꽃 중에 으뜸이라 자랑함. ②석류는 장미를 미욱하고 가련하다고 비판함. 열매도 맺지 못하는 꽃이며 금방 시든다는 것이 비판의 요지임. ③석류는 꽃도 붉고 열매도 붉은 자신을 사람들은 사랑한다 함.

주제어 세상에서 안팎이 없는 것이 진속임.

리진, 「영진이와 까치」, 『레닌기치』, 1965.9.5, 3쪽. (우화)

주제 폭력의 경계. 믿음으로부터의 실망.

배경 숲 속의 양지바른 공지. 학교 등.

인물 영진, 까치 깜쟁이, 쓰웨뜰라나 쎄르게예브나, 농장의 운전수 등.

줄거리 ①영진이는 숲 속에서 새끼 까치를 발견함. 어른들의 만류에도 불구하고 새를 집으로 데려와 기름. 까치의 이름을 '깜쟁이'라 칭함. 까치와 매우 친해짐. ②봄이 되어 찌르러기가 날아옴. 학교 찌르러기의 터전에 한 마리의 까치가 날아옴. 찌르러기들은 자신의 터전을 지키기 위해 집단을 이루어 까치에 대항함. ③까치가 한 마리의 찌르러기를 죽이고 날아감. 영진도 이를 지켜봄. ④영진은 자신의 까치를 멀리 가져다가 내놓아 달라고 농장의 운전수 아저씨에게 부탁함. ⑤까치는 돌아오지 않음.

주제어 까치, 찌르러기 등.

원도명, 「애꾸눈이 참새」, 『레닌기치』, 1965.9.5, 3쪽. (우화)

주제 주체성의 강조. 남을 따라하지 말고 생긴 대로 살 것

배경 날'짐승 동산.

인물 종달새, 수탉, 흰점백이 까치, 접동새, 참새 등.

줄거리 ①날짐승 동산에서 음악회가 열림. 종달새의 노래가 끝나자 참새는 종달새처럼 무대 위를 날며 노래할 생각을 함. ②수탉 깃을 치며 노래하는 것과 까치의 꼬리 장단에 매료됨. ③접동새의 거드름 피우는 방식에 매료되어 접동새처럼 무대의 불을 끄고 노래를 함. ④'짹' 소리 한 번으로 노래가 끝남. 불을 켜고 보니 밤눈이 어두운 참새가 나뭇가지에 눈을 찔려 애꾸눈이가 됨.

주제어 멋, 애꾸눈이, 흉내 등.

심화자료 주체성을 강조하고 있음.

유리 나기빈, 「겨울의 떡갈나무」, 『레닌기치』, 1965.8.28, 3쪽 / 8.29, 3쪽 / 8.31, 3쪽. (단편소설)

주제 교원으로서 언어 사용의 무미건조함에 대한 반성. 참교육에 대한 깨달음과 그 속에서 발견한 미래의 소련 공민.

배경 겨울, 우와롭까의 학교, 떡갈나무가 있는 숲 속 등.

인물 안나 와씰리예브나(교원), 싸부스낀(학생) 등.

줄거리 ①안나는 대학 졸업 후 우와롭까의 학교에 와서 근무한 지 현재 2년이 되었음. 그녀는 사람들에게 신망이 높음. ②수업에 들어간 안나는 품사를 가르침. 오늘도 수업에 늦는 싸부스낀 때문에 기분이 상함.

③안나는 명사를 가르치고 학생들은 명사들을 나열함. 문득 싸부스낀은 명사로 '겨울의 떡갈나무'를 말함. 안나는 싸부스낀을 휴식 시간에 교원실로 오라고 함. ④교원실에서 안나는 싸부스낀에게 무엇 때문에 늘 지각하는지 이유를 말하라 함. 싸부스낀은 자신의 집은 요양소 마을에 있으며, 자신은 지름길인 숲을 통과하여 온다고 함. ⑤안나는 부모님께 말해야 겠다고 하고 싸부스낀은 집에는 어머니 밖에 없다고 함. 싸부스낀의 어머니는 요양소 온수 치료소에서 일하며 전쟁 중에 남편을 잃고 혼자서 네 아이를 키우고 있음. 어머니가 세 시에 일을 간다는 말에 안나와 싸부스낀은 두 시에 학교를 나섬. 그리고 싸부스낀이 말한 학교 뒤의 소로길로 들어섬. ⑥안나는 숲 속의 풍경에 매료되고 공지 한가운데에 있는 사원처럼 거대하고 웅장한 떡갈나무를 발견함. 안나는 그 떡갈나무와 싸부스낀의 안내에 따라 그 밑에서 겨울을 나는 고슴도치, 개구리, 박벌레 등을 살핌. 이때 싸부스낀은 이제 어머니를 만나기는 틀렸다고 함. 시간은 3시 15분임. ⑦안나는 자연의 풍요로움 속에서 사는 싸부스낀을 보며 오늘의 교수와 지난 날의 교수를 회상하고 빈약하고 무미건조한 자신의 언어 사용을 반성하며, 교원으로서의 생활을 반성함. 안나는 길을 돌리고 싸부스낀은 먼 발치에서 자신의 선생님을 보고 있음. 안나는 문득 숲 속에서 가장 놀라운 것은 떡갈나무가 아니라 작은 소년, 즉 훌륭하고 신비스러운 미래의 소련 공민임을 깨달음.

주제어 교원, 언어, 겨울의 떡갈나무, 교수, 소련 공민 등.

김세일, 「홍범도(제1장1편), 작가의 말」, 『레닌기치』, 1965.10.23, 3면.

주제 소설《홍범보》(4편)을 쓸 수 있게 된 배경에 대한 작가의 짧은 소견.

내용 조선 독립 운동에 이바지한 조선 인민의 사랑과 존경을 받는 전설적인 영웅, 홍범도를 주인공으로 한 소설을 써 보고 싶었다. 그래서 그에 대한 전설, 이야기, 전투기 및 기타 역사적 자료들을 수집했다. 홍범도가 친히 쓴 그의《일지》와, 지금까지 살아 있는 홍범도의 전우들과 그 부대에 다니던 로련병들이 쓴 그에 대한 회상기, 조선민주주의 인민공화국 출판물, 그 외의 문헌들에 근거하여 소설《홍범보》(4편)을 쓸 수 있게 되었다. 50여 년이라는 장기간에 걸친 홍범도의 생활과 투쟁의 모든 에피소드들을 다 이용하면서, 아주 열정적인 장면들은 될 수 있는 대로 빼 놓지 않으려 노력했다. 그럴 수 있도록 많은 자료를 제공해 준 리인섭 선생과, 회상기들을 보내준 이전 홍범도 장군의 전우들인 박성태, 김종학, 김승빈 및 기타 여러 분들에게 감사함을 표한다.

주제어 홍범도, 조선 인민, 조선 독립 운동, 일지, 회상기, 인민 공화국 출판물 등.

리산희,「깊은 인상-단편 '뼈자루 칼'을 읽고」,『레닌기치』, 1965.10.31, 3면.

주제 깊은 인상을 주는 전동혁의 단편 소설「뼈자루 칼」.

내용 전동혁의 단편 소설「뼈자루 칼」은 깊은 인상을 주어 작품의 내용을 거듭 생각나게 해주며, 묘사된 사건은 간단하고 단순하지만 내용은 매우 심대하고 복잡하다. 이 소설에서는 어린 아이의 머리에 반영된 빠르찌산 부대 전투의 한 토막 이야기뿐이지만, 어린 아이의 느낌을 통해 당시의 상황을 볼 수 있다. 이곳저곳을 돌아다니는 우철 아주버니는 어린 아이인 룡택에게 큰 사람으로 보인다. 그가 늘 가지고 다니는 뼈자루칼은 룡택에게 특별한 물건으로 생각되어진다.

주제어 전동혁, 「뻐자루 칼」 등.

엔 예딸리예브, 「감동적인 바다의 가수」, 『레닌기치』, 1965.10.31, 3면.

주제 10월 31일, 카사흐 작가며 시인인 아부 싸르쎈바예브의 출생 60주년 기념 회고.

공간 구리예브 주젠기스 구역, 알마-아따, 중앙 로동 연구소 카사흐 변강 지소, 카사흐쓰딴, 드네쁘르강, 두나이강, 까쓰삐해 등.

내용 10월 31일은 카사흐 작가며 시인인 아부 싸르쎈바예브의 출생 60주년을 맞는 날이다. 그는 1905년 구리예브 주젠기스 구역 어부의 가정에서 태어나 가족을 위해 힘겨운 로동을 하며 어린 시절을 보냈다. 그래서 공부도 할 수 없었다. 그러나 쏘베트주권이 수립면서 1918년 카사흐 7년제 학교에서 공부할 수 있었다. 그 다음 아쓰뜨라한 쏘베트 장학교에서 농촌 문화 교양 기관 사업에 대한 수업을 하였다. 알마-아따로 와서는 중앙 로동 연구소 카사흐 변강 지소에서 일하면서, 교편도 잡았고, 공산 대학에서 공부도 하였다. 졸업 후 「떼미르-솔시」신문 편집 국장으로, 주필로 일하였다. 조국 전쟁 시기에는 전선 신문 「쏘련 병사」에 기고도 하였다. 카사흐쓰딴에서의 국내 전쟁을 반영한 그의 첫 서사시 「월가의 물결」은 1936에 단행본으로 출판되었다. 38년에는 시집 「심장의 선물」, 40년에는 시집 「맹세」를 출판하였다. 같은 해 카사흐 공화국 20주년 기념 작품집에 그의 서사시 「아크마랄」이 들어가기도 하였다. 「맹세」, 「조국의 바다」, 「훌륭한 내 조국을 사랑한다」 및 기타 시편들에서 그는 소련 사람들의 숭고한 애국 정신을 노래하였다. 조국 전쟁 전선에서 그는 드네쁘르강 및 두나이강 도하전, 벨그라드, 부다뻬스트 및 웨나 해방전에 참가하였는데, 이런 경험이 그의 창작을 성숙시켜 준 것 같다. 1974년에는 전선 이야기, 오체르크 및 시들을 묶어「흰 구름」작품집을 발간하였다.「군인 외투」,「마지야르까」,「발라똔 호」,「십까 고개」등의 시에서 소련 병사들의 용감성을 보여주었다. 그리고 까쓰삐해 어부들의 생활과 위훈을 제재로 하고 쓴 장편 소설「물결 우에서 태여 난 사람」, 중편 소설「선장의 아들」은 그를 감동적인 바다의 가수로 널리 알려지게 하였다. 1947년에는 하.수 말리예브와 함께 희곡「결투」를 쓰기도 하면서,「붉은 별」훈장을 수여 받았다.

주제어 카사흐 작가, 아부 싸르쎈바예브 탄생 60주년, 웨나 해방전, 붉은 별 등.

강태수,「검댕」,『레닌기치』, 1965.10.31. 3면.

주제 양심의 중요성.

공간 길거리 등.

인물 나(양심을 중요시함), 이웃집 아주머니(양심과는 거리가 있는 인물) 등.

사건 이웃집 아주머니 얼굴에 묻은 검댕, 그녀가 길거리에 버린 구정물.

내용 나는 출근 길 오랜만에 천천히 걸어가며 주위 풍경도 볼 겸 서둘러 집에서 나왔다. 그때 등 뒤에서 나를 부르는 목소리가 들려 돌아보니, 이웃집 아주머니였다. 그런데 그녀를 보고 나는 웃지 않을 수가 없었다. 그녀의 얼굴에 검댕이 묻어있었기 때문이다. 그녀는 내 웃음에 머쓱했는지, 왜 웃냐고 물어보았다. 나는 그녀 얼굴에 검댕이 묻어있다고 말해주었고, 그 말을 들은 그녀는 얼굴이 벌개지도록 손으로 닦고 그것도 모자라 행주치마 자락으로 문질렀다. 며칠 후 일터로 가기 전, 들릴 곳이 있어 그날도 서둘러 집을 나섰는데 고약한 냄새가 코를 찔렀다. 주위를 살펴보니 이웃집 아주머니가 독한 구정물을 길거리에 붓고 있었다. 나는 화가 나서 아주머니에게 거리도 내 집과 같은데 어떻게 그럴 수 있냐고, 이번엔 당신의 양심에 검댕이가 묻었다고 화를 냈다. 그러자 이웃집 아주머니는 아침부터 같은 동네에 살며 너무 야박하게 굴지 말라며 오히려 역성을 냈다. 자신의 얼굴에 검댕이 묻었을 때에는 그렇게 박박 문지르던 사람이 마음에 묻은 검댕이는 씻어내기가 그리도 아까운가 싶었다.

주제어 검댕, 양심 등.

김기철, 「시험」, 『레닌기치』, 1965.11.27, 3면.

주제 사회생활에서 겪어야 하는 '양심'의 시험, 양심과 진실의 중요성.

공간 백화점.

인물 김갈랴(백화점 판매원 견습생), 따냐, 주임(나에게 상업 산수를 가르치려고 함) 등.

사건 상업 산수와 관련한 일화.

내용 나(김갈랴)는 십년제를 졸업하고 백화점에 판매원 견습생으로 취직한 지 일주일이 지났다. 그런데 상점 주임이 내가 물건 파는 것을 한참동안 눈여겨보더니 저녁에 사무실로 오라는 것이다. 혹시 실수나 하지 않았을까, 이러다 쫓겨나는 것은 아닌가 걱정되는 마음으로 사무실로 향했다. 주임은 나에게 엄한 태도로 판매원 생활이 마음에 드는지를 물었고, 마음에 든다는 내 대답에 그럼 이젠 상업의 산수를 배워야 되겠다고 했다. 산수만큼은 자신이 있다는 내 말에, 상점 주임은 상업의 산수라는 것은 둘에 둘을 더하면 셋도 될 수 있고, 셋 반도, 넷도 될 수 있는거라 했다. 하지만 나는 나를 떠보려 하는 말인 줄 알고 둘을 주면 둘을 돌려주어야 하고, 둘 값만 받아야 한다고 바로 대답했다. 그러자 주임은 상업이라는 것은 밑져서는 안된다고 했다. 정직하게 열심히 하겠다는 내 대답에 주임은 꽤 딱딱하다며 다른 판매원들에게서 잘 배우라고 했다. 좋은 판매원을 만들고야 말겠다며 그는 일어섰다. 나는 좋은 판매원을 만들겠다는 그의 말에 시험에 합격했다 믿고 즐거웠다. 며칠 후 상점 문을 열 무렵 같이 일하는 따냐가 와서는 물건을 다 팔지 말고 좀 남겨 둔 후 나중에 더 값을 매겨 팔으라고 하였다. 그러나 나는 주임이 아직도 나를 시험하는 줄 알고서 모든 물건을 제 값만 받고 다 팔아버렸다. 오후에 주임이 다가와 오늘 일이 어떻게 되었는지 물어왔고, 나는 모두 다 팔았다고 하였다. 주임은 아무 말이 없었고, 따냐도 별 말이 없었다. 나는 역시나 이번 시험에도 또 통과구나 싶어 기뻤다. 또 며칠 후, 2등품의 남자 유행복이 들어왔다. 따냐는 또 다가와 그렇게 꼼꼼해서는 안된다고 주임은 그런 사람을 좋아하지 않는다고 했다. 그러면서 또 물건을 남겨 두었다가 더 값을 매겨 오후에 팔라고 했다. 나는 아직도 나를 못믿어 이런 야비한 시험을 보는가 싶어 화가 났다. 또 어느 날은 젊은 사내가 다가와 주임이 보내 왔으니 당장 체크 셋을 써 내달라고 했다. 그러나 그가 검열원이거나 거짓말쟁이일 수도 있을 것 같아 나는 주임은 차례를 어기지 말라고 당부했다고 차례를 서라 소리 질렀다. 주변에 있던 사람들도 사내에게 차례를 서라고 목소리를 높였다. 나는 이 시험에서도 만점을 받을 것 같아 기뻤다. 그런데 한 달이 되던 날, 게시판에는 내 성미가 딱딱해 고객을 속인 일이 있기 때문에 판매원으로 받지 않겠다는 명령서가 걸려 있었다. 나는 고객들과 말다툼을 벌였던 일, 거스름돈을 옷겨 내준 일이 이렇게 된 것 같아, 왜 더 참지 못하고 정확히 못했을까 속상했다. 그리고 얼마의 시간이 흘러 시 상업부 내 당국가 검열 그루빠에서 호출장이 왔다. 그동안 상점에서 있던 일을 얘기해달라고 했다. 나는 있는 그대로를 다 말했고, 사흘 후 나는 다시 백화점으로 돌아가 그 자리에 서 있게 되었다. 그러나 주임이 바뀌어 있었고, 따냐 자리에 새 판매원이 서 있던 일은 놀래지 않을 수가 없었다. 혹시 주임과 상업 산수 따냐가 나와 속사이던 모든 것이 나를 떠보려는 것이 아니고 진실이었다면, 그건 나에게 여간 큰 시험이 아니었을까 라는 생각이 들었다.

주제어 백화점 판매원, 상업, 산수, 상업부 내 당국가 검열 그루빠, 시험 등.

1966

리은영, 「의부'어머니」, 『레닌기치』, 1966.1.14, 3면.

주제 연극 「의부'어머니」의 줄거리와 배우들의 연기에 대한 평가.

내용 조선 극장은 새 계절을 맞으며 첫 연극으로 「의부'어머니」를 무대에 올렸다. 웍또르와 순희의 의부'어머니는 아이들이 어릴 때 시집와, 결혼 3년 만에 남편이 집을 나갔음에도 불구하고 친어머니 못지않게 아이들을 사랑으로 길렀다. 딸은 대학을 마치고 시집 가 이제 첫 아이를 낳을 때가 되었고, 아들은 중학교를 졸업하고 소련 군대에 복무하고 돌아와 대학 입학 준비를 하고 있다. 의부'어머니는 아이들에게 심리적으로 타격을 줄까봐 자신이 의부'어머니라는 사실을 말하지 못해

왔다. 그러나 자신의 딸을 사랑하는 웍또르를 데려다 고븐 농사를 시켜 먹으려는 욕심을 품은 해선의 모친이 의부'어머니라는 비밀을 탄로하겠다며 협박을 해와, 의부'어머니는 그 무서운 말을 하지 않으면 안 될 상황에 놓이게 되었다. 부친 역시 안락과 돈에 눈이 어두워져 환갑이 돼서야 자식들을 찾아와 아버지로 인정받으려 한다. 그는 해선의 모친과 손을 잡고 웍또를 속여 데려 가려고 한다. 하지만 의부'어머니에게서 부친이 어떤 사람인지를 들은 웍또르는 부친을 질시한다. 정이라는 것은, 혈육적 관계도 무시하고 돈의 힘도 물리칠 수 있는 것이다. 의부'어머니의 사랑은 동요하는 자식들을 험한 구렁에서 건져 내 올바른 길로 인도해준다. 의부'어머니를 맡은 리함덕은 '낳은 정보다 기를 정이 더 크다'는 속담의 진실성을 확증시켜 주는 연기를 펼쳤다. 웍또르를 연기한 문 알렉싼드르도 참다운 연기를 보여주었다. 순희를 연기한 박 예까쩨리는 의부'어머니를 지극히 사랑하는 딸이지만, 25세의 젊은 여성다운 행동과 태도가 부족해 보였다. 그리고 쓰라린 고백으로 격동된 모친이 입원한 그 때 사랑하는 어머니 옆을 떠나갔다는 것은 부자연스러웠다. 이건 희곡에서 오는 결점이라고 생각한다. 해선 어머니의 리 웨라는 양편의 갈등을 심화시키는 면에서 큰 역할을 해냈다. 딸 해선의 림료사는 어머니에게 끌려 나가는 장면에서 발악을 하던지 더 원통한 눈물을 흘렸다면 더 좋았을 것 같다. 부친의 진창화는 자기의 뜻을 선공하기 위해 비인간적 행동을 강인하게 했으면 좋았을 것 같다. 이 인물이 무례한 사람일수록 연극의 갈등이 더 날카로워지고, 사건이 더 심각하게 발전될 수 있기 때문이다. 연극 「의부'어머니」는 연성룡의 연출과, 작곡가 정인묵의 음악, 화가 강 게오르기의 무대 장치, 젊은 작가 한진으로 인해 약간의 결점들이 있음에도 불구하고 완성된 희곡을 제공하여 주었다.

주제어 조선 극장, 의부'어머니 등.

성점모, 「바다의 주인」, 『레닌기치』, 1966.1.16, 3면.

주제 어부들이 노동력. 소형 쎄이네르 「216」호 어선의 큰 성과.

공간 원동 변강 나호드까 바닷가, 남부 꾸릴 등.

인물 김기준(선장) 등.

내용 김기준은 원동 변강 나호드까 바닷가에서 태어나 어릴 때부터 바다와 가까이 지냈다. 갈수록 김기준은 바다를 주름잡아 마음껏 돌아다녀 보고 싶은 소원이 생겼다. 바다만이 오직 자신에게 희망을 안겨 주는 것만 같았기 때문이다. 그래서 아쓰뜨라한에서 후리망 브리가다를 조직해, 까쓰삐 해를 시작으로 어부가 직업이 되어 꾸릴 렬도, 싸할린으로 고기잡이를 떠났다. 그가 지도하는 소형 쎄이네르 「216」호는 7월 중순 남부 꾸릴로 공치잡이를 떠났다. 이미 많은 어선들이 도착해 있었다. 자신감에 찬 쎄이네르 「216」호는 열심히 그물망을 올렸지만, 계속해서 실망감을 감출 수가 없었다. 그물은 4분의 1밖에 차 있지 않았기 때문이다. 사람들은 점점 의욕을 상실하기 시작하였고, 선장은 사람들 모르게 다른 선장을 찾아가 경험담을 듣고 왔다. 알고 보니 공치떼를 만나려면 전깃불의 강도와 위치를 조절해야 하는 것이었다. 그날 밤, 쎄이네르 「216」호는 무거운 그물을 들어 올렸고, 사람들은 다시 기운이 솟고 얼굴마다엔 미소가 떠올랐다. 그렇게 8월, 공치는 더 많이 잡혔고, 9월 중순엔 년간 어로 계획을 완수했다. 20년 간 일본 해, 까쓰삐 해, 오호트쓰크 해를 넘나들며 김기준은 많은 물고기들을 잡았다. 원동 수산업 총국은 이들의 노력 성과를 높이 평가하여 선장 김 기준에게는 금시계를 선원들에게는 보통 시계를 표창했다. 김기준은 소련 공산당 제2차 대회를 더 한층 높은 노력 성과로 맞이하려는 일념에 충만되어 있다.

주제어 어부, 선장, 원동 변강 나호드까 바닷가, 싸할린, 소형 쎄이네르「216」호 등.

황민, 「금항아리 물항아리」, 『레닌기치』, 1966.2.20, 3~4쪽. (동화)

주제 노동을 통한 장인정신의 강조. 재물의 허망함 등.

인물 옹기 굽는 할아버지, 달무쇠 등.

줄거리 ①옛날 옹기 굽는 할아버지가 있었음. 그가 만든 옹기에서는 아름다운 음악소리가 남. ②마을에 달무쇠라는 청년이 있음. 그는 일을 싫어하고 일확천금을 바람. ③달무쇠는 할아버지의 항아리에서 돈이 쏟아진다는 소문을 들음. 평소 할아버지를 천하게 생각했던 달무쇠는 돈에 눈이 멀어 할아버지에게 일을 배우겠다고 찾아감. ④달무쇠는 부지런히 일하고 마을 사람들도 칭찬을 함. ⑤가을과 겨울이 지나 봄이 오고 할아버지는 달무쇠에게 옹기를 만들라고 함. 달무쇠는 할아버지의 말에 따라 옹기를 만듦. ⑥달무쇠는 자신이 만든 항아리에 물을 채우고 그 속에서 금전과 은전이 나오기를 기다림. 새벽에 잠에서 깬 달무쇠는 자신의 항아리에 가득한 금전과 은전을 확인함. ⑦할아버지는 달빛에 흔들리는 물을 금과 은으로 본 달무쇠를 발견함. 그런 마음으로 만든 항아리는 소용없다며 할아버지는 항아리를 깨버림.

주제어 옹기, 금전, 은전 등.

한상욱, 「어머니의 생일」, 『레닌기치』, 1966.3.8, 3쪽 / 3.10, 3쪽. (단편소설)

주제 어머니의 사랑. 깜빡 잊었던 어머니의 생신을 챙기는 아들 내외.

배경 일요일(어머니의 생일) 오월 단오.

인물 어머니, 영남(아들), 영애(며느리), 봉운(이웃 친구) 등.

줄거리 ①일요일 오월 단오 어머니 자신의 생일임. 그녀는 남편을 조국 전쟁시기에 잃고 홀로 아들을 키움. 그녀는 아들을 의붓애비 밥은 먹이지 않겠다는 결심과 남편의 애정을 저버릴 수 없었음. 그녀는 여태까지 자신의 생일을 챙기지 않았음. 작년에 처음으로 아들이 출장 갔다가 이웃하여 살던 영감을 만나 자신의 생일을 알게 되고 아들은 선물이라며 빨라찌예를 들고 왔음. ②늦게 일어난 아들 내외는 오늘이 단오라 천렵을 간다함. 어머니는 자신의 생일을 기억하지 못하는 것이 내심 서운함. ③영남은 널다리를 건너다 작년에 이 자리에서 물에 빠졌던 기억과 어머니의 생일 선물을 젖지 않게 하려다 중절모가 물에 흘러갔으며 그러한 자신을 보며 웃던 처녀가 중절모를 건졌던 기억 그리고 그녀가 현재의 자신의 아내인 것을 상기함. ④영남은 어머니의 생일을 기억해 내고 모두 집으로 돌아와 잔치를 벌임.

주제어 조국 전쟁, 생일, 널다리, 중절모 등.

우봉준, 「여우와 산토끼」, 『레닌기치』, 1966.3.15, 3쪽. (우화)

주제 조화로운 삶 및 신의 강조.

인물 여우, 산토끼 등.

줄거리 ①여우는 먹을 것을 찾다가 산토끼가 다니는 길목으로 가는 도중 덫에 걸림. ②이때 토끼가 지나감. 여우는 앞으로의 화목을 약속하며 도와 달라 함. ③토끼는 여우의 말을 믿고 구해줌. ⑤풀려난 여우는 네가 걸릴 덫에 자신이 걸렸다며 토끼를 잡아먹으려 함. ⑥토끼는 도망가고 여우는 뒤를 쫓다가 여우는 다심 덫에 걸림.

주제어 덫, 화목 등.

김선지, 「다람쥐와 들쥐」, 『레닌기치』, 1965.3.15, 3쪽. (옛이야기)

주제 자신의 노력을 통해 살아가야 함을 강조.

배경 범바위골.

인물 부지런한 곰할아버지, 다람쥐, 들쥐 등.

줄거리 ①본래 다람쥐와 들쥐는 생김이 같았음. ②다람쥐와 들쥐는 일을 하지 않고 항상 부지런한 곰할아버지에게 종자와 식량을 얻어 생활함. 그들이 식량을 얻어 가며 앞으로는 자신들의 손으로 먹고 살겠다던 다짐은 말뿐임. ③곰할아버지의 밭에서 옥수수를 훔쳐가던 들쥐는 다람쥐와 마주침. 그 바람에 옥수수가 언덕 아래로 굴러 떨어짐. ④곰할아버지는 굴러 내려온 옥수수를 보고 언덕으로 올라감. 몸을 숨기고 들쥐와 다람쥐의 대화에 귀를 기울임. ⑤그들은 서로 훔쳐가는 것을 보기만 하면 모든 죄를 상대방에게 덮어씌울 계획이었음. 이를 안 곰할아버지는 화가 나서 이들을 덮침. ⑥다람쥐는 곰 발톱에 긁혀 등에 줄이 생기고 어찌나 진땀을 뺐던지 털이 누런 색으로 변함. 들쥐는 꼬리를 밟혀 꼬리의 털이 벗겨짐.

주제어 노력, 종자, 식량, 노래, 낮잠 등.

강태수, 「금성과 달」, 『레닌기치』, 1966.3.20, 3쪽 / 7.27, 3쪽. (대화)

주제 금성과 달의 대화를 통한 인간 세상 이야기.

인물 금성(누님), 달(동생) 등.

내용 ①금성은 땅으로부터 낫과 마치 그리고 윔뻴을 받았다 함. 달은 인간들이 자신에게 오려고 한다 함. 금성은 이 말에 인간들은 그저 속만 태울 것이라 함. 이에 달은 그들은 레닌의 후손들임을 강조함. ②달은 모쓰크와가 땅에서 배꼽이며 거기서 공론을 하면 무슨 일이든 다 될거라 함.

주제어 낫, 마치, 윔뻴, 레닌의 후손, 모쓰크와 등.

심화자료 소련의 우주여행에 대한 기대감.

서점모, 「새로 마음을 다지고」, 『레닌기치』, 1966.3.20, 3쪽. (오체르크)

주제 일하며 배우며 생활하는 우리 시대의 청년. 일에 있어 비교의 무가치함.

배경 꼼비나트 등.

인물 신용식, 우싸크 보리쓰위츠(직장장) 등.

내용 ①신용식 청년은 기술공이 되어 보겠다는 욕망으로 꼼비나트에 취직함. 그는 수리공 견습생에서 후라이스공으로 자라나자 자기의 일이 마음에 들지 않음. 다른 직장 동료들에게 뒤떨어진 것 같은 생각을 함. 직접 생산을 내는 일을 하고 싶음. ②결국 직장장인 우싸크 보리쓰위츠에게 자신의 생각을 전달함. ③다음 날 용식이에게 세스떼르니를 쏘다아그레가트에 갈아 넣는 힘든 일이 부여되고 용식은 자신의 힘과 재간을 다하여 일을 완수함. 직장장은 저녁에 우리가 만일 기계 수리를 제때 보장해 주지 못하면 종이 생산도 제때에 할 수 없을 거라는 말을 함. 용식은 자신의 생각이 옳지 않았음을 깨달음. ④이후 그는 굳은 결의와 노력으로 선반공, 철공, 후라이스공 기술을 소유했고 영예로운 공산주의 노동 돌격대원의 칭호를 쟁취함.

주제어 꼼비나트, 공산주의 노동 돌격대원 등.

정석, 「향상의 길에서: 연극 "북쪽 길"을 보고서」, 『레닌기치』, 1966.3.27, 3쪽. (극평)

주제 주인공들의 내면세계를 보이기 위한 배우들의 노력에 대한 극찬.

내용 ①1966년 3월 15일 크슬오르다 문화 회관 무대에서 카사흐 공화국 조선 음악 연극 극장은 맹동욱 작 연극 「북쪽길」을 상연하였음. 희곡의 내용은 "현대 쏘련 조선 사람들의 선조가 어떤 사람이었으며 그들은 쏘베트 수권을 위하여 어떻게 싸웠는가" 하는 문제에 해답을 주려고 노력하였음. ②문제는 희곡 자체에도 결함이 없지 않으나 간도에서의 조선 사람들의 비참한 생활, 조선 사람들의 곤란한 생활이 진상 그대로 보여지지 않았음. ③주인공들의 내면세계의 폭로는 한 배우의 기교만으로는 될 수 없음. 이는 역을 담당하는 전체 배우들의 조화로운 연기가 있어야 하는 것임. 이 면에서 연출가는 많은 노력을 경주했음. ④이 연극은 조선 극장 내에 젊은 역량, 믿음성 있고 재간 있는 청년들이 자라고 있다는 것을 여실히 보여주었음.

주제어 현대 쏘련 조선 사람들의 선조, 쏘베트 주권, 내면세계의 폭로 등.

심화자료 '폭로'라는 단어가 갖는 사회적 의미.

리은영, 「새 출발의 길에서: 악극 "견우와 직녀"를 보고서」, 『레닌기치』, 1966.5.13, 3쪽. (극평)

주제 처음으로 창작 음악 연극 상연에 대한 의미부여.

내용 ①「견우와 직녀」는 아득한 옛날부터 조선 인민 속에서 전해 오는 참된 사랑에 대한 전설의 하나임. 이번에 국립 조선 극장은 이 전설에 의하여 박세영이 각색한 가극 대본 「금강산 팔선녀」를 채영의 편작으로 「견우와 직녀」란 예제로 상연하였음. ②조선 인민들 속에서 전해오는 곡이 아닌 독창적인 음악은 좋았으나 노래 부르는 데 있어서 일반적으로 성량이 부족했음.

주제어 견우와 직녀, 음악 연극 등.

김상철, 「'봄비' 방울」, 『레닌기치』, 1966.5.13, 3쪽. (단편소설)

주제 이념을 뛰어넘는 인간애(휴모니즘). 전쟁 속에서 느끼는 고향과 사람에 대한 그리움. 희생을 통해 지킨 삶의 소중함.

배경 1945년 4월 독일. 전쟁 터. 봄. 비오는 날.

인물 이완 표도르위츠 오를로브, 나따샤(오를로브의 손녀), 그리고르(오를로브의 동료).

줄거리 ①이완 표도르위츠 오를로브는 손녀 나따샤의 '할아버진 몇 핼 살구싶어요?'라는 질문에 '한 백년'이라고 답하고 손녀는 '나처럼 언제나 살면' 된다는 말을 함. 오를로브는 이 아름다운 생활이 많은 희생을 통해 얻은 것임을 느끼며 회상에 잠김. ⇒ 회상 ②이완 표도르위츠의 군대는 독일 한 소도시를 점령하고 있었음. 동료인 그리고리는 전쟁터에서 고향을 그리워하고 애인 악싸나를 생각함. ③문득 거리 복판에 나타난 독일 처녀애를 그리고리가 구하고 그는 부상을 당함. ④처녀애는 후방으로 보내지고 그리고리는 병원으로 갔으나 전사함. ⇒ 현실 ⑤오를로브는 그리고리를 회상할 때마다 그 작은 독일 처녀애가 생각난다 함.

주제어 봄, 비, 독일 소도시, 처녀애, 희생, 쟁취 등.

연성룡, 「혁명 력사극을 쓰겠다」, 『레닌기치』, 1966.9.4, 3쪽. (평론)

주제 김 알렉싼드라 뻬뜨로브나를 주인공으로 한 혁명 역사극을 쓰겠다는 약속.

내용 ①필자는 오래전부터 김 알렉싼드라 뻬뜨로브나를 주인공으로 한 희곡을 쓰려고 자료를 모았음. 웨. 이. 레닌 탄생 100주년이 가까워 올수록 작가로서의 책임감을 느낌. 연대기적 역사극의 형식을 취하려 함. ②김 알렉싼드라는 유년 시대로부터 직업적 혁명가로 되기까지 사회주의 혁명의 거센 파도와 때를 같이 했음. 조선 여성으로서 그녀는 공판정에서 자기의 운명이 결정되는 최후 순간에도 혁명가의 절조를 지켰음. ③그녀는 '나는 민족주의자가 아니고 공산주의자'이며 '로씨야 볼셰위크들과 손을 잡고 사회주의 혁명을 성공해야' 하며, '원쑤들은 나와 나의 전우들을 총살할 수 있으나 공산주의 사상은 총살하지 못할 것'이라 함.

주제어 혁명 역사극, 사회주의 혁명, 백파 등.

삼화자료 조선여성으로서 민족주의를 버리고 사회주의에 투신하는 것이 가능한 이유.

한진, 「장갑렬차」, 『레닌기치』, 1966.9.18, 3쪽. (사설)

주제 조선 극장이 「장갑렬차」를 상연한다는 기사문.

배경 위대한 사회주의 시월 혁명 50주년.

내용 ①위대한 사회주의 시월 혁명 50주년을 맞아 쏘련 극계에는 붉은 시월을 직접 취급한 작품들이 많이 나왔음. 그것은 와흐딴꼬쁘 극장에서의 「파괴」, 소극장에서의 뜨레뇨브의 「류보위 야로와야」, 모쓰크와 예술 극장 창작 활동에 획기적인 역할을 한 브쎄월로드 이와노브의 「장갑렬차 14-69호」 등임. 그 가운데 「장갑렬차」가 세상에 나온 후 39년이 지났음. ②이 희곡의 내용은 외국 무장 간섭자들과 결탁한 백파 군대가 최후의 전투적 요새로 믿은 장갑 렬차를 공산당 지도하의 인민 대중이 점령하여 혁명의 길에 내세우는 이야기가 중심임. ③조선 극장이 이 연극을 선택한 이유는 이 희곡의 사건이 원동, 정확히 말하면 불라지워쓰또크에서 벌어진 일이기 때문임. 즉 이 연극은 쏘련에 거주하는 조선 사람들과 직접적인 인연이 있음. ④이 희곡은 리길수 동무의 번역으로 처음 조선 극장 무대에 오름.

주제어 사회주의 시월 혁명 50주년, 장갑렬차, 불라지워쓰또크, 조선 극장 등.

심화자료 혁명에 있어서 인민을 이끄는 당의 필요성.

김준, 「주옥천」, 『레닌기치』, 1966.9.28, 3쪽 / 9.30, 3쪽 / 10.1, 3쪽 / 10.4, 3쪽 / 10.5, 3쪽 / 10.7, 3쪽 / 10.8, 3쪽 / 10.11, 3쪽 / 10.12, 3쪽 / 10.14, 3쪽. (단편소설)

주제 기존 윤리관에 대하여 승리하는 공산주의. 사랑과 믿음 등.

배경 로씨야 원동 지방 한 조선 마을(산촌), 하르빈 등.

인물 주옥천, 주옥천의 부모, 주옥천의 형, 김상춘, 복순(상춘의 누이동생), 박군보(60세 노인), 박병칠, 송계란(군보의 처), 황금선(군보의 집 하녀), 박금철(군보의 아들), 박영섭(군보의 6촌 동생), 박봉선(김상춘을 사랑함) 등.

줄거리 ①로씨야 원동 지방 한 조선 마을에 사는 주옥천과 김상춘은 서로 사랑하는 사이임. 1921년 7월 상춘은 북간도로 가서 네 해 동안만 공부를 하고 돌아오겠다 함. 돌아와서 선생이 되겠다고 함. 상춘이 떠나고, 시집간 형의 집으로 놀러간 옥천을 일본 군대를 따라온 박군보가 보게됨. 그는 주옥천에게 청혼함. ②박군보는 많은 재물을 약속하며 청혼을 함. 재물에 부모는 청혼을 허락함. ③위기를 느낀 옥천은 상춘의 아버지와 누이 동생을 찾아감. ④찬치가 벌어지는 밤 옥천은 가출함. 그러나 눈내리는 길 위에서 쓰러짐. 가족이 옥천을 찾음. ⑥옥천의 부모는 토막굴로 들어서는 박군보에게 파혼을 말함. 옥천의 부모는 부자한테 시집가서 잘 살라는 마음에서 허락한 것이라 함. 옥천은 자신에게는 언약한 남편이 있다 함. 그러나 군보는 허락하지 않고 자신의 처임을 주장함. ⑦마을 사람들은 군보의 찬치 음식을 얻어먹은 일 때문에 자신들의 안위를 걱정하여 옥천의 부모에게 허락하라 종용함. 옥천의 형도 마찬가지임. 군보는 옥천을 강제로 데려감. ⑧박군보는 로씨야 빨르찌산 활동이 걱정되어 자신의 아내와 옥천을 데리고 열차름 탐. 옥천은 멀리 가는 것을 짐작하고 다시 도망하고 다시 붙잡히게 됨. ⑨하르빈 군보의 집에 도착. 하녀 황금선과 군보의 아들 금철을 보게됨. 옥천은 송계란도 자신처럼 돈에 팔려 애첩으로 들어온 것을 알게 됨. 금철은 옥천에게 연민을 느낌. 박군보는 강제로 옥천을 범하고 그 속에서도 옥천은 내 마음이 당한 일은 아니라며 상춘이를 꼭 만나보겠다 결심함. ⑩황금선은 옥천을 도망시키나 기차 안에서 옥천은 군보의 6촌 동생을 만나 다시 잡힘. 그러나 금철의 도움으로 옥천은 도망함. ⑪한편 상춘은 공부의 꿈도 이루지 못하고 고향으로 돌아옴. 모든 사실을 알게 된 상춘은 로씨야 빠르찌산에 들어감. 그리고 농촌 쏘베트 위원장이 됨. 박봉선을 만나며 상춘은 생활의 의미를 감각하기 시작함. ⑫옥천이 고향으로 돌아옴. 아버지는 딸을 그렇게 보내고 심화병으로 생을 마감했음. ⑬마침내 상춘과 만나고 상춘은 "낡은 세상을 나는 마삿ㅅ다. 나는 공산당원이다. 우리나라 낡은 례의도 마사 버리자."라는 생각을 하며 옥천과의 결혼을 생각함.

주제어 로씨야 원동 지방, 빠르찌산, 공청 동맹, 낡은 예의 등.

심화자료 이기적 면모를 보이는 인간의 내면 심리 묘사 탁월.

리길수, 「희곡 "우승기"를 합작하면서」, 『레닌기치』, 1966.10.23, 3쪽. (회상기)

주제 극문학에 커다란 업적을 남긴 장춘 동무와의 희곡 합작 회상기.

내용 ①1936년 조선 극장 탄생 네 돌. 우리 극장 앞에는 원동 조선인들의 생활을 반영한 쏘베트 제재를 가진 현대극이 필요했음. ②장춘 동무는 나와 길춘 동무에게 희곡 합작을 제의함. ③그래서 우리는 미래 희곡의 주인공으로 노력 적기 훈장을 받은 바다의 영웅, 공청 동맹원 리옹호 동무를 생각함. ④리옹호 동무와 같이 고기잡이를 나가고 이를 계기로 집으로 돌아와 「우승기」를 집필함. ⑤장춘 동무는 이후에 10여 편의 희곡을 썼으며 조선인 극문학에 커다란 업적을 남김.

주제어 조선 극장, 희곡 합작, 공청 동맹 등.

채영, 「재능있는 극작가 태장춘: 극작가 태장춘의 출생 55주년에 제하여」, 『레닌기치』, 1966.10.23, 3쪽. (회상기)

주제 극작가 태장춘에 관한 회상.

내용 ①쏘련 조선인들의 극문학 발전에 있어서 태장춘 동무의 공적은 실로 적지 않음. ②태장춘 동무는 노동자의 가정에서 태어나 생활난으로 인하여 소학교도 졸업하지 못하고 어릴 적부터 노동 생활을 했음. ③원동에 쏘베트 주권이 수립된 후부터 공부할 길이 열렸음. 직업 동맹 학교를 거쳐 노동 학원 졸업 후 예술 창작의 길을 택함. 그는 15세 때부터 해삼시 신한촌 노동자 구락부 연예부의 배우로 무대에 섰음. 1934년 가을에 원동 조선극장에 들어왔음. 노동 학원에서부터 문학에 대한 관심을 가졌으며, 극장에 들어와서는 연극 예술을 연구하며 희곡을 창작했음. 그의 처녀작은 「밭지경」인데, 이 작품은 당시 생활에서의 긴절한 문제, 즉 농업집단화 시기에 개인 소유의 사상이 없어지며 집단주의 사상이 발전하는 과정을 보여주는 희곡임. ④그는 작가로서 시대와 생활에 대한 관찰력이 매우 컸으며 실로 생활을 깊이 파 볼 줄 알았으며 인간에 대한 배려가 컸고 그의 작품들은 시대적 성격을 가진 것이라 평할 수 있음.

주제어 원동, 농업집단화 등.

김세일, 「장편 소설 "홍범도" 발표를 앞두고」, 『레닌기치』, 1966.10.30, 3쪽. (기사)

주제 「홍범도」 3편 연재 예고.

내용 ①홍범도 제3편은 탈고되어 교열 중에 있음. 3편은 1, 2편보다 내용상으로 더 재미있고 기교면에 있어서 더 고상함, 새로 씌인 부분은 홍범도 의병장의 활동 중 전성기를 묘사한 것으로서 완전한 독립적인 작품으로 될 수 있음. ②장편 소설「홍범도」제3편은 1967년 1월 중순부터『레닌기치』신문에 연재될 것임. 많은 독자들이 이 소설을 읽기를 바람.

주제어 홍범도 3편 등.

아. 알렉씬, 전동혁 역,「잔치 전날 밤」,『레닌기치』, 1966.10.30, 3쪽 / 11.1, 3쪽. (단편소설)

주제 자식에 대한 어머니의 희생과 사랑.

배경 결혼 잔치 전날 밤.

인물 나(어머니), 왈레리(아들), 따마라(며느리), 레나(나의 친구. 나가 어려움을 느낄 때 모든 것을 도맡아 해줌), 꼴랴(왈레리의 아버지. 전사함), 구르겐(나를 사랑한 남자) 등.

줄거리 ①나는 오늘 낮에 결혼한 아들 내외를 기다리고 있음. ②레나는 나의 친구이며 나의 모든 것을 도와줌. 정작 자신은 결혼하지 않음. ③왈레리는 전쟁에서 전사한 아버지 꼴랴를 기억하지 못함. 사실 나는 그가 전사하지 않았다면 자신은 버림받았을지도 모른다 생각함. 나는 로씨야 인이 아니기에 꼴랴와의 사이에 일정 정도 거리가 있었음. 꼴랴는 전장에서 나에게 편지를 하기도 했지만 나는 그것을 나한테 쓴 것이 아니라 먼 곳에 가서 어렵고 고통스러울 때 늘 그리워지는 제 집으로 쓴 것이라 생각함. ④나는 다시 시집가지 않았음. 이후 아들만을 보고 살았음. 한 번은 우리 관리국으로 아르메니야에서 기사(구르겐)가 설계 도안을 가지고 왔고, 그는 나에게 청혼했으나 레나는 거절하라고 했음. 나는 거절의 편지를 보냄. 레나는 그 집에 가서 종노릇을 하게 될 거라 일러 줌. 나의 편지에 온다던 그루겐은 오지 않고 한 여성이 설계 도안을 가지고 왔음. 그녀는 너무나 친절한 여인이었음. 나중에 알고 보니 그녀는 그루겐의 어머니였음. 그래도 나는 후회하지 않았음. ⑤전생을 오직 한 사람에게, 아들에게, 왈레리에게 바치는 것. 그리고 이제는 딸이나 다름 없는 따마라에게 바치는 것. 나는 일생에 왈레리를 기다리다가 그가 오기 전에 잠들어 본 적이 한 번도 없음. ⑥아들 내외가 돌아오고 그들은 대화를 함. 따마라는 정의가 변치 않기를 바란다면 어머니와 갈라져 살아야 한다는 말을 함. ⑦이 말을 듣고 나는 잔치 이후 백 킬로 미터 밖에 있는 언니네 집으로 옮기겠다는 말을 애들이 미안해하지 않게 어떻게 해야 할까(레나에게 상론할까) 고민함.

주제어 전사, 구혼, 결혼, 잔치 등.

심화자료 주인공 '나'의 나라는 어디인지.

정석, 「력사 소설과 허구」, 『레닌기치』, 1966.11.29, 3쪽. (평론)

주제 역사 소설과 허구의 문제.

내용 ①현실의 반영이라는 것은 작가의 의식을 통하여 재현된 현실을 의미함. ②작가의 의식을 거친 사실은 사실과 작가의 통합이며 작가의 상상과 허구를 거친 사실의 묘사임. ③작가, 예술가에게 있어서 상상, 공상은 필연적인 창작적 동력 중 하나이며 또 상상, 공상의 기초에서 작가의 허구가 발생하는 것임. 허구란 하늘에서 떨어진 것이 아니라 현실과 밀접한 연계를 갖고 있으며 또 그 현실에 뿌리를 박고 있는 것임. ④

상상, 공상, 허구는 어디까지나 현실에 토대를 갖고 있으며 생활적, 역사적 진실에 기초하고 있음. 작가에게는 역사적 진실을 왜곡할 권리가 없음. ⑤다른 문학예술 작품에서와 같이 역사적 예술 작품들에서 주요한 것은 세부묘사인 것이 아니라 시대의 형상, 그 시대의 범위에서 활동하는 주인공의 형상, 주인공들을 통하여 묘사하는 인민의 형상, 그의 활동, 운동인 것이며, 시대의 정신인 것임. ⑥이에 전형성을 언급할 필요가 있음. 역사적 문학예술 작품들에서도 묘사되는 사실, 사변의 전형화를 위해서는 국부적인 것, 우연적인 것을 묘사에서 제거하는 것임. ⑦김세일의 장편 「홍범도」를 예를 들자면, 3부에는 주인공 맹성균이와 옥란이 등장함. 작가는 이들의 헌신성, 영용성, 고상한 인간성을 통하여 의병장 홍범도의 형상을 깊게, 선명하게 묘사함. 이들은 작가의 허구로 창조된 형상들임. 그렇다고 작가가 역사적 사실을 왜곡한 것은 아님. 이들을 통하여 의병들의 전형성 획득에 성공한 것임. ⑧결국 문제는 작가가 이러저러한 시대, 주인공을 "전형적 환경에서" 얼마나 진실하게 보여주는가에 있음.

주제어 역사 소설, 허구, 공상, 상상, 세부 묘사, 전형성, 홍범도 등.

림하, 「"연극 장갑 렬차 14-69호"를 보고서」, 『레닌기치』, 1966.11.30. (극평)

주제 각 장면에 대한 평과 전체적 연극평.

내용 ①희곡 "장갑 렬차 14-69호"는 작가 브쎄월로도 이와노브의 중편 소설 "장갑 렬차 14-69호"를 각색하여 시월 사회주의 혁명 10주년 경축 공연으로 모쓰크와 예술 극장(므하트) 무대에서 첫 상연을 가지게 된 것인데, 최근 카사흐쓰딴 국립 조선 음악 연극 극장은 위대한 사회주의 10월 혁명 50주년 경축 공연으로 이것을 자기 무대에 상연하였음. ②문제는 이 희곡을 선택할 때에 자기 극장의 역량을 정확히 타산하지 못했기 때문에 군중 장면들이 잘 조화되지 않는 점들이 있으며, 특히 번역극인 것만큼 언어에 있어서 웨르시닌, 와씨까 오꼬로크 및 기타 빠르찌산들의 각이한 개성화가 그 인물들이 가지고 있는 형상의 색조를 두드러지게 못하였음.

주제어 시월 사회주의 혁명, 장갑 렬차 14-69호, 국립 조선 음악 연극 극장 등.

김상철, 「앙갚음」, 『레닌기치』, 1966.12.5, 3쪽/12.7, 3쪽/12.9, 3쪽. (단편소설)

주제 고난 극복 이후 얻을 수 있는 삶의 행복.

배경 열차 안, 원동 어느 궁벽한 농촌 등.

인물 나, 청년, 노인, 김병일(촌장), 일리야 이그나찌츠, 예핌까(늙정이. 일리야의 하인), 최동칠(마을 영감), 금순(최영감의 딸), 안드레이까(일리야의 머슴) 등.

줄거리 ①나는 열차 안에서 한 노인과 청년의 논쟁을 주목함. 노인은 이야기를 시작함. ⇒ 회상 ② 원동 어느 궁벽한 농촌. 이 마을은 일리야 이그나찌츠라는 지주의 소작을 하고 있음. 일리야는 촌장에게 돈을 갚으라 함. 촌장은 돈이 없다고 함. 마을에 돈을 갚지 못하는 최 영감은 걱정이 많음. 그에게는 금순이라는 딸이 있음. ③최병일과 최동칠은 일리야를 찾아감. 그리고 최 영감은 자신이 돈을 갚을 형편이 아니라고 말함. ④불같이 화를 내던 일리야는 최 영감의 딸을 자신의 집에 보내서 가사를 돕게 하라고 함. ⑤최 영감은 거부하고 일리야는 최 영감을 짓밟음. 일리야의 머슴 안드레이까가 이를 말림. ⑥최 영감은 사망함. 이후 어머니도 병에 걸려 죽음. 금순은 갈 곳을 잃고 얼마 후 마을에서 사라짐. ⑦촌장은 이듬해 봄 금순을 일리야의 집에서 발견함. 금순을 빚을 갚겠다 함. ⑧금순은 일리야에게 술을 권하고 일리야가 술에 취하자 석유를 뿌리고 집에 불을 놓음. 안드레이까가 도와줌. 그리고 그들은 도망침. ⇒ 회상 ⑨노인은 열차에서 내리려고 함. 청년은 그들이 어떻게 되었냐고 묻고, 노인은 그들이 이후 빠르찌산에 들었다가 결혼하여 잘 산다함.

주제어 혁명적 낭만, 소작, 빠르찌산 등.

1967

김남석, 「청송」, 『레닌기치』, 1967.1.03.~04, 3쪽. (단편소설)

주제 충성심이 강한 남청송. 조국을 위한 희생정신.

배경 겨울. 연해주 추구예ㅂ까 구역, 안또놉까 촌, 뽀씨예트 구역, 하바롭쓰크 등.

인물 남청송(민경서 서원, 28살), 마까르(백파 잔당), 쏘베트 위원장, 당위원회 비서, 집행 위원회 위원장, 오를로브(이전 빠르찌산) 등.

사건 쏘베트 행정 일군들을 살해하려는 백파 잔당들의 습격. 마까르 집에 모여 회의를 하는 백파 잔당들. 청송은 이전 빠르찌산 오를로브와 만남.

내용 연해주 추구예ㅂ까 구역 민경서 서원인 남청송은 상부의 명령을 받고서, 안또놉까촌으로 떠났다. 고장에는 아직 백파 잔당들이 남아 있으니 조심하여야 된다는 서장의 말을 기억하며 서둘러 도착한 청송은, 쏘베트 위원장으로부터 구역 당 위원회 비서와 집행 위원회 위원장과 함께 회의가 있으니 먼저 회피자들과 만나고 있으라 했다. 그 시각 다른 곳에서는 백파 잔당들이 이들을 처치하기 위해 계획을 세우고 쏘베트 공간 위치 파악 후 습격하였다. 그때 마침 옆방에서 청송이 이상한 낌새를 알아차렸고, 청송은 백파 잔당을 처치하였다. 청송은 신임을 얻어 볼게위크당 대렬에 들어가게 되었다. 그런데 그 해 러시아인 구교도들이 사는 촌에 백파 잔당이 숨어 있다는 정보를 입수 하였고, 청송은 이전 빠르찌산 오를로브와 함께 다른 사람들의 희생 없이 직접 가서 잡겠다고 하였다. 그 오를로브와 함께 백파 잔당들의 의심을 덜기 위하여 채벌공으로 변장하여 잠입에 성공하였다. 어렵게 그 둘을 생포하였고, 청송은 구역 당 위원회의 파견을 받아 하바롭쓰크 변강 민경서장 강습을 마치고 자기 구역으로 돌아와 구역 민경서 서장의 중책을 일임하게 되었다.

주제어 백파, 쏘베트, 빠르찌산, 민경서, 볼게위크당, 조선 등.

김용구, 「밀림 속에서」, 『레닌기치』, 1967.1.8, 3쪽. (소품)

주제 인간의 고운 심성에 대한 마음.

인물 나(신문사 기자), 철수(벌목장 운전수), 최정숙(출랍원), 이웃 청년(뜨락또르 운전수) 등.

사건 새해 월급이 담긴 돈 가방의 분실.

배경 '쓰깔리쓰띄' 벌목장.

줄거리 나는 출장 차 '쓰깔리쓰띄' 벌목장을 찾았다. 그곳에서 가시크를 운전하는 서정적인 철수를 만나게 되었다. 그는 자신의 벌목장에 대해 쓸 것이냐고 물어보았다. 나는 모르겠다고 대답하지만 그는 기자들은 써 놓고 잡아떼는 성향이 있다며, 신문에서도 비판글이 너무 많다고 불평했다. 그러면서 자신이 만약 작가라면 '사랑'과 '참다운 사람'에 대해 쓸 것이라는 얘기를 한다. 지난겨울 벌목장 지부주임은 일등급 운전수인 철수에게 출랍원인 최정숙과 함께 구역 소재지에 가서 새해 월급을 받아오라 했고, 평소 친하게 지내며 미래를 이야기하던 정숙과 함께 가게 된 철수는 기뻤다. 돈을 받아 돌아오는 길에 행여나 길을 잃어버릴까봐 잠시 차에서 내려 전주를 얻으러 간 사이 정숙은 철수가 자신을 버리고 도망을 간 것으로 생각해 그를 찾으러 차에서 내렸다. 돌아온 철수는 한참을 헤맨 뒤 그녀를 찾았다. 그런데 그때 돈가방이 없어진 걸 알아챈 정숙은 철수에게 욕을 퍼부으며 세상에 믿을 사람 없다며 악을 썼다. 아무래도 그녀가 차에서 내릴 때 같이 떨어진 것으로 생각한 철수는 함께 찾아보자며 실랑이를 벌였다. 그때 뜨락또르 한 대가 다가왔고, 우리의 이야기를 들은 청년은 얼마 떨어지지 않은 곳에서 돈가방을 주웠다며 잃어버린 사람이 아직 근처에 있을 것 같아 찾아오던 길이라고 했다. 그리고 돌아오는 길. 정숙은 돈가방을 보며 분명 조금이라도 가져갔을 것이라고 의심을 했고, 철수는 그런 정숙이 증오스러워진다. 그렇게 그녀를 피하던 중 어느 날, '그 사람'을 데려 왔다며 정숙은 철수를 집으로 초대한다. 그곳엔 그들을 도와줬던 그 남자가 있었고, 정숙은 이번에 인간의 형제애를 알게 되었다고 말한다. 그제서야 철수는 그녀를 용서하고 다시 사랑할 수 있게 된다.

주제어 신문, 인간, 돈가방, 형제애, 쓰깔리쓰띄 벌목장 등.

기운, 「정해동 교장 선생님」, 『레닌기치』, 1967.2.12, 3면. (단편소설)

주제 정해동 교장 선생님의 선행. 가족의 소중함.

공간 레닌 광장, 깝까스, 바라스 거리 65번지, 예쎈뚜끼 료양원, 꾸일류크, 따스껜트, 또이쭈베, 양기바라스, 부까, 벡아바드, 악꾸르간, 쁘스껜트, 양아원

인물 정해동-교장 선생님, 민경서원, 와냐, 마르파(와냐의 의붓어머니), 김성철(와냐의 아버지, 50세. 건강이 좋지 않음) 등.

내용 해동은 학교에서 집으로 돌아가던 중 레닌 광장에서 사람들이 모여 웅성거리고 있는 모습을 보게 되었다. 거기엔 어린 아이가 사람들에게 둘러싸여 있었는데, 다른 사람의 지갑을 훔치다 걸렸다고 했다. 부모도 있는 어린 아이가 늦은 시간 광장에서 왜 어른들의 지갑에 손을 대는지 사람들은 혀를 찼다. 해동은 그 어린 아이가 걱정이 되어 민경서원에게 부탁해 데리고 나왔고, 아이와 대화를 나누었다. 아이에게는 아버지가 계신데 먼 곳에서 농사를 지으시고, 친 어머니는 돌아가셨고 대신 의붓어머니가 계신데 밤이면 집에 남자 손님들이 오고 그때마다 아이에게 나가라고 했다는 것이다. 그리고 아버지가 계시지 않으면 밥 조차 주지 않는다는 사실을 알게 된 해동은, 의붓어머니를 찾아가 해동을 양아원에 입양시키게 되었다며 아이의 짐을 꾸려달라고 했다. 어머니로서의 역할을 제대로 하지 못하고 아이를 외롭게 내버려 둔 것은 큰 잘못임을 깨우쳐 주며, 해동은 와냐를 양아원으로 입양하고 시간이 될 때마다 아이를 보러 가며 가족처럼 지냈다.

주제어 양아원, 가족, 친어머니, 의붓어머니, 돈, 선생님, 레닌광장, 민경서원 등.

정상진, 「고용병의 운명」, 『레닌기치』, 1967.3.14, 3쪽. (극평)

주제 한진 작 연극 「고용병의 운명」 작품평.

내용 연극의 1장에서는 서울 한 모퉁이의 판자집, 남조선 근로자들의 빈궁과 기아의 생활을 보여준다. 이곳에는 신혼인 무직업자의 청년과 아내 봉녀, 어머니가 살고 있다. 그들은 어머니의 환갑상을 차리기 위해 피를 팔고, 머리카락을 판다. 자식들의 지극한 정성은 조선 사람의 아름다운 전통과 위대한 풍습을 나타낸다. 그러나 미제국주의자들로 인해 남조선은 비극을 맞게 된다. 이 연극에서는 공산주의적 인간만이 품을 수 있는 품성(생활의 애착, 미래에 대한 신념, 원수에 대한 증오심, 아름다운 심성)을 볼 수 있다. 비열하게 소리만 내지르며 위협하는 국군 대위에 비해, 한 빠르찌산 처녀의 형상(용감하고도 대담한 죽음)에서 전체 남부 월남 인민의 영웅적 모습을 엿볼 수 있다.

주제어 「고용병의 운명」, 삐오네르, 한진, 남조선, 미제국주의, 빠르찌산 등.

장문일, 「토정비결 봐주던 이야기」, 『레닌기치』, 1967.3.29, 3쪽. (단편소설)

주제 토정비결에 얽힌 이야기.

인물 나, 아버지, 금녀(철수 노인의 맏딸), 금녀의 어린 자식 등.

사건 토정비결.

배경 지난 설날.

줄거리 설을 맞아 금녀가 어린 아이를 데리고 찾아 왔다. 오래전 산판에 있을 때 금녀 부모들과 같이 지냈던 인연을 계기로 인사차 온 것이다. 그들은 10년 전 산판에서 살던 이야기와 근황을 얘기하며 반가움을 나누었다. 그때 금녀는 아버지에게 데리고 온 아이를 가리키며 이 아이가 바로 그때 그 아이라며, 자신의 가정이 파토나지 않은 것은 아버지의 기지 덕분이라며 감사함을 전했다. 옆에 있던 나는 도무지 그 이야기를 이해할 수 없어 아버지에게 물어보았다. 아버지는 책을 보고 일 년 신수를 보는 것이 있는데, 예전에는 많이 보던 것이라고 했다. 조선 사람들에게는 아들을 낳지 못하면 선조의 대를 이어 주지 못하는 것이라고 여겨 아들을 귀하게 여기는 습성이 있다고 했다. 그런데 금녀는 아들을 못 낳았고, 남편은 그런 금녀를 두고 바람이 나서 집을 나가게 되어서 그 둘을 중매했던 아버지는 미안한 마음이 들었다는 것이다. 그 가정을 회복시키기 위해 아는 사람에게 부탁해 그 남편의 토정비결을 봐주기로 하였다. 때마침 음력 정초여서 사람들이 신수를 보러 그분 댁에 왔고, 거기엔 금녀의 남편도 있었다고 한다. 계획한 대로 금녀 남편에게 집을 나서면 죽을 팔자라고 속여 결국은 집으로 돌려보냈고, 그들은 양아들을 입양해 계속해서 결혼생활을 이어갈 수 있게 되었다고 한다.

주제어 토정비결, 설날, 세배, 조선, 대, 중매, 입양 등.

문리준, 「조선 민요 "도라지"에 대한 전설」, 『레닌기치』, 1967.4.9, 3쪽. (소품)

주제 민요 "도라지"에 얽힌 전설 소개. 가난한 백성들의 강인한 생명력.

내용 필자는 '나의 견지'로 보아 가장 정확한 것이라고 인정되는 '도라지'에 관한 전설을 소개한다. 조선의 태백산맥을 따라 금강산 서남으로 강원도 금화군이 있고 거기서 북으로 몇 십리 가면 '하늘 아래 첫 동리'가 있다. 여기에 도씨 부부가 40이 넘도록 아이가 없이 살고 있었다.

아이가 없음을 밤낮으로 걱정하는 가운데 마침내 잉태하여 딸을 낳는다. 어린애의 이름을 '라지'라 했는데, 라지가 열여섯이 되어 동네 총각과 사랑을 하게 된다. 한편 마을의 부자는 아름답고 착한 라지를 자신의 불구자 아들과 결혼시키려 한다. 라지는 속을 태우다가 죽을병에 걸려 죽고, 총각은 라지를 그리워하다가 라지의 무덤가에서 잠이 들고 꿈 속에서 라지를 만난다. 잠에서 깬 후 보라 꽃을 발견하고, 이듬해 총각은 꽃씨를 산간 여기 저기 뿌리게 되고, 가난한 백성들은 뿌리를 캐어 먹게 된다.

주제어 도라지, 민요, 설화 등.

리와씰리, 「물싸움」, 『레닌기치』, 1967.4.9, 3쪽/4.11, 3쪽/4.12, 3쪽. (단편소설)

주제 자연을 이기는 인간의 힘.

인물 브리가지르, 수리 관리국 국장 등.

배경 까라딸 강 좌우 편. 새 봄.

줄거리 봄이 와서 농민들은 농사를 지으려고 하나 기다리는 물이 오지 않는다. 브리가지르는 수문 기술자 부부를 찾으니 그들은 산에서 물이 조금씩 밖에 내려오지 않는다고 한다. 기다리던 물이 오나 3일 정도만 공급이 된다. 다시 물이 끊어지자 브리가지르는 다시 156호 지점을 찾는다. 두 쏩호스 지배인들이 물 때문에 싸우고 있었다. 브리가지르는 그들에게 어느 쏩호스의 벼든지 다 국가의 벼가 아닌가 하고 말한다. 수리 관리국 국장은 그 말에 동의한다. 그렇게 부족한 물이라도 공급이 되지만 이 물 때문에 사람들은 서로 다툰다. 브리가지르는 이러한 현실에 다시 산쪽으로 올라가고, 기사로부터 자연에 달렸다는 말을 듣는다. 날씨가 더워야 산의 얼음이 녹아 물이 흐를 터인데 날씨가 너무 춥다는 것이다. 이에 브리가지르는 인공적으로 그 눈과 얼음을 녹이는 방법은 없는지 묻는다. 물 때문에 개인의 욕심이 날로 높아져 갈 때, 비행기들이 산 위를 날면서 폭탄을 투하한다. 인간의 노력으로 자연을 이긴 것이다.

주제어 농사, 물싸움, 인간의 힘, 브리가지르, 비행기 등.

정상진, 「발표되지 않은 시편들에 대하여」, 『레닌기치』, 1967.5.6, 3쪽. (평론)

주제 『레닌기치』 문예면에 발표되지 못한 시편들에 대한 단상.

내용 ①문예면에 발표되지 못한 시편들은 사상적으로나 주제면에서는 흠이 없음. ②정상진은 김승권의 「따스껜트의 봄」과 「금년 하락수」에 대해서 "수식, 비유 등은 어느 때든지 작품에 실린 사실, 인물의 형상을 더 뚜렷이, 선명하게 보이려는 데 그 목적"이 있는 것이데, 이것이 부족하다 함. ③박완진의 「종달새」, 「시의 나라로」, 「새해」 등은 시에 거짓 감정이 담겨 있고, 시적 언어에 대한 무식이 드러나며 작시법에 대한 상식의 결여가 보인다 함. 시가 인간 감정의 표현이며 내부 세계의 반영인 만큼 연설체를 부정함. ④김니꼴라이의 「파종의 봄」은 무의미한 호소와 무의미한 반복이 많으며 그 반복이 또한 비논리적임. ⑤결론적으로 앞서 언급한 이 시편들은 모두 시의 리듬과 음악이 없는 것임.

주제어 올바른 시상, 언어의 세련, 예술적 형상 등.

리정희, 「상봉과 이별」, 『레닌기치』, 1967.5.12, 3쪽 / 5.13, 3쪽 / 5.14, 3쪽 / 5.16, 3쪽 / 5.17, 3쪽. (단편소설)

주제 민족을 뛰어 넘는 사랑과 이해. 젊은 날의 사랑과 아픔.

배경 따스껜트, 월고그라드, 악쭈빈쓰 등.

인물 신철(빠웰. 남편), 미화(아내), 애라(딸), 영호(예전의 미화 애인. 애라의 아버지), 라야(미화의 로씨야 친구) 등.

줄거리 ①열차 역에서 남편을 배웅하면서 미화는 한 남자와 눈이 마주침. 그는 예전의 애인인 영호임. 둘의 만남. 아이의 물음. 아이에게 아무 말도 하지 못함. ⇒ 회상 ②학창시절 영호는 미화의 짝이었음. 영호는 다른 아이들은 괴롭혀도 미화만은 괴롭히지 않았음. 그들은 같이 7년제를 졸업하고 영호는 야간 학교로 갔음. 미화는 공부를 계속 하기 위해 월고그라드로 떠났음. 그녀는 대학에 붙을 수 있다는 희망을 포기하고 공장에 취직하였음. 그녀는 고독했고 로씨야 처녀 라야를 알게 되고 친구가 됨. 그녀는 의학 대학 2학년이었으며 그녀를 통해 박빠웰을 알게 됨. 그는 미화의 마음을 끌음. ③라야 어머니의 건강이 쇠약해서 따스껜트로 떠나게 되었을 때 라야의 부탁으로 같이 떠남. 그녀는 거기서 영호와 재회함. ④영호는 자신이 야간 학교로 간 이후에 공부하지 않고 불량하게 보냈다 함. 교장을 찾아가 낮 학교에 다니고자 부탁했으나 거절당함. 그는 교장을 때렸음. 그러나 교장의 선처로 2년 감옥살이를 면했음. ⑥새해가 되고 미화는 영호를 사랑하게 되고 영호 또한 미화에게 고백함. ⑦미화는 잘 먹지 못하는 술을 마시고 잠이 들었으나 아침에 보니 영호와 같이 잔 것을 알게 됨. 영호는 찾지도 기다리지도 말라는 편지를 남기고 미화를 떠남. ⑧상심한 미화에게 빠웰이 찾아오고, 그는 미화에게 청혼함. 영호와의 관계 이후 15일 만에 빠웰과 결혼함. 미화는 빠웰을 조선이름으로 신철이라 부르기 시작함. ⑨아이가 생겼으나 예정일보다 일찍 세상에 나옴. 비로소 아이가 영호의 아이임을 알게 됨. 신철도 자신의 아이가 아닌 것을 알았으나 말하지 않음. 미화는 이 사실을 말하지 못함. ⇒ 현실 ⑩그렇게 10년이 흘렀음. 정거장에서 다시 영호를 만남. 영호는 용서를 빌고, 미화는 용서했다고 말하고 돌아섬. ⑪이후 출장갔던 신철이 돌아오고, 미화는 10년 만에 신철을 빠웰이라 부르며 자신을 용서해 달라고 함. 신철은 이미 다 알고 있었으며 당신이 고백하는 날만을 기다렸다 함.

주제어 대학, 따스껜트, 열차, 혼인 등.

심화자료 10년 만에 신철을 그의 본명인 '빠웰'이라 부른 이유.

기윤, 「좋은 연극, 좋은 노래, 좋은 춤을 더 많이」, 『레닌기치』, 1967.5.17, 3쪽. (극평)

주제 공산주의 건설에 나선 조선 근로자들의 창조적 노동을 반영한 노래와 춤의 필요.

내용 ①우스베끼쓰딴 크슬오르다 조선 국립 극장 음악단이 순회공연을 하고 있음. 연극 「의부'어미」는 관객들을 많이 끌었음. ②이번 순회공연은 조선 청년들이 조선말을 모르기 때문에 조선 연극을 구경하러 오지 않는다는 일부 사람들의 그릇된 견해를 여지없이 반박했음. ③아쉬운 점은 노래들이 거의 조선에서 축음판을 통하여 들어온 것들임. 이를 반대하지는 않으나 비중이 너무 큼. ④따라서 쏘련에서 위대한 로씨야 인민과 어깨를 나란히 하고 공산주의 건설의 일선에 나선 조선 근로자들의 창조적 노동을 반영한 노래와 춤이 필요함.

주제어 순회공연, 조선말, 공산주의 건설, 창조적 노동 등.

블라지미르 말류찐, 「장편소설 "어머니" 주인공들에 대한 새 것」, 『레닌기치』, 1967.5.17, 3쪽. (기사)

주제 고리끼의 소설 "어머니"에 나오는 주인공들과 그 원형의 생애.

내용 장편소설 「어머니」는 실제적 혁명 사변들, 즉 1902년 쏘르모워에서 있은 5·1절 시위를 주제로 하였음. 이에 닐로브나와 빠웰 블라쏘브의 원형은 살로모와와 그의 아들, 쏘르모워 노동자 뾰뜨르 안드레예위츠 살로모브임. 또한 여주인공 싸쎈까의 원형은 직업적 혁명가인 소세피나 에두아르도브나 가세르임. 여기서는 이 여인의 생애를 간략 소개하고 있음.

심화자료 실제 소설 속 인물의 원형을 밝히는 것이 중요한 이유.

리길수, 「잊어지지 않는 연극: 10월 50주년에 제하여」, 『레닌기치』, 1967.6.30, 3쪽. (극평)

주제 10월 50년을 맞은 조선 극장의 발전사 회고.

내용 ①10월 50주년에 제하여 뜨레네브의 작 희곡 「류보위 야로와야」를 무대에 올리던 이야기를 독자들과 나누려 함. ②1932년에 조직된 조선 극장은 당시에는 장막 희곡을 쓸 만한 극작가도 상연할 연출가도 없었음. ③1933년에야 비로소 연성용의 장막 희곡 "장평동의 홰'불"이 상연되었음. ④직업적 극장으로 형성된 우리는 로씨야 극장과 연계하고 그들의 희곡들을 상연하지 않으면 안 된다는 사실을 알았음. 이에 선택한 것이 "류보위 야로와야"였음. ⑤이렇게 1937년 4월 29일 상연을 하게 됨. ⑥나는 위대한 시월 50주년을 앞두고 30년 전의 시월 20주년을 맞이하여 상연하던 "류보위 야로와야"를 회상하면서 극장의 성장에 대하여, 장래에 대하여 생각하지 않을 수 없음.

주제어 10월 50주년, 류보위 야로와야 등.

정상진, 「리정희의 세 편의 단편 소설을 읽고서」, 『레닌기치』, 1967.7.9, 3쪽. (평론)

주제 성장하는 작가의 소설 세계.

내용 ①두 해 동안에 알려지지 않은 여류 소설가의 이름이 세 번 나왔음. 바로 「아름다운 심정」, 「차'간에서」, 「리별과 상봉」 등임. 소설의 내용은 소박하고 생기가 있고 순결함. ②그녀의 처녀작인 「아름다운 심정」은 구성이 어리고 주인공들의 면모가 희미함. ③두 번째 단편인 「차'간에서」는 작가의 성장을 감촉할 수 있는데, 작가는 이 작품에서 "인간문제"의 해결을 시도하고 있음. 그러나 주인공들의 형상은 몹시 희박한데, 그 원인은 내면세계, 즉 심리적 변증법이 미약하게 묘사됨. ④세 번째 「리별과 상봉」에서 작가는 또한 성장하고 있는데, 주인공들의 내면세계의 묘사, 구성상 사건 발전의 정당성 등 한 마디로 실감을 줌. ⑤작가는 현실적인 사실, 현상을 일반화함으로써 예술을 창작해야 함.

주제어 작가의 성장, 내면세계, 인간문제, 심리적 변증법 등.

심화자료 ①필자는 「리별과 상봉」을 논하면서 영호와 미화가 하룻밤을 같이 한 이후 영호가 종적을 감추는 것에 대해서 그처럼 지극히 사랑하던 영호가 무엇이 두려워 미화를 버리고 도주했는지 등에 관해서 논리적 설명이 필요하다고 했는데, 사회적 통념인 윤리 및 도덕의 문제에 굳이 설명이 필요할지 의문임.

②사람의 인생관은 "하나는 자기 목적을 달성하거나 조국에 이바지하는 데서 생활의 미를 보고 있는 부류이고 다른 하나는 부귀영화를 누리고 사는 데서 생활의 목적을 보고 있는 부류이다. 미화는 첫 부류에 속하는 사람이다. 그러므로 대학에 입학하고 자기가 택한 길로 꾸준히 걸어 나가는 것을 미화는 더 없는 행복으로 여겼다." 이러한 부분에서 '교육'의 역할을 감지할 수 있음.

리희찬, 「그들은 총을 놓지 않았다」, 『레닌기치』, 1967.7.26, 3쪽 / 7.28, 3쪽. (단편소설)

주제 전쟁에서의 살신성인과 수령에 대한 감사.

배경 5·1절. 김일성 광장. 1950년 전쟁 당시 등.

인물 소대장 박중석, 간호원 서윤희 등.

줄거리 ①5·1절 경축일. 남녀 지휘관이 의미심장한 눈빛을 교환하며 거수경례를 하고 감. ⇒ 회상 ②1950년 전쟁 당시 부상당한 소대장 중석과 이를 치료하기 위해 온 인민군 간호원 윤희와의 만남. ③윤희는 두 달 전 인민군대에 입대하던 때 전방으로의 차출을 막던 지휘관이 현재 자신이 돌보게 된 소대장임을 확인함. ④날아오는 칼을 붙잡아 입은 상처를 치료하는 가운데 미국이 다리를 폭파하려 하고 소대장은 달려나감. 서윤희가 총을 들고 쫓아가 엄호함. 소대장은 도화선을 끊고, 정찰대인 그들은 본대가 도착하기 전까지 다리를 지킴. ⇒ 현실 ⑤감격한 윤희는 수령에게 감사함.

주제어 5·1절, 간호원, 수령 등.

심화자료 수령에게 감사하는 내용이 있음.

김니끼포르,「세 연극에 대한 단상」,『레닌기치』, 1967.8.2, 3쪽. (극평)

주제 기념해 연극 세 편에 대한 인상기.

내용 세 편의 연극, 즉「고용병의 운명」과 현대 청년들의 생활을 내용으로 한 희곡인「탈 쓴 승냥이새끼」그리고 두 인간의 운명의 엇갈림을 그린「마센까」등의 인상을 말하고 있음. 주로 배우와 그 연기에 대해 논함.

주제어 기념해 등.

정상신,「발표되지 않은 작품들을 읽고서」,『레닌기치』, 1967.9.13, 3쪽. (평론)

주제 미발표 작품들의 낮은 완성도.

내용 ①작품은 진실성이 가장 중요함. ②리와씰리 동무의 미발표작들은 거의 모두 예술성이 없음.「활짝 피여 나는 우리 시대의 어린이」,「광부의 길」,「기계화 벼 분조」등의 첫인상은 예술 창작에 대한 상식의 부족과 문학적 지식의 빈약임. ③소설가는 사건을 자신이 이야기할 것이 아니라 작중 인물들의 성격 발전, 행동, 감정을 통하여 보여 주어야 할 것임. 리와씰리 동무는 전부 이야기해 버림. ④또한 김남석 동무는 내용이 생활에 어긋나는 모순들이 많음. 마찬가지 리와씰리 동무가 지닌 결점이 있음. ⑤따라서 세계문학에서 배워야 하며 문학이 일종 직업인 만큼 작가는 직업적 기술을 소유해야 할 것임.

주제어 진실성, 세계문학 등.

리동언, 「김옥순」, 『레닌기치』, 1967.9.13, 3쪽. (실화)

주제 빠르찌산을 돕는 삶과 공산당원의 지향.

배경 주풍 육성, 소무거우 촌 등.

인물 전경모(소대장), 김형준(군인), 김종순 노인(70세), 김옥순, 리중집(대장), 장익수(적위병), 허선 등.

내용 ①주풍 육성에는 일본 수비대가 있고, 멀지 않은 솔밭관에 한인 사회당이 편성한 조선 적위군 부대가 있음. ②소대장 전경모와 군인 김형준은 식량의 확보를 위해 김종순 노인을 찾아오고, 그의 딸 옥순이 밤마다 거둬 놓은 식량을 가지고 가려 함. ③빠르찌산 운반대를 기다리는 도중 옥순은 일본 군사들이 산에 들었음을 알림. ④전경모는 사망, 형준은 다리에 총상을 입음. ⑤옥순은 형준을 부대까지 부축함. ⑥1930년 김옥순은 쏘련 공산당 당원증을 받음.

주제어 빠르찌산, 한인 사회당, 일본 수비대 등.

전동혁, 「문학 창작에서의 언어에 대한 몇 가지 문제: 어휘에 대하여」, 『레닌기치』, 1967.10.15, 3쪽. (평론)

주제 작가의 언어 사용 문제.

내용 ①어휘가 풍부해야 함. ②축적된 어휘는 두 가지로 나눌 수 있음. 하나는 적극적 어휘고 다른 하나는 소극적 어휘임. 전자는 일상생활의 어휘이며 후자는 읽고서 이해할 수 있는 어휘임. 문학 작품을 쓰는 사람은 적극적 어휘가 풍부해야 함. 이는 소극적인 어휘를 자주 사용하여 점차 그것들을 적극적인 것으로 만들어야 함. ③또한 어휘 중에서 가장 적절한 단어를 골라 올바로 사용해야 작가의 사상이 똑똑히 표현되고 예술성이 높아짐. ④끝으로 문학 작품은 언제까지나 표준어, 즉 문어로 써야 함. 지나치게 방언을 섞어 쓰면 예술성이 낮아지고 비속화할 수 있음. 방언은 인물들의 대화에 쓸 수 있음. 그러나 작가 자체의 언어는 꼭 표준어라야 함.

주제어 적극적 어휘, 소극적 어휘, 표준어, 방언 등.

우 블라지미르, 「문학에서의 전형 문제」, 『레닌기치』, 1967.10.15, 3쪽. (평론)

주제 문학에서의 전형화 문제.

내용 ①예술적 형상은 사회적-전형적인 형상의 본질(일반적인 것)이 특수하고 단일한 것을 통하여 재현되는 때에라야 완전히 미학적인 것으로 될 수 있음. ②이때 작가의 예술적 허구가 무엇보다 중요함. ③총괄적으로 개별적인 것(개성적인 것)을 통하여 전형적인 것이 재현되고 생활의 진리, 생활의 객관적 합법칙성, 전형적인 성격과 전형적인 환경이 반영된 그런 작품만이 진실한 예술적 가치를 가질 수 있음.

주제어 전형, 허구, 원형 등.

정석,「단편소설과 그의 구성」,『레닌기치』, 1967.10.15, 3쪽. (평론)

주제 단편소설에서의 구성과 쓔세트.

내용 ①구성이란 곧 작품의 예술적 구조(알히쩨흐또니까)를 의미하는 것만큼 쓔세트는 구성의 유기적 성분으로 되어 있음. ②작품 쓔세트는 대개 사건이 발생할 수 있는 환경, 분위기, 서두(엑쓰뽀시치야), 사건의 발생, 발족(사뱌스까), 사건 발전의 정점(꿀미나찌야), 사건의 결말(라스뱌스까) 등의 기본 요소들을 내포하고 있음. ③예술 작품의 복잡한 조직, 그의 구조를 가리켜 구성이라고 함. 어떤 예술 작품을 막론하고 구성은 필연적인 것임. 때문에 어떤 문학 작품이든지 다 쓔세트는 같지 않지만 구성은 거의 비슷함. ④결론적으로 구성상 결함을 가진 작품에서 성격이 바로 묘사될 수 없으며 또 성격이 바로 묘사되지 않았다는 것은 그 작품에 작가가 반영하려는 생활 현상이 올바로 반영되지 못하였음을 의미함.

주제어 단편소설, 구성, 쓔세트 등.

작자미상,「시인과 현시대」,『레닌기치』, 1967.12.10, 1쪽. (사설)

주제 작가는 시대의 대중을 이끌어야 함.

내용 ①문학 작품은 그 작가의 계급적 사상의 표현 형식임. ②위대한 사회주의 시월 혁명의 승리와 함께 쏘베트 문학 앞에는 우리나라에서의 사회주의 건설을 위한 전 인민적 투쟁에 협조하여 근로자들, 특히 청년들을 사회주의적 정신으로 교양할 새로운 과업이 절박하게 나섰던 것임. 현시에 와서는 공산주의의 물질 기술적 토대의 축성을 위한 투쟁과 새 인간 교양에서의 쏘베트 문학의 역할을 높일 중대한 과업이 제기되어 있음(막씸 고리끼, 블라지미르 마야꼽쓰끼). ③아. 뜨와르롭쓰끼 등의 쏘련의 저명한 시인들의 작품은 위대한 조국 전쟁 시기에 쏘베트 사람들, 쏘련 전사들의 심장에서 원쑤에 대한 증오의 불길을 일으켰으며 전후 시기에 와서는 인민 경제 건설 부면에서 근로자들을 증산 투쟁에 부르고 있으며 또 그들에게 애국심과 쁘롤레따리 국제주의를 배양하고 있음. ④또 『레닌기치』 신문에 투고하고 있는 김준 등의 시인들도 평화적 건설 시기에 당과 인민의 위업을 위하여 가능한 것은 다하려고 힘쓰고 있음.

주제어 계급적 사상, 쁘롤레따리 국제주의, 평화적 건설 시기 등.

우블라지미르, 「첫걸음: 조선 문학 선집 '로력자의 조국' 발간 30주년에 제하여」, 『레닌기치』, 1967.12.10, 3쪽. (평론)

주제 쏘베트 조선 문학사 연구의 필요성 제기 및 전망.

내용 ①쏘베트 조선 문학사를 연구하고 분석해야 할 필요가 있음. 쏘베트 조선 문학 선집 『로력자의 조국』 출판 30주년에 제하여 1937년 전까지의 쏘베트 조선 문학사에서의 몇 개의 모멘트를 말하고자 함. ②시월 혁명 이후 조선인 작가들은 『선봉』 신문의 주위에 집결되었음. 이 신문의 창간호는 원동에 쏘베트 주권이 수립되어 한 해 지난 후, 즉 1923년 3월 1일 발간되었음. ③1931년 11월 11일 『선봉』 신문에 발표된 조선 문단과 문예에 대한 논문에서 작가 김준은 쏘베트 조선 문학의 발생 년도를 1928년으로 인정하였음. 1928년도 자료에는 막씸 고리끼에게 보낸 원동 조선인 로동 기자들의 편지(8월 2일)와 고리끼의 답서(9월 30일)도 있음. 1928년도는 막씸 고리끼와 조선인 작가들 간에 밀접한 연계가 맺어진 해임. ④그렇지만 필자의 견해로는 1928년을 쏘베트 조선 문학의 시초로 간주할 수 없음. 오히려 『로력자의 고향』 첫 호가 출판된 1934년에 대하여 고려할 필요가 있음. 바로 이 시기에 와서 쏘베트 조선 문학의 창작 역량이 형성되었고 또 바로 그것이 문학 작품의 선집을 출판할 수 있게 한 것임. ⑤조선 문학 작품 선집이 처음 출판된 이후 문학 창작 사업은 보다 더 활기를 띠었음. 1937년에 두 번째 『로력자의 조국』(원동 국립 출판사, 하바롭쓰크)이 출판되었음. ⑥새 선집의 의의는 곧 원동에서의 조선 문학 창작 사업을 한 걸음 더 발전시켰고 총화를 지은 데 있음. 상기 두 개의 조선 문학 작품 선집의 의의는 그것이 그 후 카사흐쓰딴과 우스베끼쓰딴에서 쏘베트 조선 문학이 가일층 발전될만한 전제 조건으로 되었음.

주제어 쏘베트 조선 문학사, 『선봉』, 『로력자의 조국』 등.

심화자료 간략한 쏘베트 문학사를 엿볼 수 있는 자료임. 조선 문학 작품 선집에 관한 간략한 소개가 있음.

김로만, 「무르헤드 의사와 그의 치료 환자」, 『레닌기치』, 1967.12.22, 5쪽 / 12.23, 3쪽 / 12.26, 3~4쪽. (단편소설)

주제 사적 이익을 위한 거짓 정신 치료와 그로 인한 파멸.

인물 무르헤드(정신 료법의, 독신), 쓰뗄라 부리슈(환자, 절색), 프레드(쓰뗄라의 남편, 엄청난 부자), 뉴젠트(정신 료법의) 등.

줄거리 ①쓰뗄라는 자동차를 몰고 가다가 멕씨까 사람을 치어 그를 죽게 만들고 이후 꿈 속에서 그를 보게 됨. 이에 무르헤드를 찾아 정신과 치료를 받음. ②치료를 받음에도 불구하고 그녀에게 있어 꿈에 사람을 죽이는 일은 쾌락이 됨. ③쓰뗄라는 무르헤드의 사택에서 치료를 받음. 다양한 치료가 실패함. 무르헤드는 그녀에게 자신을 벤이라 부르라 함. ④무르헤드는 그녀의 신경증 치료의 방법으로 공기총을 구입하여 까마귀, 비둘기, 참새, 고양이, 개 등을 쏘아 죽이라고 권고함. 그녀의 남편은 무르헤드에게 전화를 해서 그녀가 자신의 침실에 들어와 식칼을 들고 자신의 머리맡에 서 있는 것을 보았으며 최근에는 창던지기를 연습한다 함. ⑤하루는 무르헤드에게 전화를 건 그녀는 치료를 예약하고 찾아와 자신이 창던지기를 어떻게 연습하는지 보여주고 싶다 함. 그녀는 의자에 무르헤드를 꼼짝 못하게 묶고 백묵조각을 꺼내 왼쪽 가슴에 동그라미를 그림. 그녀는 자신이 다른 정신과 의사인 뉴젠트에게 다녀왔으며, 뉴젠트의 말에 따르면 무르헤드 당신의 치료는 협잡 행위이며 한 번에 매번 많은 돈을 받았고 마싸스하는 때에는 그것이 당신에게 더 만족을 주었음에도 불구하고 한 돌라르도 덜어주지 않았음을 상기시키며, 뉴젠트는 자신에게 심리적 완화를 주문했다 함. ⑥그녀는 가방에서 권총을 꺼내 무르헤드를 겨냥함.

주제어 정신 료법의, 신경증 등.

심화자료 기존의 소설과는 전혀 성질이 다름. 이념은 제거되었으며, 신경증의 문제를 다루고 있음.

정상진, 「사랑과 인간성에 대한 뽀에마: 연극 '붉은 수건 쓴 나의 어린 백양나무'를 보고서」, 『레닌기치』, 1967.12.26, 3쪽. (극평)

주제 원작에 기반한 연극평.

내용 ①칭기스 아이트마또브의 작품을 조선 극장 무대에서 상연하게 됨. ②작품의 내용을 보자면 아쎌리는 부모의 반대를 무릅쓰고 일리야쓰와 도주하여 아이를 낳고 살아감. 하지차는 일리야쓰와 사랑의 도피를 함. 일리야쓰가 나중에 다시 아쎌리에게 돌아오나 아쎌리는 이미 바이떼미르에게 출가했음. 아쎌리는 바이떼미르를 떠나지 못하여 운명이 어긋난다는 내용임. ③정상진은 원작에 기반하여 연기자들의 연기의 미숙함, 대사 전달의 미흡, 무대 장치의 결함, 언어 사용의 비속 등을 평함.

1968

김광현, 「새벽」, 『레닌기치』, 1968.2.8, 3쪽 / 2.9, 3쪽 / 2.10, 3쪽 / 2.13, 3쪽 / 2.14, 3쪽. (단편소설)

주제 인간에게 가장 소중한 사랑.

인물

① 중심인물: 리철준(55세), 채영희(철준의 아내), 올랴(철준의 딸), 김분옥(철준의 첫 애인)

② 주변인물: 이웃집 노파(분옥의 이웃), 박만식(철준의 동창, 분옥의 남편), 신애(철준의 사촌 형수) 등.

사건

① 중심사건: 철준과 분옥 그리고 영희의 사랑.

② 주변사건: 분옥의 딸인 올랴를 자신의 딸로 키우는 철준과 영희의 사랑.

배경

① (외화) 음력 9월 20일, 크슬오르다 등.

② (내화 1) 1942년 겨울, 전쟁시기 등.

(내화 2) 30년대 원동, 옴쓰크 시 등.

줄거리 철준은 아픈 몸이 회복되어 퇴원하여 집에 돌아와 있다. 철준은 두산베시에 사는 딸 올랴가 자신이 사는 크슬오르다에 온다는 소식에 그녀를 기다리고 있다. 딸은 아버지가 무사히 퇴원한 것이 천행이라 생각한다. 올랴는 철준이 그녀의 나이 다섯 살에 자신의 집으로 데려와 키웠다. 철준은 올랴의 친어머니와 한때 연인 사이였다. 1942년 정기 휴가를 받은 철준은 까라딸구역 꼴호스에서 보통꼴호스원으로 일하는 숙부를 찾았고, 가는 길에 너무도 추운 날씨 속에서 많은 눈을 만나게 된다. 그는 잠시 '0' 꼴호스동구로 발길을 돌려 한 집에 들었는데, 그 집에는 산후풍에 사경을 헤매는 여인이 있었다. 그녀의 남편은 현재 감옥에 있었고, 그녀 곁을 그녀의 딸과 한 노파가 지키고 있었다. 철준은 그녀가 자신의 첫 애인이었던 분옥임을 확인하게 되고, 분옥은 철준의 품에서 죽음을 맞이한다. 리철준과 김분옥은 7년제를 함께 졸업했다. 안쪽유학의 유행으로 철준도 1935년 옴쓰크로 떠났고, 그는 옴쓰크시 꾸이브세브농업대학 로동학원에서 채영희를 만나 사랑하게 된다. 분옥이 철준을 찾아오고, 분옥은 자신이 싫은 이유를 말하라고 다그치고, 철준은 자신의 동창인 만식과 분옥이 서로 좋아한다는 사실을 알고 있음을 얘기해준다. 철준은 그러한 사실을 사촌 형수인 신애로부터 전해 들었던 것이다. 만식과 분옥이 만난다는 형수의 말을 듣고 철준은 영희에 대한 연정을 키우는 한편 분옥에 대한 사랑을 멀리했던 것이다. 분옥은 다른 사람들의 말을 통해 철준의 말이 거짓임을 확인하고 떠나간다. 그렇게 철준은 영희와 동거에 들어가고 분옥은 만식과 살게 되었던 것이다. 그러나 분옥은 만식에게 온갖 학대를 당하며 살았음을 알게 된다. 죽은 분옥에 대한 죄책감으로 회한에 잠기고, 철준은 장례를 치르고 올랴를 데리고 떠났던 것이다. 영희는 복잡한 심리 상태에 빠지나 어린 존재 앞에서 인간의 큰 임무를 느끼고 자신이 아들이나 딸을 낳지 못하는 현실을 직시하여 키우게 되었던 것이다. 이 모든 사실을 올랴에게는 그녀의 출가 이후 알려주고, 올랴는 친아버지를 원망하기도 했다. 올랴는 그렇게 양부모 밑에서 자라 모쓰크 의과대학까지 마치고 아픈 아버지를 입원시킬 수 있었다.

주제어 안쪽류학, 사랑, 인간의 큰 임무 등.

전동혁, 「연극을 보고서: 그 녀자의 일생」, 『레닌기치』, 1968.2.15, 3쪽. (극평)

주제 연극 「그 녀자의 일생」의 작품평.

내용 진보적 일본 작가 모리모도 가오르 작인 「그 녀자의 일생」을 맹동욱이 번역 및 연출하여 3막 5장으로 만들었다. 이 연극은 일본 부자인 쭈쭈미 일가의 40년간(1905~1945)의 역사를 통해 일본의 사회상을 엿볼 수 있다. 이 연극은 연출가의 창의로 해설자를 연극에 도입했다. 해설자(리상송 동무)가 연극의 한 등장인물로 나타난 것은 흥미있는 일이다. 리함덕 동무는 18세의 고아-하녀로부터 점차 자본에 눈이 어두운 쭈쭈미 상회의 자본가를 거쳐 전쟁으로 파산당하는 주인공 케이의 내면과 외형의 복잡한 발전과 변화를 무난히 보여주었다. 이것은 여간한 연기로는 불가능한 것이다. 다만 몸가짐, 목소리 등에서 꾸밈새의 요소를 제거하고 심리변화를 유기적으로 배합하도록 노력해야 한다. 쭈쭈미 가정의 첫 여주인 신주의 역은 최봉도와 리경희 동무들이 이행했다.

중국미술, 중국어문학에 유일한 만족을 느끼는 양심적 인간인 신주의 맏아들 신따로 역은 리길수 동무가 이행했다. 가장 진보적이며 인간적이며 다정다감하면서도 혁명적인 신따로의 동생 에이지 역은 박춘섭 동무가 이행했으며, 신주의 오라비 세수스께는 리용수 동무가 이행했다. 이상의 세 배우들의 결점은 장성, 발전, 변화의 과정이 뚜렷하지 못한 것이다. 기타 후사꼬 역에는 박쏘피야, 후미꼬 역에는 송올리가, 세이죠 역에는 김블라지미르, 찌예 역은 박나제스다 등이 맡았다. 강게로르기 동무는 무대장치를 담당했다.

주제어 「그 녀자의 일생」, 모리모도 가오르, 해설자를 연극에 도입 등.

조정봉, 「보배」, 『레닌기치』, 1968.2.22, 3쪽. (단편소설)

주제 보배에 대한 그리움. 뼈아픈 가난과 이상향의 양상 등.

인물

① 중심인물: 나, 보배 등.

② 주변인물: 나의 아버지와 어머니, 보배 부모 등.

사건

① 중심사건: 보내가 나를 찾아왔다가 떠나감. 회상기.

② 주변사건: 보배의 부모는 보배를 홀로 두고 토호청산 때 승야도주했음.

배경

① (외화) 현재.

② (내화) 조선인 화전민이 살던 삼간집, 1930년 경.

줄거리 나는 지난 날 한 처녀의 모습을 떠올리며 가슴이 설렌다. 우리

가족이 살던 곳은 빈대천지에 비가 새는 집이었다. 당시에 나는 16세였다. 우리 산간마을에도 1929년에 채소재배조합이 생겼다. 내가 19세 되던 1930년 6월 어느 날 보배가 나를 찾아온다. 보배는 3년 전에도 산간마을에 와서 놀다간 일이 있었다. 제법 틀이 잡힌 아가씨로 성장했으나 낙천적이던 그녀는 얼굴에 수심이 가득했다. 그녀의 말에 따르면 그녀의 부모는 토호청산 때 자신에게 치마단 하나만 남기고 승야도주했다고 한다. 그녀는 모쓰크와 등지로 떠나 공장에서 일하며 야간학교에라도 공부할 수 있기를 바란다는 것이다. 나는 누추하지만 묵었다 가라 하고 하고, 그녀는 오겠다고 했으나 다시 오지 않았다. 나는 꿈 속에서 자신의 곁에서 윗도리를 벗고 빈대를 잡는 보배를 발견하고 자신도 그녀를 따라가겠다고 말한다. 그녀는 "너는 빈농의 아들이고 나는 중령지로 도주한 토호의 딸"이라고 서로의 처지를 상기시킨다. 나는 "부모가 자기의 사랑하는 딸을 재워 놓고 밤을 타서 '리상향'을 찾아간다는 것은 과연 얼마나 복잡한 인생철학인가! '우리들, 늙은 것들은 낡은 세상을 찾아가서 여생을 마치겠다. 그러나 전정이 구만리 같은 너는 새것이 태여나서 뿌리를 박기 시작한 이땅, 의회로씨야땅에서 잘 살아라!' 이렇게 생각한 나머지 그렇게 한 것은 아닌지?" 하고 생각한다. 35년이 지난 지금 나는 보배를 찾을 작정이다.

주제어 토호청산, 중령지, 리상향, 의회로씨야 등.

막씸 고리끼, 「이제르길 할머니」, 『레닌기치』, 1968.3.5, 3쪽 / 3.6, 3쪽 / 3.7, 3쪽 / 3.12, 3쪽 / 3.13, 3쪽 / 3.14, 3쪽 / 3.15, 3쪽 / 3.16, 3쪽 / 3.19, 3쪽. (단편소설)

주제 인간의 거만함의 경계와 자신을 희생하는 아름다운 삶의 지향.

인물

① 중심인물: 나(이야기를 듣는 인물), 이르제길 할머니 등.

② 주변인물: 몰다위야 사람들 등.

사건

① 중심사건: 이르제길 할머니의 이야기와 그녀의 삶.

② 주변사건: 이르제길 할머니의 이야기를 듣는 나.

배경 베싸라비야의 아께르만 부근 바닷가(공간).

줄거리 나는 이르제길 할머니의 이야기를 듣는다. 그녀는 초원에 엮어진 '라르라'에 관해 이야기한다. 수천 년 전에 있었던 일로, 독수리가 마음씨 착한 검은 머리 처녀를 물어 갔다. 20년이 지난 어느 날 처녀는 찌들고 메마른 모습으로 돌아왔고, 그녀는 독수리와 부부가 되어서 살았다. 독수리의 아들을 데리고 왔는데, 그 아들은 마을의 원로들을 존경하지 않았다. 독수리는 한 처녀를 껴안았다. 그 처녀는 원로들 중 한 어른의 딸이었는데, 처녀가 몸을 빼자 처녀를 후려갈겨 죽이고 말았다. 사람들은 그를 꽁꽁 묶어서 그대로 놓아두었다. 그는 자신을 세상에서 으뜸으로 생각하며 자신 외에는 아무것도 보려하지 않았다. 그는 무서운 고독의 운명을 택하고 있었다. 한 사람이 그를 놔주자고 말하는데, 이때 천둥소리가 울리고 그 소리는 하느님이 그 사람의 말에 동의한다는 표시였다. 이제는 버림을 받고 쫓겨난 놈이라는 뜻에서 '라르라'라는 이름을 받았다. 그의 아버지는 인간이 아니었으나 그는 인간이었다. 이후 그는 온갖 나쁜 짓을 했는데, 그러다가 하루는 사람들에게 가까이 다가왔다. 이에 한 사람이 그자를 건드리지 말라고 하며, 그자는 지금 죽고 싶어서 그러는 것이라 말한다. 이에 그는 스스로 죽고자 하나 죽을 수 없었고, 죽고 싶어도 죽을 수 없음에 한없는 슬픔 속에서 죽음만을 기다리며 떠돌게 된다. 그에게는 삶이 없으며 죽을 희망도 없었으며, 사람들

속에 끼일 수도 없었다. 거만을 부리는 인간의 끝장이란 이런 것이다.

그리고 할머니는 이제는 자신의 이야기를 한다. 그녀는 븨를라트 강기슭 바로 옆 팔리미 가까이에서 어머니와 살았다. 그 사나이(어부)가 나타난 것은 15세 때였다. 그녀는 쁘루트에서 그 사나이와 밤마다 매상이를 타고 놀았다. 그가 도망하자고 했을 때는 이미 그가 자신의 마음에 들지 않았다고 했다. 그리고 꾸쭐 젊은이를 만났다. 그 어부와 꾸쭐 젊은이는 루마니아 사람을 찾아갔다가 붙잡혀 같은 날 사형을 당했다. 한때는 토이기 사람을 사랑했으며, 나이가 많은 부자인 그 사람에게는 아들이 있었다. 이번에는 그 아들을 데리고 도망쳤다. 볼가리야로 도망쳤는데, 소년은 거기서 병으로 죽었다. 그녀는 거기서 볼가리야 여자로부터 칼을 맞았다. 그녀가 볼가리야 여자의 남자를 빼앗았기 때문이다. 이에 수도원에서 치료를 받았고 자신을 치료해 준 파란 여자의 오빠인 수도승에게 이끌려 파란으로 갔다. 그녀의 이야기에서 나는 그녀 또한 그림자나 다름이 없다고 생각한다. 그녀는 이후 고향으로 돌아가기 위해 제 몸을 팔아 생활한다. 그 생활 속에서 얼굴에 칼에 맞은 상처가 있는 한 남자(마쨔르 사람)를 사랑하게 된다. 그녀는 또한 파란 귀족을 만났고 그의 간곡한 구애를 받고 허락하나 그는 그녀를 손아귀에 넣자마자 팽개쳐버린다. 그 귀족이 전쟁에서 잡히고 그녀는 그를 구하러 간다. 그는 구해준 보답으로 그녀를 사랑하겠노라 한다. 그녀는 겉과 속이 다른 그를 떠나 고향으로 돌아와 삼십년 동안 여기서 살고 있다는 것이다.

다음으로 그녀는 벌판의 파란 불꽃을 이야기한다. 저 불꽃은 단꼬라는 사람의 불타는 심장에서 나온 것이라 하는데, 다른 종족의 침입에 쫓겨 삼림 속으로 들어와 오갈 데 없는 상황에서 단꼬는 다른 사람들을 이끌고 길을 떠난다. 힘든 여정에 모든 사람은 단꼬를 원망하기에 이른다. 단꼬는 자신의 심장을 꺼내 어둠을 밝히고, 자유로운 땅으로 사람들을 이끈다. 나는 단꼬의 불타는 위대한 심장에 대하여 그토록 아름답고 억센 전설들을 창조한 인간의 상상력을 생각한다.

주제어 라르라, 거만, 단꼬 등.

김기철, 「연기를 보다 높은 봉우리에 끌어올리자: 연극 「심청전」을 보고서」, 『레닌기치』, 1968.3.15, 3쪽. (극평)

주제 채영이 각색하고 연성룡이 연출한 연극 「심청전」의 작품평.

내용 심청을 연기한 배우로는 최혜숙과 방류드밀라가 있다. 방류드밀라는 신진 배우이다. 그녀는 아직 충분한 무대경험이 없고 찌빠스로 보아서 성격적 배우에 가까운 그가 서정적 주인공인 15세의 소녀 심청의 역을 감당하기엔 무거운 짐이었다. 최혜숙의 경우는 전체 연기를 통하여 정열이 부족한 것인 흠이었다. 심봉사를 연기한 리용수는 낙천성보다 무뚝뚝하고 오색한 성미가 우세를 가진 것은 흠이었다. 이는 소경으로서의 심학규가 어떻게 보일 것인가 하는 형식적 면에 더 힘을 기울인 후과일 것이다. 선주의 리장송, 화주승의 리길수, 뺑덕어미의 박쏘피야 등의 연기는 훌륭했다. 결과적으로 심청과 심봉사 등 긍정적 역을 맡은 배우들은 선주와 화주승 같은 부정적 형상 창조자들에게 자리를 내주고 말았다.

주제어 채영, 연성룡, 찌빠스, 「심청전」 등.

성정모, 「꼭 편지를 하세요」, 『레닌기치』, 1968.3.20, 3쪽. (단편소설)

주제 연애 감정. 희망을 이루려는 실천의 중요성.

인물

① 중심인물: 수일, 한복순(의학전문학교 4학년) 등.

② 주변인물: 와씰예브(수일의 용접공 동료), 미나예브(직장장) 등.

사건

① 중심사건: 수일과 한복순 간의 연정.

② 주변사건: 수일의 대학 시험의 실패.

배경 유스노 싸할린쓰크에서 띄몹쓰크로 가는 열차 안, 알렉싼드롭쓰크(공간)

줄거리 사범대학에 가라는 형의 권고를 듣지 않고 공업대학에 갔던 수일은 시험에 실패하고 돌아오는 길이다. 열차 안에서 앞에 앉은 처녀에게 관심이 가나, 이름도 물어보지 못하고 헤어지게 된다. 수일은 현재의 작장에서 용접견습생으로 취직하여 야간 중학교를 졸업했다. 직장장은 수일에게 사랑하는 사람이 있냐고 묻고 수일은 반년 전에 열차에서 만났던 처녀를 떠올린다. 직장 소인예술단원들이 알렉싼드롭쓰크를 방문하는데, 그곳에서 우연히 그 처녀를 만난다. 수일은 자신이 대학 입학시험에 떨어지고 대학생각을 그만두었다 말한다. 처녀는 희망했던 것을 실천하는 것에 행복이 있다고 한다. 그들은 헤어지기 전에 다시 만나고 복순은 편지를 하라고 주소를 알려준다.

주제어 입학시험, 공업대학, 희망, 편지 등.

김세일, 「좋은 작품을 더 많이…」, 『레닌기치』, 1968.4.18, 3쪽. (평론)

주제 사회주의적 사실주의를 원칙으로 한 작품 창작.

내용 사회주의적 사실주의의 기본원칙으로 되는 것은 공산주의적 당성이다. 문학은 무엇보다도 사람들에게 미학적 영향을 주는 특성을 가졌는바 이것으로 하여 문예작품들은 공산주의 건설자들의 도덕적 풍모 형성에 크게 이바지 하고 있다. 창작자료 및 주인공에 있어서도 공산주의 건설자의 도덕적 규범의 요구에 알맞은 주인공들을 '꾸며낼' 필요가 없다. 우리에게서는 매일같이 고상한 공산주의 도덕 풍모를 가진 인간들이 배출되고 있으며, 우리는 우선 이런 사람들을 보여주며 공산주의 도덕원칙을 선전하는 훌륭한 작품들을 많이 창작해야 할 것이다.

주제어 사회주의적 사실주의, 당성, 공산주의 등.

리와씰리, 「기계화분조」, 『레닌기치』, 1968.6.5, 3쪽 / 6.6, 3쪽 / 6.7, 3쪽 / 6.11, 3쪽. (단편소설)

주제 집단 사업에서의 살신성인적 자세의 중요성.

인물

① 중심인물: 박수용, 브리가지르 등.

② 주변인물: 최영감(논물에 능함), 분조원 등.

사건

중심사건: 기계화분조의 조직과 성공.

줄거리 쏩호스지배인은 박수용에게 기계화분조장 노릇을 하라고 한다. 박수용은 술을 좋아해서 썰썰이패와 놀았으나 분조장이 되겠다고 생각한 이후 그들과 거리를 느낀다. 그는 농학 크루소크를 우등성적으로 마친다. 그의 기계화분조는 다섯 사람으로 조직되고, 박수용은 최영감의 도움을 받아 물대기에 착수한다. 그럼에도 불구하고 물대기에 실수를 범하고 분조원들은 그를 나무란다. 그러나 수용은 실망하지 않고 브리가지르가 시키는 대로 열심히 한다. 분조원들은 자신의 말을 무시한다. 검열관이 나와 논을 돌아보게 되고 층이 진 논을 질타한다. 수용의 변호로 일이 무마되고 이때부터 조원들은 수용의 말을 따른다. 수용은 이후 창의와 시험으로 농약을 사용하고 꼼바인으로 추수를 하여 사회주의 경쟁의 순회우승기를 받는다.

주제어 기계화분조장, 농학 크루소크, 순회우승기 등.

리그리고리, 「두 곱절의 기쁨」, 『레닌기치』, 1968.6.8, 3쪽. (단편소설)

주제 50여 년의 삶과 사회주의 노력 영웅 칭호를 받은 기쁨.

인물

① 중심인물: 리마리야(어머니), 김블라지미르(아들), 강옥순(며느리) 등.

② 주변인물: 전쓰웨틀라나 등.

사건

① 중심사건: 어머니의 50주년 생신을 준비하는 아들 내외.

② 주변사건: 사회주의 노력 영웅 칭호를 받은 어머니.

배경 가을밤, 1967년 10월 27일(시간)

줄거리 아들 내외는 어머니의 50주년 생신을 몰래 준비한다. 리마리야의 남편은 조국전쟁 시에 노력전선에 나갔다가 사망했다. 리마리야는 26년 동안 꼴호스페르마에서 착유공으로 일하면서 레닌훈장과 노력적기훈장을 받았다. 아들 내외는 어머니가 좋아하는 배를 준비한다. 또한 생신을 축하하는 노래를 부른다. 이웃에 사는 전쓰웨틀라나가 들러 리마리야가 사회주의 노력 영웅 칭호를 받게 되었음을 알려준다.

주제어 50주년 생신, 조국전쟁, 사회주의 노력 영웅 칭호 등.

조정봉, 「도노로」, 『레닌기치』, 1968.6.8, 3쪽. (단편소설)

주제 타인을 위한 살신성인.

인물

① 중심인물: 김엘라, 아버지 어머니 등.

② 주변인물: 갈랴(엘라의 친구), 나따사(엘라의 친구) 등

사건

① 중심사건: 월남 사람들을 위해 헌혈을 하겠다는 김엘라.

② 주변사건: 부모님의 허락을 받아야 한다는 엘라와 심장이 시켜서 하는 일이라는 엘라의 친구들.

배경 김엘라의 집(공간) / 월남전쟁(시간)

줄거리 엘라는 선천적으로 체질이 약하다. 엘아의 아버지는 창조적 노력으로 자기를 위해, 사회를 위해 몸바쳐 일하는 사람이 바로 미인이라 교육한다. 엘라와 그의 친구들은 월남의 고통받는 사람들을 위해 도노로(수혈용으로 자기의 피를 주는 사람)가 되겠다는 결심을 한다. 이 얘기를 엿들은 엘라의 어머니는 반대하나 아버지는 찬성한다.

주제어 도노로, 월남전쟁, 등.

한예브게니, 「용감한 시인」, 『레닌기치』, 1968.7.18, 3쪽. (평론)

주제 세이눌라 수꾸로브 및 그의 시 소개.

내용 카사흐쓰딴 시인들의 우수한 작품을 묶어 모스크바 국립문예서적 출판사에서 간행한 『카사흐시집』에는 세이눌라 수꾸로브의 시들도 있다. 그의 시는 낙천주의가 특징(「바다의 노래」)이다. 그는 크술오르다 사람으로 1927년에 아랄쓰크 구역의 한 꼴호스에서 출생했다. 1933년에 학교에 들어갔으며, 여덟 살에 낙타에서 떨어져 골결핵과 두 다리 마비라는 진단을 받았다. 이후 책과 동무가 됐고, 자신을 찾아준 니꼴라이 오쓰뜨롭쓰기의 격려를 받고 「강철은 어떻게 단련되였는가」를 읽은 이후 그것은 참다운 생활교과서가 되었다. 그는 신문에 「나의 목소리」를 발표하였고, 1954년 첫시집 『나의 벗들』이 출간되었으며, 현재 10권의 시집이 있다. 그는 활기가 끓어 넘치는 두 눈을 가진 낙천적인 사람이다.

주제어 세이눌라 수꾸로브, 크술오르다, 골결핵, 니꼴라이 오쓰뜨롭쓰기, 『나의 벗들』 등.

김준, 「쌍기미」, 『레닌기치』, 1968.6.14, 3쪽 / 6.15, 3쪽 / 6.18, 3쪽 / 6.19, 3쪽 / 6.20, 3쪽. (단편소설)

주제 모성애의 위대한 힘, 조선 독립의 의지.

인물

① 중심인물: 윤진구(쌍기미의 아버지), 윤세민(윤진구의 아들), 쌍기미(윤진구의 딸), 왕가 선생(중국인 지주), 림국정(세민의 동지), 김승규(철혈광복단 단원), 순옥(승규의 아내, 샛별을 입양함) 등.

② 주변인물: 분옥(쌍기미의 친구, 이웃 땅주인 주가가 데려감) 등.

사건

① 중심사건: 빚 대신 끌려간 쌍기미의 운명.

② 주변사건: 쌍기미의 독립군으로의 투신 결심.

배경 북간도, 의란거우 좁은 산골짜기.

줄거리 간도 지방에서 윤진구는 아내를 잃고 아들과 딸과 함께 중국인 지주의 소작을 하고 있다. 해마다 지주에게 빚을 갚고 나면 남는 것이 없었다. 지주 왕가 선생은 딸 쌍기미를 빚 대신 데리고 간다. 진구와 세민은 오막살이에 불을 놓고 삶의 터전을 등진다. 6년 후 조선독립운동에 나선 윤세민은 동지 림국정과 함께 쌍기미를 구출하러 간다. 여섯해나 갇혀 살 듯 했던 쌍기미는 다리에 힘이 없었다("걷는 법을 내 다 잊어버렸소"). 17세가 된 쌍기미는 세민의 안내로 김승규와 순옥 부부를 만난다. 왕가의 아이를 임신한 쌍기미는 유산을 시도하며 아이가 나면 목을 틀어쥔다는 생각을 한다. 아이를 낳으나 차마 죽이지 못한다. 순옥은 로씨야로 가서 간호부가 되고 일본놈들과 싸우라고 한다. 샛별(순옥이 지은 이름)은 자신이 맡겠다고 한다. 쌍기미는 자신을 키운 어머니를 떠올리고, 모성애를 생각하면서도 "독립과 제 땅이 아이보다 더 귀중하다"라고 생각한다. 순옥은 자신의 아버지를 만나고 해삼의 형상을 눈앞에 떠올린다.

주제어 지주, 독립운동, 어머니, 독립군 등.

정석, 「단편소설 「기계화 분조」를 읽고서」, 『레닌기치』, 1968.7.16, 3쪽. (소설평)

주제 리와씰리의 「기계화 분조」 작품평.

내용 리와씰리의 작품들에는 예술작품이 가져야 할 요소들이 결여되었다는 평이 있으나, 이번 소설은 가장 뛰어나며 언어의 형상성 및 주인공들의 성격화 문제도 일정한 진보를 보여주었다. 문제는 화투판에 다니며 술을 마시고 지배인의 호출에도 응하지 않는 규율위반자인 박수용이 주인공인 점에 대한 해명이 없는 것이다. 또한 분조장과 브리가지르의 단독적인 노동으로 분조가 승리를 쟁취한다. 한 마디로 박수용이 분조장이며 또한 그가 분조전체인 것으로 묘사되고 있다. 그리고 사건은 이렇다 할 충돌도 투쟁도 없이 발생하고 발전하며 완료된다. 대단원(꿀미나치야)을 찾아볼 수 없다. 이는 박수용 이외에 다른 주인공들의 형상이 없는 데서 온다고 볼 수 있다.

주제어 언어의 형상성, 성격화 문제, 대단원(꿀미나치야) 등.

정상진, 「김준 작 「쌍기미」를 읽고서」, 『레닌기치』, 1968.8.7, 3~4쪽. (소설평)

주제 김준의 「쌍기미」 작품평.

내용 로어로 번역 출판되는 김준의 중편소설 「조선 소나무」에서 발췌한 한토막이 『레닌기치』 신문에 「쌍기미」라는 표제로 발표되었다. 「조선 소나무」는 중편소설 「십오만원사건」의 개작인데, 그의 일부인 「쌍기미」를 놓고 보아도 김준은 단편소설 작가라고 하는 편이 타당할 것이다. 필자는 최계립 동무 등이 작품을 읽고 적어 보낸 인상기에 답변을 하고 있다. 그에 따르면 독자들은 소설과 역사의 차이를 잘 이해하지 못하고 있다. 역사는 소설이 아니며 소설은 또한 역사가 아이다. 역사는 있는 사실들을 그대로 총괄하고 과학적으로 체계화한다면 소설을 포함한 모든 예술 작품들은 역사의 일정한 시기를 배경으로 하고 있는 사실, 있을 수 있는 사실, 앞으로 있을 수 있는 사실을 예술적 형상을 통하여 보여주는 것이다. 작가에게 허구란 일정한 시대, 일정한 시기의 일반적 환경, 사회적 조건, 동태를 연구하고 이런 시대, 시기, 환경, 조건에서 이러저러한 인물의 가상적 활동, 행동을 구체적으로 묘사하는 것이다. 인물뿐만 아니라 사회적 배경, 분위기까지도 허구의 대상이다. 허구란 일정한 과학적 근거에서 논리적으로 확증된 실생활의 반영이다. 따라서 작품상에서의 윤진구의 모델이 윤준회이기에 윤진구의 가정 묘사가 잘못됐다는 최계립의 지적은 타당하지 않으며 중국 지주에게 딸을 팔았다는 묘사의 왜곡을 지적한 것 또한 그러하다. 작가는 허구를 통해 작품의 사상적 내용을 더 풍부하게 했다고 보는 것이 타당하다.

주제어 「조선 소나무」, 「십오만원사건」, 역사, 소설, 허구 등.

찾아보기